dtv

Reihe Hanser

Es ist NOX, die dichte Wolke aus Schmutz und Abgasen, die die Stadt in ein Oben und Unten teilt. Wer in der Oberstadt geboren wird, ist auf der Seite der Sieger. Hier wächst man mit Licht und Sonne in Reichtum auf. Der 17-jährige Lucen hat es weniger gut getroffen. In Dunkelheit und Gestank lebt er unter widrigsten Umständen in der Unterstadt, wo Polizei und Miliz die Menschen in Angst und Schrecken versetzen. Ausgerechnet sein Freund Gerges aus Kindertagen tritt der Miliz bei. Bald schon wird er Lucen misstrauen und ihn hintergehen. Denn der sympathisiert mit den Aufständischen, die eine Zusammenführung von Unter- und Oberstadt unter Einsatz ihres Lebens erkämpfen wollen. Hinter ihm steht Firmie, seine schwangere Freundin, und auch Ludmilla, ein Mädchen aus der Oberstadt. Durch eine falsche Beschuldigung gerät Lucen schließlich in größte Gefahr. Flucht scheint nun die einzige Rettung …

Yves Grevet, geboren 1961 in Paris, wuchs in Vitry-sur-Seine in Val-de-Marne auf. Nach Abschluss seines Studiums ging er für zwei Jahre nach Ankara, um anschließend in Frankreich als Lehrer zu arbeiten. Yves Grevet ist verheiratet und hat drei Söhne. Seine Trilogie rund um den jungen Méto wurde in Frankreich und Deutschland ein Bestseller.

Yves Grevet

NOX

Unten

Aus dem Französischen von
Stephanie Singh

dtv

Ausführliche Informationen über unsere Autoren und Bücher
www.dtv.de

MIX
Papier aus verantwortungsvollen Quellen
FSC® C019821

2016 dtv Verlagsgesellschaft mbH & Co. KG, München

Titel der Originalausgabe: ›NOX. Ici-Bas‹
(Syros, Paris)

Umschlaggestaltung: Thomas Ehretsmann
Gesetzt aus der IST Galliard Std
Gesamtherstellung: Druckerei C.H.Beck, Nördlingen
Gedruckt auf säurefreiem, chlorfrei gebleichtem Papier
Printed in Germany · ISBN 978-3-423-62640-8

Es ist nach drei Uhr. Schreie zerreißen die nächtliche Stille. Es sind die Aasfresser, die unablässig brüllen und von der »großen Bedrohung« künden:

»Versteckt eure Leichen, ihr feigen Bürger! Sonst kommen sie zu den anderen, auf den Karren mit dem verwesenden Fleisch!«

Man hört, wie sich ein Gefährt mit quietschenden Rädern den Berg hochquält. Um die zehn Männer ziehen und schieben den Karren. Die Unberührbaren machen ihre Rundgänge. Mit großen Lanzen schlagen sie gegen die Türen und Fensterläden. Sie sammeln Tierkadaver ein, aber auch die Leichname jener Obdachlosen, die auf der Straße an Kälte oder Fieber gestorben sind. Während einer Epidemie drehen sie jede Nacht ihre Runden. Zum Schutz vor Insekten und Ausdünstungen tragen sie Jutesäcke auf den Köpfen. Auf die Säcke sind mit groben Strichen Gesichter gezeichnet, die böse Grimassen ziehen. Die Unberührbaren schwenken Fackeln in der Luft. Vor einigen Jahren habe ich mich einmal ans Fenster geschlichen und die Vorhänge beiseitegeschoben, um sie zu beobachten. Einer von ihnen musste mich entdeckt haben, denn er kam auf mich zu und schlug seinen Kopf fest gegen die Scheibe. Zum Glück hielt das Glas, aber der brutale Kerl war nur Millimeter von mir entfernt. Ich war wie versteinert.

Wenn sie an unserem Haus vorbeiziehen, folgt jedes Familienmitglied seinem eigenen Ritual. Mein Vater steht auf, überprüft, ob alle Ausgänge verschlossen sind, bleibt dann regungslos in der Mitte des Raums stehen und hält sich die Ohren zu, bis das Grauen vorüber ist. Meine Mutter faltet die Hände zum Gebet. Meine Schwester verkriecht sich unter der Decke und schmiegt sich an mich. Und ich selbst zwinge mich, ganz ruhig durch den geöffneten Mund zu atmen, denn mir bleibt vor Angst jedes Mal beinahe das Herz stehen. Als ich klein war, habe ich in diesen Momenten sogar in die Hose gemacht. Wer sind diese Männer? Sind es Menschen aus Fleisch und Blut?

Lucen

Ich habe mir angewöhnt, mit geschlossenen Augen zu schreiben. Es gibt hier nämlich nicht viel Strom und wir brauchen ihn zum Überleben. Zum Schreiben benutze ich ein flaches Lineal, das ich ziemlich weit oben auf der Seite anlege, wobei die seitlichen Kanten des Lineals mit dem Blatt abschließen. So gelingen mir mit dem Füller nahezu gerade Linien. Wenn ich ans Ende einer Zeile gelange, schiebe ich das Lineal ungefähr fünf Millimeter nach unten und ziehe die nächste Linie.

»Was schreibst du da schon wieder, Lucen?«, will meine Mutter wissen.

Weil ich konzentriert bin und nicht reagiere, hakt sie nach:

»Na?«

Ich gebe ihr mit einem Handzeichen zu verstehen, dass sie sich noch ein paar Sekunden gedulden muss, bevor ich ihre Frage beantworten kann. Silbe für Silbe lese ich vor:

»*Warum muss man die eigene gesellschaftliche Situation akzeptieren?* Das ist das Thema meiner heutigen Ethik-Hausaufgabe. Anders gesagt, warum muss man akzeptieren, arm zu sein?«

»So schlecht geht es uns gar nicht, Lucen. Wir gehören zum Durchschnitt. Lies vor, was du bislang geschrieben hast.«

»Ich habe noch nicht viel geschrieben, weil ich die Fragestellung idiotisch finde: *Warum muss man …?* Haben wir etwa die Wahl? Deshalb habe ich geschrieben: *Man muss die eigene Situation akzeptieren, weil man nichts anderes tun kann.* Das ist alles. Leider soll ich eine ganze Seite schreiben.«

Meine Mutter scheint tatsächlich nachzudenken. Sie murmelt etwas vor sich hin, dann sagt sie:

»Lucen, wenn du so etwas schreibst, bekommen wir Ärger. Du sollst hier darstellen, welche Vorteile es hat, ›sich mit seinem Platz in der Gesellschaft zufriedenzugeben‹ und dass es nicht wünschenswert ist, ›jemand anders werden zu wollen‹«. Du musst schreiben: *Erstens, weil keine Wahl zu haben bedeutet, dass man nicht die falsche Wahl treffen kann. Zweitens, weil es einfacher ist, den gleichen Beruf auszuüben wie die Eltern, denn man wächst damit auf, und die Eltern können einen ausbilden und einem helfen. Und drittens* – aber es gibt bestimmt noch andere Gründe –, *weil es in einer Welt, in der niemand nach dem Platz eines anderen trachtet, keine Konflikte gibt.* Gut so? Was hältst du davon? Arand, ich habe doch recht, oder nicht?«

»Du hast völlig recht«, stimmt mein Vater ihr zu. Ich habe gar nicht bemerkt, dass er hinzugekommen ist. »Genau das wollen die Lehrer hören, und das weißt du auch selbst, Lucen. Sie wollen einfach, dass du den Lehrstoff wiederholst. Versuch nicht, dich von den anderen abzuheben. Bleib innerhalb der Norm, dann wirst du keine Probleme bekommen.«

Ich sage nichts mehr. Ich weiß, dass sie recht haben, und werde schreiben, was meine Mutter mir aufgetragen hat. Das wusste ich natürlich von Anfang an, aber wie so oft wollte ich eine Stellungnahme und Reaktion von ihnen. Ich finde, in meinem Alter darf ich erfahren, was sie wirklich denken. Und ich kann mich nicht damit zufriedengeben, dass ihr gesamtes Denken aus Parolen besteht, die sie seit ihrer Kindheit auswendig lernen mussten. Werde ich jemals eine echte Diskussion mit meinen Eltern führen?

Während ich schreibe, trete ich in die Pedale, um die Heizung und die kleine Küchenlampe am Laufen zu halten. Hier in der Unterstadt wird nur die Energie verbraucht, die wir zuvor mit eigener Muskelkraft erzeugt haben. Oben, bei den Reichen, geht das Licht auf Knopfdruck an und leuchtet beliebig lange. Das haben wir in der Berufsschule gelernt. Manche haben eben Glück.

Hier sind die Straßen auch tagsüber dunkel, denn die Unterstadt ist immer in einen schwarzen, dichten Nebel getaucht. Man nennt ihn Nox. Sobald wir laufen können, werden uns kleine Ketten unter die Schuhe geschnallt. Sie übertragen die beim Gehen erzeugte Energie an einen Dynamo, mit dem Licht generiert wird. Wenigstens gilt das für den Beleuchtungsmodus. Wenn man sich im Dunkeln auskennt, kann man sich auch im Energiespeichermodus bewegen und Reservebatterien aufladen, mit denen man zum Beispiel den Kühlschrank zu Hause betreiben kann. Weil wir unsere Beinmuskeln ständig benutzen, sind sie überdurchschnittlich entwickelt. Unter der Haut zeichnen sich dicke, unansehnliche lilafarbene Venen ab. Deshalb schämen sich hier alle für ihre Waden.

Heute Abend will mir meine Schwester ein Geheimnis anvertrauen. Wir teilen uns ein Bett, liegen aber in entgegengesetzter Richtung darin. Deshalb achten wir besonders darauf, uns vor dem Schlafengehen gut die Füße zu waschen. Dazu benutzen meine Eltern und wir dasselbe Wasser in einer kleinen Wanne. Die Mädchen dürfen immer zuerst. Heute wartet Katine an meinem Kopfende darauf, dass ich in unser Bett klettere. Unsere Eltern schlafen ein paar Meter weiter. Weil unser Haus nur ein Zimmer hat, ist ihr Schlafbereich durch einen dicken Vorhang von unserem getrennt.

»Lucen«, flüstert meine Schwester. »Wie lange bist du schon in Firmie verliebt? Und sie in dich?«

»Seit jeher. Wobei sie am Anfang nur meine beste Freundin war. Das Verliebtsein kam ganz langsam.«

»Und keiner von euch beiden hat sich je zu jemand anderem hingezogen gefühlt?«

»Ich nicht. Und sie auch nicht, glaube ich.«

»Wenn ihr euch sicher seid, weshalb wartet ihr dann?«

»Was sollen diese Fragen, Katine? Glaubst du, eine kleine Schwester sollte sich in das Leben ihres großen Bruders einmischen?«

»Lucen, ich habe gehört, was unsere Eltern reden, und ich mache mir Sorgen.«

»Ruhe, Kinder«, grunzt mein Vater. »Es ist Schlafenszeit.«

»In Ordnung, Papa.« Folgsam legt sich meine Schwester ans andere Ende des Bettes.

Firmie küsst mich lange. Dann fasst sie mich an den Händen und bewegt die Füße mit den Laufketten auf der Stelle hin und her. Sie ist im Beleuchtungsmodus, weil sie mich gerne ansieht, wenn wir uns unterhalten. Ich mache es genauso. Weil die Ketten einen ziemlichen Lärm erzeugen, müssen wir deutlich sprechen, um einander zu verstehen.

»Meine Eltern haben noch mal mit mir über du-weißt-schon-was gesprochen«, sagt sie ernst.

»Und was hast du geantwortet?«

»Was soll ich denn sagen? Dass ich schreckliche Angst habe, wenn ich den traurigen, resignierten Blick und den erschöpften, schweren Körper meiner Mutter betrachte und mein zukünftiges Ich in ihr sehe?«

»Hör auf, dauernd von deiner Mutter zu reden. Du bist ganz anders.«

»Du kennst ihr Hochzeitsfoto nicht. Sie sah aus wie ich. Für euch Jungs hat das alles keine Bedeutung. Ihr verändert euch nicht. Aber wenn wir Kinder bekommen, wird alles anders, und darauf habe ich keine Lust. Meine Mutter war über fünfzehn Jahre lang immer wieder schwanger, und am Ende hat sie doch nur meine beiden Brüder und mich. Sie wollte mir nie erzählen, wie viele Babys kurz nach der Geburt in ihren Armen gestorben sind. Und jetzt soll ich das Gleiche durchmachen?«

»Wenn du willst, gehen wir am Sonntag ins Kino.«

Sie antwortet nicht. Ihre Füße stehen still, und ich nehme sie in die Arme. Leise weint sie im Dunkeln und flüstert mir ins Ohr:

»Es ist so hart, Lucen. Können wir beide nicht woanders hingehen?«

»Du weißt doch genau, dass das nicht geht. Selbst wenn es erlaubt wäre – es ist doch überall die gleiche Hölle, und hier sind wir immerhin zu Hause.«

Alle mögen Firmie, aber kein Mädchen will wie sie sein, und kein Junge will sie zur Frau haben. Sie ist einfach zu anders, vielleicht zu direkt. Ohne zu zögern, sagt sie ihre Meinung, was sich für ein Mädchen hier nicht gehört. Firmie und ich kennen uns schon seit Kindertagen. Sie ist der einzige Mensch, den ich nie belogen habe. Unsere Liebe erschien uns immer als etwas Natürliches, ganz Selbstverständliches.

In nicht einmal drei Monaten werde ich siebzehn Jahre alt. Dann sollte ich verheiratet sein. Das ist hier Gesetz. Aber um sich ewige Treue schwören zu dürfen, müssen die beiden Kandidaten erst die Kompatibilitätsprüfung bestehen. Im Klartext heißt das: Die künftige Braut muss zum Zeitpunkt der Hochzeit schwanger sein. Hier bei uns ist das Leben so kurz, dass es Zeitverschwendung wäre, zwei Menschen zu verheiraten, die keine Nachkommen haben können. Um den »Verliebten« gemeinsame Zeit zu ermöglichen, verlassen die Eltern der Mädchen jeden Sonntag zwischen fünfzehn und siebzehn Uhr das Haus. Momentan will meine Freundin aber lieber mit mir ins Kino.

Ich spüre schon seit Jahren große Lust, wenn Firmie bei mir ist – vor allem wenn wir uns lange umarmen und küssen und seit sie mir erlaubt, die Hände unter ihre Kleidung zu schieben und ihre Haut zu streicheln. Mein Magen fühlt sich wie ein schmerzender Klumpen an, wenn wir uns trennen müssen, und manchmal bin ich wütend auf sie, weil sie mit ihrer Angst vor dem letzten Schritt alles so kompliziert macht. Hier im Viertel glauben viele, ich sei das Problem. Sie halten mich für einen Schwächling, der Angst vor seiner Zukünftigen hat und sich nicht durchsetzen kann. »Da sieht man, wer später in der Ehe die Hosen anhaben wird!«, sagen manche, oder »Er kommt ganz nach seinem Vater.« Manche spekulieren sogar darüber, ob ich mich wirklich zu Mädchen hingezogen fühle.

Alles wäre viel einfacher, wenn ich eine andere Freundin hätte. Aber wenn meine Wut verfliegt und ich in Ruhe nachdenke, wird mir klar: Ich interessiere mich nur für Firmie. Und wenn ich ganz ehrlich bin, muss ich zugeben, dass auch mir die Ehe Angst macht, vor allem das Vatersein, das dazugehört. Firmie und ich müssen jedenfalls in den nächsten Wochen ernst machen, sonst werden meine Eltern mir ein anderes Mädchen aufzwingen. Meine Mutter sucht schon seit Monaten nach einem Grund, uns auseinanderzubringen. Firmies Zögern liefert ihr gute Argumente. Sie hat meine Freundin noch nie gemocht. Irgendwann verstand ich, dass es nicht an Firmies Persönlichkeit liegt, sondern an ihrem gesellschaftlichen Status: Sie wohnt fast hundert Meter unter uns. In unserer Stadt, die auf einem großen Hügel liegt, bestimmt die Höhe des Wohnorts den sozialen Rang.

Ich weiß, dass es Mädchen gibt, die keine Kinder haben wollen oder können. Sie verlassen die Stadt, aber ich weiß nicht, was aus ihnen wird. Ich jedenfalls will Firmie nicht verlieren.

Ludmilla

Martha sitzt aufrecht in einem weichen Sessel im Wohnzimmer und nippt an einer Tasse Tee. Heute wirkt sie auf mich besorgt, denn ihr Lächeln ist nicht so natürlich wie sonst. Meinen Geschichten aus der Schule schenkt sie nicht die übliche Aufmerksamkeit.

Ich sehe sie eine Weile schweigend an. Sie senkt den Kopf und legt die Hand an den Mund. Es scheint, als müsse sie husten. Ich kenne mein Kindermädchen in- und auswendig. Es ist ein Zeichen ihrer Krankheit. Außerdem versucht sie, etwas vor mir zu verbergen. Noch bevor der Husten sie schüttelt, frage ich:

»Mein Vater hat angerufen, stimmt's?«

Sie tut, als habe sie nichts gehört, aber ich lasse sie nicht aus den Augen. Sie leistet noch ein wenig Widerstand, doch schließlich antwortet sie mit schwacher Stimme:

»Ja, Ludmilla. Er kommt heute Abend extra um zweiundzwanzig Uhr, um mit mir zu reden. Er hat mich gebeten, Ihnen nichts davon zu erzählen.«

»Und das beunruhigt Sie. Hat er den Grund seines Besuchs nicht genannt?«

»Nein. Und als ich ihn gefragt habe, sagte er nur barsch: ›Eines Tages musste es ja dazu kommen, Martha!‹ Ich wagte nicht zu antworten, aber ich weiß wirklich nicht, was er mir vorzuwerfen hat.«

»Er kann Ihnen nichts vorwerfen. Möchten Sie, dass ich ihn anrufe, Martha?«

»Nein, aber ich möchte, dass Sie unser Gespräch heute Abend mithören. Ich werde Ihnen zeigen, wie Sie das unauffällig tun können. Falls wir uns nicht wiedersehen, sollten Sie wissen, dass ...«

»Was soll das heißen, ›falls wir uns nicht wiedersehen‹«?

»Lassen Sie mich ausreden, Ludmilla. Sie sollten wissen, dass ... ich Sie geliebt habe wie mein eigenes Kind.«

Sie ist den Tränen nahe. Ich umarme sie, aber sie fasst sich schnell wieder und löst sich aus der Umarmung. Sie nimmt meine Hand, führt mich in das ehemalige Zimmer meiner Mutter im zweiten Stock und kniet sich links vom Bett hin. Sie schlägt den Orientteppich zurück und drückt mit dem Zeigefinger auf den äußersten Rand eines Dielenbretts. Es bewegt sich. Darunter kommt ein Loch von etwa zwei Zentimetern Durchmesser zum Vorschein. Ich blicke hindurch. Im Zimmer unter uns befindet sich der Sessel meines Vaters. Während sie das Brett und den Teppich wieder zurechtrückt, erklärt sie:

»Wegen der Feuchtigkeit knarzt das Parkett an dieser Stelle sehr stark. Dieses Zimmer ist seit Jahren nicht beheizt worden. Warten Sie, bis Ihr Vater den Raum verlassen hat, bevor Sie wieder hinausgehen.«

»Das ist ja genial!«

»Ich habe diese Stelle ganz zufällig bei der Hausarbeit entdeckt. Und selbstverständlich noch nie Gebrauch von ihr gemacht.«

»Birgt dieses Haus noch andere Geheimnisse?«

»Ja. Die Kommode in meinem Zimmer zum Beispiel ist etwas Besonderes. Aber lassen Sie uns gehen, Ludmilla. Es ist Zeit für Ihre Hausaufgaben.«

Ich gehe hinunter, hole meine Tasche und gehe in mein Zimmer. Hin und wieder unterbreche ich die Arbeit, weil ich an Martha denken muss. Ich verstehe nicht, warum mein Vater sie wegschicken sollte. Sie arbeitet seit fast zehn Jahren für ihn, und er hatte nie Anlass zur Beschwerde. Ich glaube – oder hoffe wenigstens –, dass sie sich grundlos Sorgen macht.

Martha trat in mein Leben, als ich sieben Jahre alt geworden und meine Mutter gerade gestorben war. Ich erinnere mich an unsere erste Begegnung im Büro der Schuldirektorin. Mein Vater war wegen eines wiederholten Vergehens von meiner Seite in die Schule gebeten worden, doch an seiner Stelle kam Martha. Weil ihm in letzter Minute etwas dazwischenkam, schickte er stattdessen diese Unbekannte. Diesmal hatte ich mich weder übergeben noch war ich verletzt, ich hatte kaum Fieber und nicht einmal geweint. Dennoch hielt es die Lehrerin für angebracht, mich eine Weile auf Distanz zu den anderen zu halten. Ich wurde fortgeschickt, weil ich meine besten Freundinnen mit der Behauptung zum Weinen gebracht hatte, auch ihre Mütter würden bald sterben und das sei normal. Damit hatte ich nur in meinen Worten ausgedrückt, was mein Vater mir gesagt hatte. »Früher oder später erleben Kinder eben, dass ihre Eltern sterben. Das ist der Gang der Dinge. Du hast das nun schon zum Teil erfahren und kannst an deine Zukunft denken. Damit bist du den anderen voraus.« An diesem Tag hatte Martha nicht gelächelt. Ich war neben ihr hergelaufen, ohne ihr die Hand zu geben. Zu Hause bereitete sie mir fast wortlos eine kleine Mahlzeit zu. Und da ich auch keine Lust hatte, mit ihr zu reden, störte mich das nicht.

Am nächsten Tag ging ich nicht zur Schule. Martha passte auf mich auf und machte Mittagessen. Ich blieb den ganzen Tag in meinem Zimmer. Die Tür war nur angelehnt, Martha kam immer wieder vorbei und stellte sicher, dass ich keine Dummheiten machte. Nach einer seltsamen Unterredung mit meinem Vater nahm ich schon bald wieder am Unterricht teil. Er hatte mir erklärt, ich müsse lernen, den richtigen Anschein zu geben, nicht stets zu sagen, was ich denke, und auf keinen Fall zu lügen. Er hatte mich auch vor den »anderen« gewarnt, vor allen, die nicht zu uns gehörten und uns deshalb beurteilten und verurteilen könnten. Nur wenige von ihnen seien freundlich.

»Ich für meinen Teil«, war er fortgefahren, »werde dich lieben, beschützen und dir immer die Wahrheit sagen, auch wenn sie manchmal schmerzt. Ich weiß, dass du stark genug bist, um das auszuhalten.«

In der Schule war bald wieder alles wie gehabt. Ich schockte meine Klassenkameraden weiterhin mit bizarren Aussagen, aber ich tat es außer Hörweite der Erwachsenen. Schwärzte mich einmal jemand an, stritt ich alles vehement ab. Meine Beziehung zu Martha wurde langsam immer enger – aber wir zeigten einander unsere gegenseitige Wertschätzung nur, wenn mein Vater nicht zu Hause war. Wie sie mir später erklärte, hatte sie sich anfangs mir gegenüber so kühl und distanziert verhalten, weil mein Vater es ihr befohlen hatte. Er wollte nicht, dass ich eine Beziehung zu einer anderen Frau außer meiner Mutter entwickelte.

»Sorgen Sie für ausgewogene Mahlzeiten und dafür, dass sie jeden Tag sauber und ordentlich gekleidet ist. Um die Gefühle kümmere ich mich.«

Meine Beziehung zu Martha war vielleicht umso inniger, weil sie geheim bleiben musste.

Wenn mein Vater samstags von seinen Geschäftsreisen zurückkam, pflegte er mein Kindermädchen stets allein zu befragen, wie sie mir später anvertraute. Er begann diese Unterhaltungen immer mit der gleichen Formulierung:

»Ist alles gut gegangen?«

»Ja«, antwortete Martha jedes Mal.

»Sind Sie sicher, dass sie keine Probleme im Unterricht oder mit den Schulkameraden hat? Haben Sie sie genau beobachtet? Weist irgendetwas in ihrem Verhalten auf ein Problem hin?«

»Nein.«

»Umso besser. Spricht sie inzwischen mit Ihnen?«

»Nur das Nötigste, was die Höflichkeit verlangt – wie immer«, log Martha.

»Perfekt«, befand mein Vater jedes Mal.

Dann verabschiedete sich Martha und ging in ihr Zimmer im Keller, wo sie ganz allein die Wochenenden verbrachte. Ich hatte lange Zeit keine Ahnung, dass sie in unserem Haus lebte! Sie wusste allzu gut, wie man sich unsichtbar macht. Ihre Mahlzeiten bereitete sie im Voraus zu und aß allein in ihrem Zimmer. Sie benutzte nur das Bad und die Toilette im Keller. Weil mein Vater keine Lust hatte zu kochen, nahm er mich in Restaurants mit, in denen man zwischen den einzelnen Gängen oft lange warten musste. In den Wartezeiten erzählte ich ihm von meiner Woche, wobei ich alles verschwieg, was ihm hätte missfallen können. So war ich immer schnell fertig mit meinem Bericht, und die Zeit verstrich nur langsam. Allerdings gefiel es mir immer sehr, wenn wir an einem seiner freien Tage mit dem Zeppelin über die großen, grauen Ebenen flogen, die unsere Stadt von den anderen trennte.

Eines Tages fragte ich meinen Vater, warum in diesen riesigen Gebieten nie jemand zu Fuß oder im Auto unterwegs war.

»Der Boden ist nicht stabil genug«, hatte er geantwortet. Warum er dabei gelächelt hatte, verstand ich damals nicht. »Man könnte versinken.«

Ich mochte die Flüge auch, weil mein Vater mich immer in wärmende Decken einwickelte, sobald wir eine gewisse Höhe erreichten. Dann drückte er mich an sich. Wenn ich die Augen schloss, sah ich beinahe Mama vor mir.

In ihren letzten beiden Lebensjahren sah ich sie fast immer auf einem der Stühle oder dem Sofa sitzen oder, später, in ihrem Bett liegen. Meist las oder schlief sie. Manchmal kroch ich zu ihr unter die Decke und sah ihr stundenlang beim Schlafen oder Lesen zu. Wenn ich lange genug bettelte, las sie mir aus ihren Romanen vor, und obwohl ich nichts verstand, war ihre Stimme wie Musik, die mich umfing und verzauberte.

In ihren letzten Lebenstagen sah ich meiner Mutter die Schmerzen selbst dann an, wenn sie lächelte. Sie sprach fast gar nicht mehr, sondern strich mir bloß noch sanft über die Haare.

Am Tag, als sie starb, verkündete mein Vater:

»Das ist für uns alle eine Erleichterung. Sie leidet nicht mehr, und wir müssen ihr nicht mehr beim Leiden zusehen. Im Grunde ist es gut, dass sie gestorben ist. Siehst du das auch so?«

Weil ich nicht wusste, was ich sagen sollte, gab er mir noch einen Rat:

»Fühle dich nicht verpflichtet zu weinen. Der Tod ist eine natürliche und unvermeidliche Angelegenheit.«

Also wartete ich, bis ich nachts allein in meinem Zimmer war. Ich hatte gedacht, dort könne ich ungestört weinen, doch es kam keine einzige Träne. Auch in den nächsten Wochen blieb das so. Stattdessen bekam ich stechende Bauchschmerzen und verbrachte unendlich viel Zeit auf der Toilette, um mein Leiden vor meinem Vater und meinem Kindermädchen zu verbergen.

Dank Martha ging es mir irgendwann besser. Zum ersten Mal weinte ich auf dem Heimweg. Martha hatte meine Hand genommen, um mit mir über die Straße zu gehen, und ich hatte mich zu meiner eigenen Verwunderung zum ersten Mal nicht dagegen gewehrt. Selbst als wir auf der anderen Seite angekommen waren, ließ ich nicht los. Nachdem ich ein paar Minuten ihre Hand gehalten hatte, begannen die Tränen zu fließen. Martha sah mich nicht an, aber sie bemerkte natürlich mein Schluchzen. Ich glaube, sie respektierte meinen Schmerz und wollte, dass er zum Ausdruck kam. In diesem Moment hatte ich den Eindruck, dass sie nicht versuchen würde, Mamas Platz einzunehmen.

Lucen

Ich verabschiede mich von Firmie, weil ich meinem Vater helfen muss. Er ist Restaurateur und hat mir seinen Beruf von Kindesbeinen an beigebracht. Wenn er stirbt, werde ich seinen Platz einnehmen. Der Beruf des Restaurateurs ist kompliziert und verlangt viel handwerkliches Geschick und Fantasie. Als Kind dachte ich lange, mein Vater sei ein Zauberer. In seinen Händen erwachen die Gegenstände zum Leben und es scheint, als habe er für alles eine Lösung. In seiner Werkstatt im ersten Stock bewahrt er unglaublich viele Dinge und Gerätschaften auf. Er hat sie alle nach seinem System in großen Kisten verstaut. Seine Kunden stammen zum großen Teil aus der Unterstadt, aber über verschiedene Mittelsmänner erhält er auch Reparaturaufträge aus der Oberstadt. Außerdem restauriert und repariert er Stücke, die sein Mitarbeiter Taf für ihn in den Mülltonnen der Stadt entdeckt. Die fertigen Gegenstände werden an die Geschäfte auf Höhe 600 geliefert, und die schönsten Modelle finden sich manchmal noch viel weiter oben in den Häusern der Reichen.

Morgens gehe ich weiter zur Berufsschule, denn meine Eltern wollen, dass ich später etwas erreiche.

»Man weiß nie«, sagt mein Vater immer. »Wenn die große Wolke eines Tages fort ist, kannst du vielleicht etwas ganz anderes machen oder von hier weggehen. Bis zu diesem ›großen Tag‹ musst du so viel wie möglich lernen.«

Fast niemand hegt wirklich noch diese Hoffnung, aber alle tun, als hielten sie an ihr fest. Beim Abendessen im Familienkreis erzählen die Ältesten, dass früher, zur Zeit ihrer Urgroßeltern, die Sonne auf der Erde geschienen habe. Aus den Wasserhähnen sei Trinkwasser geflossen, das man auch für die Hausarbeit und zum Waschen benutzt habe. Es habe sogar riesige Becken gegeben, in denen die Menschen schwimmen konnten – sogenannte Schwimmbäder. Aber von der »großen Hoffnung« oder der »Rückkehr des goldenen Zeitalters« sprechen die Alten nur, wenn sie zu viel getrunken haben. Am nächsten Morgen, wenn sie wieder nüchtern sind, führen sie ihr gewöhnliches, trauriges Leben weiter.

Heute wirkt mein Vater besorgt. Ich weiß nicht, ob es an mir liegt. Er sagt jedenfalls nichts. Konflikte vermeidet er, wann immer möglich, und überlässt das Reden lieber meiner Mutter.

»Ich habe schon auf dich gewartet«, begrüßt er mich. »Du musst die Bohrmaschine antreiben.«

Ich setze mich neben ihn und kurble an einem Rad von ungefähr fünfzig Zentimeter Durchmesser. Es ist über einen Antriebsriemen mit verschiedenen Zahnrädern verbunden, auf die sich meine Bewegungen übertragen. Nach dreißig Sekunden bekundet die Maschine mit einem lauten Brummen, dass sie betriebsbereit ist. In einem Körbchen hat mein Vater verschiedene Teile gesammelt, die durchbohrt werden müssen. Also drehe ich zwanzig Minuten lang an der Kurbel.

»Danke, Lucen. Deine Mutter will mit dir reden.«

»Worüber denn?«

»Geh zu ihr, dann erfährst du es.«

»Ich würde aber lieber mit dir reden.«

»Was wir dir zu sagen haben, ist dasselbe. Los, Lucen.«

Als ich mich nicht von der Stelle rühre, sieht er mich an.

»Sie oder ich, das ist doch egal.«

Ich stehe auf und gehe die Treppe hinunter. Ich schließe die Tür hinter mir, weil ich meinem Vater das Geschrei ersparen will, das mir bestimmt bevorsteht. Meine Mutter baut sich vor mir auf und fragt in barschem Tonfall:

»Was ist mit Firmie? Diesen Sonntag?«

»Ich weiß nicht. Vielleicht.«

»Hör auf zu lügen. Sie will einfach nicht! Du musst endlich die Konsequenzen ziehen. Finde dich damit ab: Wir müssen die Finger von ihr lassen.«

»Mama, lasst ihr doch noch etwas Zeit für die Entscheidung. Ich bin sicher, dass …«

»Zeit hat sie bereits genug gehabt. Wir haben einen Ersatz gefunden. Die Eltern werden uns am Samstag besuchen. Sie heißt Mihelle und ist – im Gegensatz zu Firmie – gehorsam.«

»Mama, bitte lass uns noch Zeit bis zum Monatsende. Wenn es nicht klappt, gebe ich mich mit einer anderen zufrieden. Bitte, Mama!«

Nach einer kurzen Pause verkündet sie:

»Dann ist es zu spät. Wir können es uns nicht erlauben zu scheitern. Denk an den Ruf deiner Familie, an deine Schwester, die bald im heiratsfähigen Alter ist.«

»Aber ich will Firmie!«

»Umgekehrt ist das offensichtlich nicht so klar. Sonst würde sie nicht dauernd vor dem Moment der Wahrheit zurückschrecken. Am Samstag hast du jedenfalls keine Wahl, du musst hier sein. Dein Vater und ich haben uns damit große Mühe gegeben. Du wirst dann schon sehen, welches Glück du hast. Auf dich wartet eine schöne Überraschung, Lucen. Hast du mich verstanden?«

»Ich werde da sein.«

Ich verziehe mich nach draußen. Als Mama hinter mir die Tür schließt, hustet sie. Das tut sie immer, wenn sie Angst hat. Und dass sie Angst hat, weiß ich. Vor Samstag brauche ich mich jedenfalls nicht zu fürchten, denn bei der ersten Verabredung werden nie feste Zusagen gemacht.

Meine Mutter macht sich Sorgen um ihren Ruf im Viertel. Aber welcher Ruf? Meine Eltern haben außerhalb ihrer beruflichen Kontakte schon lange mit niemandem mehr zu tun. Wegen meines Vaters genießen sie kein besonders hohes Ansehen, denn sein großes Talent und Renommee unterscheiden ihn von den anderen Handwerkern in der Unterstadt. Es ist ein offenes Geheimnis, dass er oft für die Reichen arbeitet und es ihm finanziell besser geht als den anderen. Mein Vater lässt die Leute reden und hortet seine Ersparnisse für schwere Zeiten in der Werkstatt. Das neiden ihm viele, und einige verdächtigen ihn, ein Verräter zu sein. Noch schlimmer für ihn ist, dass sie ihn für einen Feigling halten. Das stimmt zwar nicht, hält sich aber hartnäckig. Mein Vater liebt uns und will uns beschützen, genau wie andere Eltern ihre Kinder. Genau wie die anderen hat er immer Angst vor morgen, vor der Miliz, den Leichensammlern und den Banden. Er unterscheidet sich nicht von vielen anderen Bewohnern unseres Viertels, die den Rücken krumm machen und in Angst leben, möglichst nicht auffallen wollen und sich abends in ihren Häusern verbarrikadieren. Heute glaube ich, dass er diesen schlechten Ruf vor allem deshalb hat, weil die Leute auf ihn eifersüchtig sind. Seit mir das klar geworden ist, fühle ich mich besser, auch wenn ich mich manchmal noch ärgere – vor allem wenn die Unterstellungen von faulen Menschen kommen, die meinen Vater nur allzu gern als Sündenbock benutzen. Ansonsten versuche ich, nicht hinzuhören und die Leute einfach reden zu lassen. Ich liebe meinen Vater und achte ihn. Als Kind habe ich sehr unter den Hänseleien gelitten. Ich verstand nicht immer, was gemeint war, aber ich spürte den Hass hinter den Worten. Mein Vater weigert sich noch heute standhaft, auf die Angriffe zu reagieren. Er sagt bloß, er habe für solche Dummheiten keine Zeit.

Obwohl ich versucht habe, meiner Schwester Katine alles zu erklären, leidet sie sehr unter den Anfeindungen, denen mein Vater ausgesetzt ist. Manchmal prügelt sie sich deshalb auf dem Pausenhof.

Firmie und meine echten Freunde sprechen das Thema nie an. Wir mögen einander, wie wir sind, und achten nicht darauf, was die Eltern jeweils tun. Der heldenhafte Vater meines Freundes Maurce verschwand eines Tages spurlos. Seitdem bin ich sicher, dass Maurce ihn lieber zurückhätte – selbst wenn er kein so großer Held wäre.

Ich gehe zu Firmie. Ich muss unbedingt mit ihr reden. Niemand reagiert auf mein Klopfen. Ich trete ein. Die Strickmaschine läuft auf Hochtouren. Sie wird von einer Art Hamsterrad angetrieben, in dem Firmies kleiner Bruder Pirre auf der Stelle läuft. Jetzt kann er sich darin noch gut bewegen, aber in ein oder zwei Jahren werden sie ihn durch den Jüngsten, der gerade zu Füßen seiner Mutter schläft, ersetzen müssen. Diese bedeutet mir, ohne eine Miene zu verziehen, dass Firmie im Keller ist. Firmie trennt alte, löchrige Pullis auf und rollt die so entstehenden Fäden zu Wollknäueln auf. Normalerweise arbeitet sie in völliger Dunkelheit. Ihr Vorderlicht benutzt sie nur, wenn sie zwei Fäden miteinander verknoten muss. Sie fühlt meine Anwesenheit, streckt die Arme nach mir aus und zieht mich an sich. Ich küsse sie auf die Stirn.

»Du kannst die Tür schließen, dann ist es hier nicht so laut.«

Ich setze mich zu ihr auf die Bank und erzähle von dem Gespräch mit meiner Mutter.

»Kennst du diese Mihelle?«, fragt sie.

»Nein, aber sie ist mir völlig egal. Am Samstag werde ich freundlich lächeln, um den Schein zu wahren, aber ich werde nichts sagen. Deshalb bin ich jetzt auch hier: Du musst verstehen, dass wir es so schnell wie möglich tun müssen – warum nicht zum Beispiel am kommenden Sonntag?«

Meine Freundin antwortet nicht. Ich spüre ihre Zerrissenheit. Bis jetzt habe ich sie meinen Eltern gegenüber immer verteidigt, aber wenn ich mir anschaue, wo wir heute stehen, bleibt keine Zeit mehr für Diskussionen. Ihr Schweigen macht mich verrückt. Ich habe zum ersten Mal das Bedürfnis, sie anzuschreien.

Sie hat das Wollknäuel weggelegt und nimmt meine Hand.

»Lass uns dem Ultimatum nicht zu schnell nachgeben. Sie müssen begreifen, dass wir selbst entscheiden. Am Sonntag wollten wir ins Kino gehen, also gehen wir ins Kino.«

Ich will meine Hand wegziehen, aber sie lässt mich nicht. Obwohl ich weiß, dass all meine Argumente nichts bewirken werden, rede ich weiter.

»Deine beste Freundin Sionne hat diesen Schritt doch schon vor Monaten gewagt, obwohl sie jünger ist als du! Jetzt lassen ihre Eltern sie in Ruhe und sie wirkt glücklich.«

»Das weiß ich alles. Ich weiß, wie du dich fühlst. Aber vertrau mir. Ich liebe dich, und ich werde dich nie verraten.«

Nach einem kurzen Abschiedskuss gehe ich zurück nach Hause, wo weitere Arbeit auf mich wartet. Ich stelle den Widerstand meiner Laufketten auf die höchste Stufe, wodurch das Laufen mühsam und schmerzhaft wird und ich nur langsam vorankomme. Aber genau das brauche ich jetzt.

Mein Vater deutet zur Begrüßung auf einen Haufen glänzender Gegenstände, die ich nicht sofort erkennen kann. Ich schalte mein Vorderlicht ein. Ich soll zwanzig identische Wandleuchter auseinandernehmen und die Einzelteile in Dosen ordnen: je eine für Schrauben, Kabel, Plastikteile, Metallteile und Fassungen. Während ich die ersten beiden Lampen auseinanderschraube, lasse ich noch das Licht an, danach arbeite ich im Dunkeln weiter.

Beim Essen redet wie immer hauptsächlich Katine. Sie erzählt von ihrem Schultag und beschwert sich, dass sie während des Unterrichts mit Pedalen den Strom für das Tafellicht erzeugen musste, obwohl sie gar nicht an der Reihe war. Das Mädchen, dessen Name ganz oben auf der Liste stand, war nicht da. Der Lehrer hat ausgelost, wer sie ersetzen muss.

»Normalerweise muss er die zweite Person auf der Liste nehmen«, sage ich.

»Das haben wir ihm auch gesagt, aber er meinte, sie sei vielleicht mehrere Tage krank oder, wer weiß, sogar tot. Er meint, so sei es einfacher. Ich bin vor Wut fast verrückt geworden. Auf dem Heimweg haben mich meine Füße fast nicht mehr getragen. Ich hatte doch meine Laufketten nicht dabei, weil …«

»Du hättest doch barfuß zurückkommen können.«

»Wie eine Unterhundert? Weißt du eigentlich, wie das aussieht?«

»Niemand hätte es gemerkt.«

Mein Vater schlägt die Hand auf den Tisch und sorgt damit für Ruhe. Es vergeht kein Tag, an dem meine Schwester und ich uns nicht necken. Und es macht mir Spaß.

Ludmilla

»Guten Abend, Martha.«

»Guten Abend, mein Herr«, antwortet Martha schüchtern, bevor sie von einem Hustenanfall geschüttelt wird.

Sie versucht, das Geräusch mit einem Taschentuch zu dämpfen, aber der Husten lässt sich kaum unterdrücken. Mein Vater atmet hörbar aus, um seinen Unmut auszudrücken.

»Martha, ich habe Sie zu mir gerufen, um Sie zu entlassen. Ich danke Ihnen für ihren Einsatz, aber Ihr Gesundheitszustand wird nicht besser – trotz der Medikamente, die ich Ihnen gegeben habe. Für Sie ist es jetzt an der Zeit, sich auszuruhen und zu Ihrer Familie zurückzugehen. Sie wissen genauso gut wie ich, dass die Symptome mit fortschreitendem Alter schlimmer werden.«

Martha krümmt sich zusammen und senkt den Kopf. Sie atmet heftig, um den nächsten Hustenanfall zu unterdrücken. Mein Vater sieht sie nicht an.

»Ich werde Ihnen genügend Geld geben. Damit können Sie Ihr Leben in Würde weiterleben. Dank Ihres Aufenthalts in der Oberstadt haben Sie Ihre Lebenserwartung bedeutend verlängert. Darüber freue ich mich. Aber ich will nicht, dass Ludmilla Ihr Leid und Ihre letzten Lebenstage miterlebt. Das hat sie schon einmal mit ihrer Mutter durchgemacht. Ich glaube, auch Sie wollen ihr den unwürdigen Anblick Ihres körperlichen Verfalls ersparen. Außerdem hielte ich es für besser, wenn sich von nun an eine jüngere Person um sie kümmern würde.«

Martha hustet wieder heftig. Sie ist knallrot und hält sich die Hand vor die Augen – vielleicht will sie nicht, dass er sie weinen sieht.

»Morgen gegen sechs Uhr werden Sie dieses Haus verlassen. Ein Träger wird Sie bis zum Haus Ihrer Familie begleiten. Versuchen Sie nicht, Kontakt mit meiner Tochter aufzunehmen. Ich werde ihr die Situation morgen erklären. Ich habe einen Abschiedsbrief vorbereitet, den ich ihr geben werde. Sie müssen ihn natürlich abschreiben. Ich bitte Sie, den Text nicht zu verändern. Sie sollten wissen, dass ich Ihre Professionalität zu schätzen weiß. Sie haben stets den richtigen Abstand gewahrt und nie die Rolle der Hausangestellten verlassen. Es ist gut, dass Sie keine emotionale Bindung zu Ludmilla aufgebaut haben. So wird ihr der Abschied nicht so schwerfallen.«

Mit Mühe stößt Martha hervor: »Erlauben Sie mir bitte, Ludmilla noch ein letztes Mal zu sehen.«

Mein Vater würdigt sie keines Blickes. Er steht auf und reicht ihr den Brief. Als sie sich nicht rührt, drückt er ihr den Zettel gewaltsam in die Hand. Sein Ton wird härter:

»Reißen Sie sich zusammen! Sie wissen genau, dass ich meine Meinung nicht ändere. Sie haben keine Wahl. Tun Sie also, was ich Ihnen sage.«

Später liege ich im Bett und fühle mich hilflos. Ich weiß nicht, was ich tun soll. Tatsächlich habe ich noch nie erlebt, dass mein Vater eine einmal getroffene Entscheidung zurücknimmt. Es würde also nichts nützen, wenn ich mich für Martha einsetzte. Er würde bloß merken, wie eng unsere Bindung ist und dass wir ihm seit zehn Jahren etwas vorspielen. Wenn ich meine Freundin eines Tages wiedersehen will, kann ich nicht mit seiner Hilfe rechnen. Ich muss die Sache selbst in die Hand nehmen.

Da höre ich Schritte auf dem Flur. Will mein Vater etwa mit mir sprechen? Er bleibt vor meiner Tür stehen und steckt den Schlüssel ins Schloss. Er dreht den Schlüssel zweimal im Schloss und lässt ihn stecken, damit ich nicht von innen mit meinem eigenen Schlüssel aufschließen kann.

Ich werde Martha also nicht mehr sehen, bevor sie geht. Aber ich schwöre mir, sie bald zu besuchen. Ich werde sie nicht im Stich lassen.

Von Martha könnte ich stundenlang erzählen. Für mich war sie die engste Vertraute. Lange Zeit lebten wir beide ohne Kontakt zu anderen. Martha genügte mir, außer ihr brauchte ich keine Freundin. Manchmal nahm sie mich in den Arm, tröstete und streichelte mich wie ein kleines Mädchen, dann wieder behandelte sie mich wie eine Erwachsene. Und sie beantwortete vorbehaltlos alle meine Fragen, weil sie genau wusste, dass ich meinem Vater nie von unseren Gesprächen erzählen würde. Sie hat mir von den Menschen erzählt, die unten leben. So wusste ich schon viel früher von ihnen, lange vor den anderen Kindern, die erst in der Mittelschule offiziell über die Unterstadt informiert werden. Ich erinnere mich noch genau an jenen Tag. Wie fast jeden Morgen war Martha aufgestanden, um die ersten Sonnenstrahlen zu begrüßen. Wie schon einige Male zuvor hatte ich sie auch diesmal gebeten, mich zu wecken, damit wir diesen Moment teilen könnten. Ich sah, wie sie einen Punkt am Horizont fixierte, und fragte, was dort sei.

»Mein früheres Haus liegt in dieser Richtung.«

»Aber in den grauen Ebenen wohnt niemand.«

Sie lachte nervös. Ich war beleidigt, glaubte ich doch, sie lache mich aus.

»Die grauen Ebenen«, wiederholte sie, »die grauen Ebenen …«

Als ich schmollend von der Terrasse stürmte, hielt sie mich auf.

»Ich habe mich nicht über Sie lustig gemacht, Ludmilla. Aber es handelt sich um eine so große Lüge, dass ich jedes Mal aufs Neue überrascht bin. Es gibt keine grauen Ebenen! Das sind verschmutzte Luftschichten, die so dick sind, dass kein Licht hindurchdringt. Darunter herrscht Nacht. Trotzdem leben dort unten in der Dunkelheit Menschen. Das Phänomen wird Nox genannt. Jeden Morgen stelle ich mir vor, wie die Wolke sich auflöst und ich mein Elternhaus sehen kann.«

»Da drunter leben Menschen? Menschen wie wir?«

»Ja. Jedenfalls wie ich.«

An jenem Tag lernte ich, dass mein Vater durchaus lügen konnte – obwohl er nach dem Tod meiner Mutter das Gegenteil behauptet hatte. Was verbarg er sonst noch vor mir?

In unzähligen Gesprächen erzählte Martha mir von den Menschen, die inmitten der Dunkelheit unterhalb der Schmutzwolke lebten. Ich weiß heute viel mehr darüber, als wir in der Schule erfahren.

Ich weiß zum Beispiel, dass man diesen Menschen von Geburt an beibringt, flach zu atmen und den Mund nicht zu weit zu öffnen, um die verunreinigte Luft nicht einzuatmen. Sie lernen, leise zu sprechen und nie zu schreien. Von Kindesbeinen an predigt man ihnen, es sei zu ihrem eigenen Besten, nie wütend zu werden oder sich aufzulehnen, da sie ihren Körper sonst großer Gefahr aussetzten. Sie verlören damit einen Großteil der Energie, die sie zum Überleben bräuchten, und stürben vor ihrer Zeit. Wer sich aufrege, bekomme zwangsläufig Reizhusten, der irgendwann blutig werde und schließlich zum Tod führe.

Selbst die Babys müssen lernen, nicht zu weinen – als könnten sie das frei entscheiden! Ein schreiendes Baby bekomme Lungenprobleme und überlebe nur in Ausnahmefällen das erste Jahr. Später erzählt man den überlebenden Kindern Geschichten, in denen der absolute Gehorsam gegenüber den Eltern und Institutionen an oberster Stelle steht und Rebellen entsetzlich bestraft werden.

Die Leute von unten arbeiten von frühester Kindheit an. Schon kleine Kinder helfen den Eltern. Die Jungen lernen die Berufe der Väter und müssen ihnen nachfolgen, falls diese sterben. Die Mädchen müssen versuchen, perfekte Hausfrauen zu werden. Sie heiraten sehr jung, weil sie die wertvollen fruchtbaren Jahre nicht verschwenden dürfen.

»Und Ihre Familie? Erzählen Sie mir davon«, bat ich Martha eines Tages.

»Ich stamme aus einer Handwerkerfamilie. Meine Eltern übten einen recht angesehenen Beruf aus. Mein Vater war Korbflechter und verkaufte seine gesamte Produktion über Mittelsmänner an Kunden aus der Oberstadt. Meine beiden Brüder lernten das Korbflechten und gingen zur Berufsschule. Ich selbst wollte eine möglichst gute Hausfrau werden, eine, die sich ›gut verheiraten‹ lässt.«

»Erzählen Sie mir, wie es dazu kam, dass Sie für meinen Vater arbeiten.«

»Darüber will ich nicht sprechen«, antwortete sie ernst. Dann küsste Sie mich auf die Stirn und ging aus dem Zimmer.

Heute früh bin ich allein zu Hause. Ich habe nicht gehört, wie sie aufgebrochen sind. Meine Tür wurde wieder aufgeschlossen. In der Küche finde ich den »Brief von Martha« und eine Notiz meines Vaters:

Martha musste gehen. Lies ihren Brief, dann verstehst du, weshalb. Wir sehen uns heute Abend.

Ich öffne den Brief.

Fräulein Ludmilla,

vor einigen Wochen habe ich Ihren Vater gebeten, diesen Haushalt verlassen zu dürfen. Mein Gesundheitszustand verschlechtert sich, und ich möchte die letzten Lebensmonate bei meiner Familie verbringen. Ihr Vater hat einen Ersatz für mich gefunden, der Ihre Erwartungen gewiss erfüllen wird. Die zehn Jahre an Ihrer Seite werde ich immer in guter Erinnerung behalten.

Hochachtungsvoll
Ihre Martha

PS: Versuchen Sie nicht, mich wiederzusehen. Denken Sie an sich und Ihre Zukunft.

Zum Glück habe ich das Gespräch zwischen meinem Vater und Martha belauscht, sonst wäre ich angesichts dieses Briefs aus allen Wolken gefallen. Außerdem hätte ich nicht verstanden, warum sie mir nichts von ihrem Wunsch erzählt hat, nach Hause zurückzukehren. Doch mein Vater hätte gewiss auch dafür eine plausible Erklärung gefunden.

Ich mache mich auf den Weg zur Schule. Dort werde ich meine einzige Freundin Grisella treffen. Lange hatte ich keine Kontakte außerhalb meiner Familie. Martha genügte mir, und mein Vater hatte mich immer vor den anderen gewarnt. Anfangs wunderten sich die anderen Kinder darüber, dass ich es zuließ, jeden Tag von meinem Kindermädchen von der Schule abgeholt zu werden. Doch ich erklärte ihnen, dass ich es ganz normal, ja sogar gut fand. Von da an behandelten sie mich herablassend. Sie fanden mich »unreif«, »zu brav«, in einem Wort: »altmodisch«.

Dieses Jahr bin ich ins Gymnasium gekommen, und Martha hatte vorgeschlagen, dass ich den Schulweg allein bewältigen sollte.

»Glauben Sie nicht, dass ich mich von Ihnen distanzieren will«, erklärte sie, »aber ich glaube, Sie müssen unabhängiger werden und endlich Freunde finden.«

Wenn ich jetzt daran zurückdenke, glaube ich, dass sie ihren bevorstehenden Abschied erahnte und nicht wollte, dass ich mit einem Mal ganz allein dastünde. Zum Glück habe ich Grisella kennengelernt. Sie war neu an der Schule genauso wie ich – obwohl ich beinahe alle in meiner Klasse schon vom Sehen kannte. Jedenfalls freundeten wir uns an. Grisella mag mich und unterhält sich gern mit mir. Ich bin froh, dass es sie gibt.

Heute erzähle ich ihr von der überstürzten Abreise meines Kindermädchens. Mitfühlend fasst sie meine Hand.

»Auch wenn unsere Eltern uns sagen, dass wir keine Bindung zu diesen Frauen entwickeln sollen – das geht einfach nicht, stimmt's?«

Ich lächle zustimmend, aber ich glaube nicht, dass meine Beziehung zu Martha mit der von Grisella und ihrem Kindermädchen vergleichbar ist. Erstens habe ich meine Mutter früh verloren, und mein Vater war nur selten zu Hause, sodass ich mehr Zeit mit Martha als mit ihm verbracht habe. Und zweitens hat Martha mich schon früh wie eine Erwachsene behandelt. Dank ihr wusste ich viel eher über die Situation im Land Bescheid als die anderen. Die Kindermädchen meiner Freundinnen dagegen vermeiden es unter allen Umständen, ihr früheres Leben in der Unterstadt zu erwähnen, geschweige denn, davon zu erzählen. Die meisten meiner Freundinnen haben erst spät von deren Herkunft erfahren, meist auf der Mittelschule. Dort erklärt man uns zunächst, dass die Industrialisierung seit Mitte des neunzehnten Jahrhunderts – also seit über dreihundert Jahren – eine riesige

Menge an giftigen Gasen hervorgebracht hat. Diese Gase bilden inzwischen eine hermetische Schicht rund um die Erde, die im Lauf der Jahrhunderte immer dicker geworden ist. In vielen Gebieten gibt es deshalb keine Photosynthese mehr. Die verfaulenden Pflanzen setzen Methan frei, wodurch das Problem noch verstärkt wird. Von den Leuten unter der Nox-Wolke in unserer Stadt erfahren wir zwar, aber es heißt, es seien nur wenige, und diese lebten auch nicht in der Nähe, weshalb wir in unserem ganzen Leben nicht mit ihnen in Kontakt kämen. Um zu begründen, warum sie in einer krank machenden Umgebung leben müssen, erzählt man uns, dass sie einer anderen Rasse angehören. Sie seien klein und robust, ihr Organismus sei an die Umweltverschmutzung angepasst. Mit ihren widerstandsfähigen Lungen könnten sie dort atmen, wo es für uns lebensgefährlich sei. Geistig seien sie unterentwickelt, sie seien schmutzig und manchmal gewalttätig. Insgesamt soll der Eindruck erweckt werden, es handele sich bei ihnen um eine Art Zwischenstufe, angesiedelt zwischen den zivilisierten Menschen und den Tieren.

Wenn wir erwachsen werden, dürfen wir schließlich die ganze Wahrheit erfahren. Wir lernen dann, dass diese Menschen nur wenige Hundert Meter unter uns leben, jenseits des *No man's land*, und dass wir sie ausbeuten, um unseren hohen Lebensstandard zu halten. Durch ihre Lebensumstände haben sie eine sehr niedrige Lebenserwartung und eine hohe Todesrate bei den kleinen Kindern. All das sei aber schon seit vielen Generationen so. Nichts rechtfertige eine Änderung der Umstände.

Ich bin kaum von der Schule zurück, da ruft mein Vater mich schon in sein Büro. Unwillkürlich suche ich die Zimmerdecke nach dem Loch ab, durch das ich das Gespräch mit Martha am Vortag belauscht habe. Mit Mühe entdecke ich neben einem Balken etwas, das wie ein gräulicher Fleck aussieht. Mein Vater sieht mich lange schweigend an. Mittlerweile habe ich mich mit dieser unangenehmen Angewohnheit abgefunden.

»Ich hoffe«, beginnt er schließlich, »dass Marthas Abschied dich nicht zu traurig gestimmt hat. Ich hätte dafür Verständnis. Als ich ein Kind war, habe ich etwas Ähnliches erlebt. Meine Eltern hatten mir einen kleinen Hund gekauft. Wie du weißt, haben diese Tiere eine kürzere Lebenserwartung als wir, ähnlich den Leuten von unten. Das Tier lebte sechs Jahre, und in dieser Zeit habe ich eine Bindung zu ihm aufgebaut. Glaub mir, ich habe gelitten, als es gestorben ist. Zurück zu Martha: Du hast ja in ihrem Brief gelesen, dass ich einfach nur ihrem Wunsch entsprochen habe, denn er schien mir begründet. Ich habe ein junges Mädchen engagiert, das Martha ersetzen wird. Sie kommt übermorgen. Ich werde nicht hier sein, und ich möchte, dass du sie freundlich empfängst. Hast du noch Fragen, Ludmilla?«

»Ich möchte auf Marthas Brief antworten. Ich finde, ich sollte mich für ihre jahrelangen Dienste bedanken. Könntest du mir bitte ihre Adresse geben?«

»Ihre Adresse?«, wiederholt mein Vater sichtlich beunruhigt. »Ich habe ihr schon in deinem Namen gedankt.«

»Ich bestehe darauf, Papa.«

»Das ist eine sehr ungewöhnliche Bitte, und ich halte

das für keine gute Idee. Aber letztlich ist es deine Entscheidung. Schreib ihr ruhig.«

Er sieht mich amüsiert an, was mich wahnsinnig macht. Mit einer Geste bedeutet er mir, dass das Gespräch beendet ist. Als ich mich nicht rühre, fragt er:

»Ist noch etwas, Ludmilla?«

»Ich warte auf die Adresse.«

»Gib mir den Brief, wenn er fertig ist. Ich kümmere mich dann darum, dass Martha ihn erhält.«

»Wann fährst du wieder?«

»Morgen früh gegen sechs.«

Im Gefühl, von ihm hereingelegt worden zu sein, gehe ich in mein Zimmer. Ich wollte doch nur die Adresse meines Kindermädchens. Ich habe sie nicht bekommen, und darüber hinaus muss ich jetzt noch einen Brief schreiben, den mein Vater lesen wird, bevor er ihn weiterleitet oder in den Papierkorb wirft. Ich bin in einer Zwickmühle. Wenn ich ihn noch einmal auf die Adresse anspreche, wird er misstrauisch, und wenn ich sage, dass ich nun doch keinen Brief schreiben will, wird er wissen wollen, warum.

Liebe Martha,

ich bedaure, dass ich Sie nicht verabschieden konnte. Ich hoffe wirklich, dass Sie nun glücklich sind, und danke Ihnen für Ihr Engagement.

Ludmilla

Ich lege den Brief auf den Küchentisch und gehe ins Bett. Es muss doch eine Lösung geben! Ich denke an mein letztes Gespräch mit Martha, als sie ihre »besondere Kommode« erwähnte. Vielleicht wollte sie mich auf ein Versteck hinweisen? Morgen nach der Schule werde ich ihr Zimmer durchsuchen.

Lucen

Ich habe drei Freunde, die wie ich auf Höhe 410 wohnen. Wir sind Nachbarn und schon seit Kindertagen unzertrennlich. Jeden Abend treffen wir uns ein paar Schritte von unseren Elternhäusern entfernt bei einem Lagerhaus. Es ist ein Ritual, an dem wir alle festhalten, vor allem jetzt, da Maurce und Jea von der Schule abgegangen sind und wir uns tagsüber nicht mehr sehen. Ich bin der Älteste von uns, ein halbes Jahr älter als Gerges, ein Jahr älter als Maurce und fast zwei Jahre älter als Jea. Wir reden hauptsächlich über Mädchen, aber manchmal auch über die Schule oder über Tierkämpfe in den Hinterzimmern der Hafenkneipen. Wir haben nur ein Tabuthema: unsere Väter, die so unterschiedlich und zum Teil sogar Feinde sind.

Bisher halten wir dem familiären Druck so gut es geht stand. Unsere Freundschaft hätte daran eigentlich schon längst zerbrechen müssen.

Gerges' Vater ist nicht nur Polizist, sondern auch Verantwortlicher der örtlichen Miliz. Deren Mitglieder nennen sich Jaspisten (Jeder An Seinen Platz). Es handelt sich um eine rassistische Partei, die jeden bekämpft, der die bestehende Trennung zwischen Reich und Arm hinterfragt. Ihre Anhänger üben manchmal auch Gewalt aus, denn vonseiten der Behörden genießen sie völlige Straffreiheit. Sie haben ähnliche Rechte wie die Polizei, dürfen jede beliebige Person kontrollieren und sogar festnehmen und sind nur ihrem Chef gegenüber verantwortlich.

Jeas Vater gehört zur Gegenseite. Er ist zwar kein erbitterter Aktivist, aber er nimmt an allen verbotenen Demonstrationen für die Befreiung der politischen Häftlinge teil, vor allem seit sein Bruder wegen jewowistischer Ansichten im Gefängnis sitzt. Die Jewowisten (Jeder Wo er Will) kämpfen für das Recht des Einzelnen, den Wohnort selbst zu wählen. Ihre Ansichten stellen die Grundlagen der Trennung von Ober- und Unterstadt infrage.

Maurces' Vater ist seit bald drei Jahren spurlos verschwunden. Gerüchten zufolge hat er enge Beziehungen zu einer Terrorgruppe gehabt, die radikalen Jewowisten nahesteht. Deshalb sei er verschwunden.

Wir haben beschlossen, nicht über die jeweiligen Überzeugungen unserer Väter zu sprechen. Aber das wird immer schwieriger, denn je älter meine Freunde werden, umso stärker wollen auch sie sich engagieren. Manchmal reden sie darüber heimlich mit mir, weil sie wissen, dass sie mir vertrauen können. Vielleicht halten sie mich auch für neutral, weil mein Vater nie Partei ergreift.

An diesem Morgen zieht Gerges mich ins Vertrauen. Die Freunde seines Vaters drängen ihn seit Wochen, der Miliz beizutreten.

»Sie haben gesagt, erst dann sei ich ein echter Mann.«

»Bedeutet Mannsein für dich, gewalttätig zu werden?«

»Glaub nicht alles, was man über die Miliz sagt. Manchmal verteidigen wir das Viertel mit Gewalt, aber die Gegner sind auch nicht gerade Chorknaben. Heute Abend mache ich meinen ersten Rundgang, dann erzähle ich dir mehr. Aber verrate den anderen nichts.«

»Verstanden.«

Ich bin zwar nicht überrascht, aber doch enttäuscht. In letzter Zeit hatte Gerges mir gegenüber immer wieder Anspielungen gemacht, und ich ahnte schon, dass er den Schritt gehen würde. Aber tief im Inneren hatte ich die Hoffnung, dass er der Miliz fernbleiben würde. Er tut, als erinnere er sich nicht daran, aber ich hatte bereits mit »seinen Freunden« bei der Miliz zu tun und weiß, wozu sie fähig sind.

Die Milizionäre sind die Herren der Nacht. Aus Angst, ihnen zu begegnen, geht niemand nach zwanzig Uhr freiwillig auf die Straße. Gegen die Kälte und Langeweile saufen sie und »amüsieren« sich mit Passanten, die ihnen in die Hände fallen. Eines Nachts hatte mein Vater mich zu einem seiner Zulieferer geschickt, um Elektroteile abzuholen. Auf dem Rückweg bekam ich den Schreck meines Lebens. Ich war extra dicht an den Hauswänden entlanggelaufen, um ihnen zu entgehen, aber dabei zerriss ich aus Versehen das Kabel einer ihrer Elektrofackeln. Sie hielten mich für eines der Straßenkinder, die in den Kellern und in der Kanalisation schlafen.

»Jungs, ich hab 'ne Kanalratte erwischt. Wir füllen sie ab und zünden sie an, o.k.?«, rief ein Milizionär mit rasselnder Stimme.

»Ich bin der Sohn von Arand auf 410 und ich transportiere eine Lieferung für meinen Vater. Lassen Sie mich gehen!«

»Wer hat dir erlaubt zu reden?!«, schrie mich ein anderer an. »Dein Gequatsche ist uns egal. So ein kleines Grillfest wird uns aufwärmen.«

Die beiden waren völlig besoffen. Der eine packte und schüttelte mich, als wollte er mir den Arm ausreißen. Ich war schon sicher, die Sache nicht zu überleben, als er plötzlich losließ. Ich fiel hin, rappelte mich auf und rannte davon. Am nächsten Tag erzählte ich Gerges von dem furchtbaren Erlebnis, aber er schien mir nicht zu glauben.

»So etwas hätten sie nie getan. Sie wollten dich einfach nur warnen, dich nicht nachts draußen herumzutreiben.«

»Du kannst mir glauben, die haben das ernst gemeint.«

»Ich kenne jeden Einzelnen von ihnen. Die sind nicht böse. Und wenn dir noch einmal etwas passiert, dann lass einfach den Namen meines Vaters fallen, Grégire. Sie gehorchen ihm blind.«

Vor dem Einschlafen muss ich an Gerges denken, der vielleicht eines Tages Maurce in einem Kampf auf Leben und Tod gegenüberstehen wird. Um Maurce mache ich mir Sorgen. Er hat mir gesagt, er sei der Geheimarmee der Jewowisten beigetreten. Er wollte mir alles erzählen, aber unser letztes richtiges Gespräch war vor ungefähr zehn Tagen. Ich hoffe, dass er kein unüberlegtes Risiko eingeht. Aus dem Schicksal seines Vaters scheint er nichts gelernt zu haben. Im Gegenteil, er will dessen Kampf fortsetzen. Die Mitglieder der Organisation sind auf ihn zugekommen und waren sicher, dass er beitreten würde.

»Und wenn du nicht gewollt hättest?«, hatte ich ihn gefragt.

»Warum hätte ich nicht beitreten sollen?«

»Stell es dir einfach mal vor. Hättest du nicht ablehnen können?«

Er schwieg eine Weile. Meine Beharrlichkeit schien ihn zu verunsichern.

»Ich weiß nicht. Sicher hätte ich ablehnen können.«

Dann erklärte er, bislang habe er nur körperliches Training bekommen, vor allem im Nahkampf. Dazu traf er sich mit drei anderen Gruppenmitgliedern in einer Höhle auf ungefähr 200. Er hoffe, später an Aktionen gegen die Jaspistenmiliz und deren Anführer teilnehmen zu dürfen.

»Und Gerges?«

»Sie wollen niemanden töten, schon gar nicht Zivilisten. Aber sein Haus gehört zu den potenziellen Zielen. Sie haben mir versprochen, das Haus unseres Freundes in nächster Zeit zu verschonen. Aber sie sagten auch, schon bald würde ich persönlich dort Sprengstoff platzieren wollen. Sie glauben, unsere Freundschaft aus Kindertagen habe keinen Bestand mehr. Und ich sei der Einzige, der das noch nicht wahrhaben wolle.«

»Und was denkst du?«

»Darüber will ich nicht nachdenken. Erst einmal soll sich nichts ändern. Wir bleiben Freunde und erinnern uns gemeinsam an unsere heroischen Kämpfe gegen die Bande von 518. Weißt du noch?«

»Die guten alten Zeiten.«

Noch gestern, als Maurce und ich allein waren, hatte ich versucht, das Gespräch auf seine illegalen Aktivitäten zu lenken, aber er wechselte das Thema. Wahrscheinlich ist es illusorisch, jetzt noch darauf zu warten, dass er mir Geheimnisse anvertraut. Wie alle Mitglieder der Partei der Jewowisten ist er zu absoluter Geheimhaltung verpflichtet. Wenn ich mehr darüber erfahren will, muss ich mich selbst engagieren. Lange Zeit glaubte ich, in diesem Punkt anders zu sein als mein Vater, radikaler. Aber jetzt, wo meine Freunde Entscheidungen treffen, bleibe ich außen vor. Ich finde, alles geht viel zu schnell. In weniger als einem Jahr werde ich selbst Vater sein. Das allein reicht zum Grübeln völlig aus.

An diesem Abend beginnt Jea das Gespräch. Er will uns etwas mitteilen. Wir vermuten, dass er uns von seiner neuen Flamme erzählen will, die diesmal bestimmt und »wirklich« die Richtige ist. Wie immer tun wir, als hörten wir gebannt zu. Jea ist der Casanova unseres Viertels. Bis vor Kurzem haben wir uns ein bisschen an ihm orientiert, weil er praktisch alle infrage kommenden Mädchen mehr oder weniger gut kennt. Er führt sogar über seine Eroberungen Buch.

»Jungs, ich glaube, ich habe sie gefunden«, beginnt er.

Ich grinse, genau wie die anderen, denn das erzählt er uns alle drei Tage.

»Das Mädchen wohnt auf 85.18. Sie heißt Drine.«

»Eine Unterhundert? Und du glaubst, deine Eltern wären einverstanden?«

»Wir verraten ihnen nicht ihre richtige Adresse. Sie hat eine Tante, die auf 318 wohnt. Drine ist ein ganz außergewöhnliches Mädchen. Sie riecht nach …«

»Nach Teer oder Altöl, stimmt's?«, schlägt Maurce lachend vor.

»Nein«, widerspricht Jea beleidigt. »Selbst die Unterhundert waschen sich einmal pro Woche, genau wie wir. Wenn ich sie euch vorstelle, werdet ihr schon sehen, Jungs. Sie ist eine Schönheit!«

»Lucen«, fragt Gerges ein bisschen verlegen, »ich habe gehört, dass du auf Firmie verzichten wirst.«

Ich überlege kurz. Ihnen kann ich alles sagen. Also erzähle ich ihnen von den letzten Begegnungen mit meiner Zukünftigen und versuche dabei, meine Emotionen im Griff zu behalten. Auf einmal wird mir klar, dass unsere Beziehung zu einem der meistdiskutierten Themen im Viertel geworden ist. Meine Freundin gelangte zu einer gewissen Bekanntheit, als sie sich mit ihrem Vater prügelte, um ihre Mutter zu beschützen – und gewann. Zugegebenermaßen ist ihr Vater ab einer bestimmten Uhrzeit so betrunken, dass er sich kaum auf den Beinen halten kann. Zum Glück muss er als Werftarbeiter schon in den frühen Morgenstunden zum Dienst, wenn er noch einigermaßen nüchtern ist.

Jea erklärt, Firmie sei eines der wenigen Mädchen, die er nie habe verführen wollen. Trotzdem fände er sie hübsch, sie rieche sehr gut und zugleich imponiere sie ihm.

Mir gefällt die Richtung nicht, die unser Gespräch nimmt. Ich versuche, das Thema zu wechseln.

»Und du, Gerges? Bist du mit Snia zu einer Einigung gekommen?«

»Ist sie nicht noch ein bisschen jung?«, fragt Jea.

»Sie hat das gesetzlich erlaubte Alter: In einem Monat wird sie vierzehn. Ja, Jungs, hiermit ist es offiziell. Am Wochenende haben unsere Eltern die Sache mit Handschlag besiegelt. Mein Vater will, dass ich in einem der Häuser beim Hafen übe, bevor wir mit den Tests beginnen.«

»Du kannst es dir ja leisten«, bemerkt Maurce.

Gerges geht nicht darauf ein, und Maurce tritt nicht nach. Wir alle wissen, dass Grégires Status als Polizist bei Tag und Chef der Miliz bei Nacht ihm gewisse Gesetzesüberschreitungen erlaubt. Aber wir wissen auch, dass man darüber lieber nicht spricht. Maurce fährt fort:

»Also, Leute, ich werde Sionne am 10. des nächsten Monats heiraten. Seht ihr, ich habe euch alle überholt.«

»Und du wirst sie ein Leben lang lieben?«, will Jea wissen. »Bist du sicher?«

»Es ist zu früh, um sich diese Frage zu stellen. Weißt du, meine Eltern kannten sich auch kaum, als sie geheiratet haben. Ihre Verbindung hatte vor allem wirtschaftliche Gründe. Aber im Lauf der Jahre entwickelte sich zwischen ihnen eine echte Verbundenheit. Meine Mutter hat sich immer noch nicht von dem Schock erholt, dass mein Vater verschwunden ist.«

»Im wievielten Monat ist Sionne?«

»Im dritten.«

Am nächsten Morgen wartet Gerges vor dem Haus auf mich. Er kann es kaum erwarten, mir von der vergangenen Nacht zu erzählen.

»Bei meinem ersten Ausgang durfte ich nur den sogenannten kleinen Rundgang machen. Er beginnt mit der Ausgangssperre und endet gegen ein Uhr nachts. Jeden zweiten Samstag oder in den Ferien darf ich die zweite Runde gehen, die bis fünf Uhr dreißig dauert. Wir waren zu dritt. Marcl und Hectr, die beiden anderen, sind alte Freunde der Familie und ganz lustige Kerle. Weißt du, ich hab wieder daran gedacht, was dir vor ein paar Jahren passiert ist, als die Milizionäre dir mit der Behauptung Angst eingejagt haben, sie wollten dich grillen. Solche Späße haben wir uns gestern die ganze Nacht erlaubt. Jeder Passant, dem wir begegnet sind, hat ordentlich eins aufs Dach bekommen. Weißt du, die Leute verabscheuen uns, sie wollen uns nicht in die Augen schauen. Und das macht die Jungs wütend. Sie wollen anerkannt und respektiert werden. Das finde ich übrigens ganz normal.«

»Kannst du dir nicht vorstellen, dass die Leute, die ihr kontrolliert, einfach schreckliche Angst haben, euch zu begegnen – genau wie ich damals? Und dass es in so einem Moment schwierig ist, deine Kumpel als ganz normale Menschen zu betrachten, mit denen man reden kann?«

»Du hast das ja nicht miterlebt. Die Leute verhalten sich wirklich herablassend. Eine Frau zum Beispiel rannte in Richtung ihres Hauses. Sie hatte keine Papiere dabei, also wollte Hectr wissen, wer sie sei und was sie um diese Uhrzeit auf der Straße mache. Normalerweise hätte er sie auf die Station bringen können, das wäre die übliche Prozedur. Aber er wollte nett sein, auch weil die Frau recht hübsch und elegant war. Er wollte sie also gegen einen kleinen Kuss gehen lassen. Sie sollte einfach zeigen, dass sie ihm nicht böse war und ihn nett fand. Aber dann fing das Miststück plötzlich zu schreien an! Hectr musste sie zum Schweigen bringen, damit sie nicht das ganze Viertel aufweckte. Ein kleiner Kuss, das ist doch wirklich nichts Schlimmes!«

»Sie hatte Angst, Gerges. Eine Frau, die nachts allein unterwegs ist und von drei Unbekannten aufgehalten wird, die einen Kuss von ihr wollen – klar, dass sie Panik bekommen hat. Haben sie dich abgefüllt?«

»Nur ein bisschen. Ich bin das ja nicht gewöhnt.«

»Hüte dich vor dem Alkohol. Alkohol verändert deine Wahrnehmung und dein Urteilsvermögen. Eines Morgens wirst du aufwachen und dich für die Taten der Nacht schämen. Gerges, ich finde es nicht gut, dass du dich mit diesen Typen abgibst.«

»Wäre es dir lieber, dass ich Bomben lege, wie die aus dem gegnerischen Lager?«

»Das habe ich nicht gesagt. Du bist mein Freund, und ich mache mir Sorgen um dich.«

»Ich weiß, was ich tue. Ich brauche kein Kindermädchen.«

Als wir die Schule erreichen, geht jeder ohne ein weiteres Wort seiner Wege. Das kenne ich schon von Gerges: Wenn man ihm widerspricht, wird er bockig. Aber das hält nie lange an. Dafür ist unsere Freundschaft zu eng, und wir müssen uns gegenseitig alles sagen dürfen, auch wenn es manchmal schmerzt. Ganz sicher hat sein nächtliches Abenteuer bei ihm einen bitteren Nachgeschmack hinterlassen, deshalb hatte er heute auch das Bedürfnis, darüber zu sprechen. Er hatte meine Kritik erwartet. Hätte ich mit ihm über die Sache gelacht, hätte er geglaubt, ich habe ihm nicht richtig zugehört oder seine Erlebnisse seien mir gleichgültig.

Heute haben wir keinen gemeinsamen Unterricht. Als zukünftiger Polizist hat Gerges Rechtskunde, ich habe Elektrik. Zum Abschied klopft er mir auf den Rücken, ich drücke kurz seinen Arm. Ich weiß, dass er in drei Stunden am Schultor auf mich warten und mich mit einem Lächeln begrüßen wird.

Unser Lehrer gibt sich mit der Vorbereitung des Unterrichts keine besondere Mühe. Er nimmt uns einfach jedes Mal mit, um »in der Praxis« einen Motor oder einen kaputten Stromkreis zu reparieren. Wir müssen uns erst einig werden, worin das Problem besteht, und dann herausfinden, wie es zu lösen ist, wie lange die Reparatur dauern wird und welche Materialien dazu benötigt werden. Wir kennen uns alle schon ziemlich gut aus. Die Arbeit ist nicht besonders aufregend, aber manchmal gibt es echte Herausforderungen, die uns richtig Spaß machen. Leider ist das viel zu selten. Heute geht es um den Kühlschrank des Schuldirektors. Das Gerät wird nicht mehr mit Strom versorgt. Zuerst überprüfen wir alle Kabel und Anschlüsse. Der arme Kerl, der seit heute früh die Handkurbel bedient, kann eine Pause einlegen.

»Lasst euch Zeit, Jungs«, flüstert er uns zu. »Ich hab's nicht eilig.«

»Wir auch nicht«, antwortet einer meiner Freunde. »Wir sind auch lieber unterwegs, als uns im Theorieunterricht mit Situationen zu beschäftigen, die in der Unterstadt nie auftreten.«

Viele träumen davon, eines Tages die Leitungen in der Oberstadt zu reparieren. Dort gibt es Stromzähler, Schutzschalter, Sicherungen und helle Lampen.

Die Reparatur nimmt erwartungsgemäß die gesamte Unterrichtszeit in Anspruch. Am Schultor treffe ich Gerges.

»Ich habe dir das heute früh nicht erzählt«, beginnt er, »aber ich konnte erreichen, dass es Samstagnacht keine Kontrollen geben wird. Wir können zu viert zu den Ratten- und Hundekämpfen im *Milord* gehen. Am Samstag soll der ›Star‹ kämpfen.«

»Genial! Komm, wir sagen den anderen Bescheid.«

Jea und Maurce sind nicht mehr auf der Berufsschule. Seit Maurces Vater verschwunden ist, arbeitet er nun allein im Beruf des Müllers und ernährt die Familie. Aus Insekten fertigt er den sogenannten »braunen Puder«. Einige Arten werden dazu einfach getrocknet und gemahlen, andere werden erst auf großen Blechen geröstet, weil sie sonst giftig wären. Der Puder, den Maurce verkauft, wird dann verschiedenen Nahrungsmitteln beigemischt, damit sie tierisches Protein enthalten. Unser Freund züchtet im Keller verschiedene Insektenarten: Mehlkäfer, Fliegen, diverse Arten von Kakerlaken. Außerdem erhält er Lieferungen vom Hafen oder von den Unterhundert, die in den Elendsvierteln Insekten fangen. Als wir Maurces Mühle betreten, hören wir ihn summen. Er sortiert gerade Mehlkäferlarven in einem großen Korb. Alle, die schon mit der Verpuppung begonnen haben, nimmt er heraus.

»Ach, ihr Faulpelze habt euch entschlossen, den Arbeiter zu besuchen?«

Ohne die Arbeit zu unterbrechen, hört er sich Gerges' Pläne für Samstagnacht an. Natürlich ist er begeistert, nun den »Star« endlich in Aktion sehen zu können. Davon träumt er schon seit Wochen.

Jea ist heute nicht in der kleinen »Rattenküche«, die die Straßenverkäufer des Hafenviertels mit heißen Fleischpasteten versorgt. Als sein Vater uns kommen hört, stellt er sich sofort vor die Tür, um uns am Eintreten zu hindern. Er will nicht, dass wir etwas über seine Geheimrezepte herausfinden. Es gibt das Gerücht, dass er das Fleisch von Ratten verwendet, die bei den Kämpfen zu Tode gekommen sind, aber sein Sohn streitet das ab. Rymond will wissen, warum wir hier sind, und bietet an, seinem Sohn eine Nachricht von uns zu übermitteln. Gerges will Jea aber heute Abend lieber persönlich von unseren Plänen erzählen. Außer Hörweite von Rymond sagt er:

»Ich hasse diesen Typen und alle von seiner Sorte!«

Ich sage nichts, aber ich weiß genau, dass der Hass auf Gegenseitigkeit beruht.

Gerges

»Guten Abend, Grégire.«

Sie hat den Gruß meines Vaters zwar erwidert, aber es klang nicht aufrichtig. Eher, als hätte sie gesagt: »Guten Abend, Mistkerl« oder »Guten Abend, Schweinehund«. Mein Vater ist nicht blöd, und er sagt, so etwas mache ihm nichts aus. »Viel wichtiger ist«, sagt er immer wieder, »dass die Leute unterwürfig den Blick senken und dass du ihre Angst spürst, wenn du mit ihnen sprichst.«

Ich bin also der Sohn eines Mannes, den die Mehrheit hier fürchtet, wenn nicht sogar hasst. Andererseits bewundern ihn auch einige, die von nichts anderem träumen, als ihm zu gleichen.

»Dein Vater, das ist wirklich jemand.« Wie oft habe ich diesen Satz schon von den Milizionären gehört? Bestimmt Hunderte Male. Ich versuche alles, um ihm gerecht zu werden. Mein Vater ist Chef der Jaspistenmiliz dieses Viertels. Aber er ist nicht nur eine politische Führungsfigur. Am Tag übt er einen richtigen Beruf aus. Er ist Polizist im Dienstgrad eines Wachtmeisters. Jeden Tag patrouilliert er im Kampf gegen die Kriminalität mit seinen Männern durch die Straßen. Abends und am Wochenende zieht er die Uniform der Miliz an und setzt den Kampf, an den er glaubt, mit anderen Mitteln fort.

Als sein Sohn folge ich seinem Vorbild. Ich bin bereits in der Ausbildung zum Polizisten. Ich darf noch keine Waffe tragen, aber ich begleite die Jungs bei Einsätzen. Ich kenne alle Kollegen meines Vaters sehr gut. Manchmal passiert es mir noch, dass ich den einen oder anderen »Onkel« nenne, auch wenn ich mir solche Vertraulichkeiten jetzt eigentlich nicht mehr erlauben darf. Meine Mutter ist momentan noch gegen mein politisches Engagement, weil sie glaubt, ich sei zu jung, um Schule, Lehre und nächtliche Patrouillengänge unter einen Hut zu bekommen.

Wenn mein Vater die Uniform der Miliz anzieht, wird er ein anderer Mensch. Plötzlich ist er jemand von Bedeutung. Jetzt erteilt er die Befehle, wird respektiert und spürt, dass man ihn wertschätzt.

Ich war schon als kleiner Junge stolz auf meinen Vater – auf seine Kraft und seine Macht. Ich habe immer davon geträumt, wie er zu werden, eine Uniform und eine Waffe am Gürtel zu tragen. Früher haben meine Freunde diese

Begeisterung geteilt. Auch sie waren fasziniert von den Ordnungskräften und der Macht, die sie verkörpern. Viele beneideten mich darum, dass ich gesetzlich verpflichtet bin, Polizist zu werden. Wer träumt denn schon davon, Metzger oder Restaurateur zu werden? Aber seit ein paar Jahren haben sich die Dinge verändert. Wir verstehen jetzt besser, wie die Welt funktioniert und welche Entscheidungen unsere Eltern getroffen haben. Zu meinen besten Freunden gehören zwei potenzielle Feinde: Jea, dessen Vater sich offen in der Friedensbewegung und gegen die Methoden der Miliz engagiert, und – schlimmer noch – Maurce, dessen Vater Extremist war und seit einer Razzia verschwunden ist. Bestimmt wurde er von einem meiner neuen Freunde getötet, der das allerdings nie zugeben würde. Mit Lucen ist es einfacher: Sein Vater ist ein Angsthase, der sich lieber nicht einmischt.

Was genau werfen sie der Miliz eigentlich vor? Wir kümmern uns nachts um die Sicherheit und kämpfen erfolgreich gegen die Terroristen. (Ich sage »wir«, obwohl ich momentan nicht aktiv dabei bin, aber ich solidarisiere mich mit ihren Aktionen und teile ihre Überzeugungen.) Natürlich müssen wir Methoden anwenden, die nicht gerade zimperlich sind, aber nur deshalb funktioniert es ja, verdammt noch mal! Was wollen sie bloß alle? Dass wir die Bombenleger in Ruhe ihre Arbeit machen lassen? Dass Anarchie herrscht und noch mehr Kinder bei Attentaten sterben? Wir tun wenigstens etwas, wir legen Hand an und haben keine Angst, uns dabei schmutzig zu machen!

Mein Vater drängt seit Monaten darauf, dass ich den Kontakt zu meinen Freunden abbreche. Er sagt, diese Freundschaften könnten mir schaden. Außerdem habe er bereits Beweise dafür, dass sie in zum Teil gewalttätige Aktionen der Jewowisten verwickelt seien.

Aber ich weigere mich. Ich habe ihnen so viel zu verdanken. Ich will ihnen um unserer gemeinsamen Vergangenheit willen um jeden Preis treu bleiben. Damals standen wir einander so nahe. Es war eine Freundschaft für die Ewigkeit. Wir sind als Nachbarskinder zusammen aufgewachsen, hatten ein Versteck, in dem sich unsere kleine Bande traf. Wir hatten Geheimnisse. Im Versteck planten wir die Angriffe auf die anderen Banden. Es ging uns gut. Und als mein großer Bruder mit fünfzehn Jahren plötzlich an einem Infarkt starb, halfen mir meine Freunde – und nicht meine Eltern, die genug mit ihrer eigenen Trauer zu tun hatten und von meiner Existenz kaum mehr Notiz nahmen. Meine Mutter weinte unablässig, lag nur noch im Bett und versorgte mich nicht mehr mit Essen oder sauberer Kleidung. Mein Vater hatte in Kéin seinen würdigen Nachfolger gesehen, stürzte sich in die Arbeit und dachte nur noch an Rache. Er glaubte, sein ältester Sohn sei vergiftet worden und er das eigentliche Ziel des Anschlags gewesen. Kéin war damals gerade in die Miliz eingetreten. Monatelang kümmerten sich meine Freunde um mich, liehen mir ihre Kleidung oder ließen meine heimlich von ihren Müttern waschen. Sie gaben mir Essen, wenn meine Eltern mich vergessen hatten. Vor allem aber unterstützten sie mich, ließen mich weinen und brachten mich dann auf andere Gedanken, indem sie von sich selbst erzählten. Wären sie nicht gewesen, wie hätte ich überleben sollen?

Als meinen Eltern Monate später klar wurde, wie sehr sie mich vernachlässigt hatten, bedankten sie sich weder bei meinen Freunden noch bei deren Eltern. Stattdessen entwickelten sie Hass. Vielleicht fühlten sie sich schuldig oder schämten sich ihrer Nachlässigkeit? Ein Jahr lang verboten sie mir sogar, meine Freunde zu sehen. Irgendwann glätteten sich dann zum Glück die Wogen und ich durfte mich wieder mit ihnen treffen.

Seitdem weiß ich, dass meine Eltern meinen Freunden gegenüber misstrauisch sind – auch wenn wir nichts Verbotenes tun. Ich bin mir jedenfalls sicher, dass ich meinen Freunden treu bleiben kann, auch ohne meine Familie zu verraten. Und dass ich umgekehrt meine Eltern lieben und trotzdem meine Freunde ihre eigenen Entscheidungen treffen lassen kann. Ich würde ihnen nie schaden, und ich weiß, dass es umgekehrt genauso ist.

Ich bin kurz davor, mich der Miliz anzuschließen. Ich fühle mich bereit, und außerdem ist es so vorgesehen. Erst gestern Abend haben meine Eltern darüber gesprochen, und meine Mutter war mehr oder weniger einverstanden. Ich werde es Lucen erzählen, aber ich fürchte mich schon jetzt vor seiner Reaktion. Er wird wieder die drei Jahre alte Geschichte von der Kontrolle aufwärmen, als die Jungs sich mit ihm einen Spaß erlaubt haben. Er will einfach nicht begreifen, dass sie nur rumgealbert haben und ihm nie etwas getan hätten. Wenn er sie so gut kennen würde wie ich, würde er sich nicht so große Sorgen machen. Manchmal wünschte ich, alle meine Freunde wären in der Miliz. Wir könnten die Rundgänge gemeinsam machen und Spaß haben, wie früher, als wir klein waren.

Meine Mutter hat zwar zugestimmt, aber nur, wenn ich mich auch um eine baldige Hochzeit kümmere.

»Wenn man ein Mann werden will, dann mit allen Konsequenzen.«

Sie hat natürlich recht. Meine Zukünftige heißt Snia. Ich habe sie nicht selbst ausgesucht, sondern unsere Familien haben eine Vereinbarung getroffen. Ich habe Glück, denn sie ist hübsch und freundlich. Ob ich wohl selbst eine Braut gefunden hätte? Ich suche nie Kontakt zu Mädchen. Zu Snia fühle ich mich noch nicht besonders hingezogen, aber ich denke, das ist normal, und in ein paar Monaten werden wir bestimmt unzertrennlich sein.

Am Monatsende werden wir uns zum ersten Mal ohne die Eltern treffen. Ich weiß nicht, worüber wir uns unterhalten sollen. Sie ist ein Mädchen und jünger als ich. Möglicherweise werden wir uns langweilen. Und da sie erst in einigen Wochen das gesetzlich vorgeschriebene Mindestalter erreicht, können wir auch nicht mit den Kompatibilitätstests beginnen. Umso besser. Schließlich wüsste ich gar nicht, was ich dabei zu tun hätte, und ihr geht es bestimmt nicht anders.

Snia stammt aus einer Familie von Kaufleuten. Sie besitzen mehrere Handelsschiffe. Man kann sie deshalb als gute Partie bezeichnen.

Lucen ist schon ewig mit Firmie zusammen. Als wir jünger waren, hat sie oft mit uns gespielt oder gezankt. Und sie war stark! Sie konnte es nicht leiden, wenn wir sie gewinnen ließen, nur weil sie ein Mädchen war. Aber eine andere Ausrede hatten wir nicht, wenn wir gegen sie verloren. Sie hatte schon immer nur Augen für Lucen und wollte stets unbedingt in seiner Nähe sein. Ich habe es den beiden nie gesagt, aber ich beneide sie. Vor allem Lucen – obwohl ich weiß, dass es mit Firmie nicht immer einfach ist.

Als ich meinem Freund vom ersten Rundgang erzähle, reagiert er wie erwartet. Er kann nicht anders, als mein Handeln zu verurteilen. Oft denke ich, es wäre besser, ihm solche Dinge nicht zu erzählen, weil wir letztlich beide unter unseren Meinungsverschiedenheiten leiden. Er versteht nicht, was ich in solchen Momenten wirklich erlebe. Heute wollte ich ihm vor allem ein Beispiel schildern, als ich ihm von der hysterischen Frau erzählte, zu der Hectr doch nur nett sein wollte. Lucen sollte verstehen, dass die Gewalt, die er kritisiert, stets nur eine Reaktion auf Provokationen der Passanten ist. Ich hätte ihm von meinen ersten eigenen Versuchen berichten sollen, jemanden zu kontrollieren. Die Jungs ließen mich machen. »Setz dich durch!«, hatten sie mir gesagt.

Mein erster Versuch war ein alter Mann von ungefähr vierzig Jahren. Er drängte sich einfach an mir vorbei und ging weiter, als existierte ich nicht. Ich verfolgte ihn und schnappte ihn mit, aber er riss sich los und behandelte mich wie einen Idioten.

Beim zweiten Versuch fühlte ich mich erniedrigt. Ich hatte ein Mädchen aufgehalten, sie war vielleicht etwas älter als ich. Sie lachte mir tatsächlich ins Gesicht, als erlaubte ich mir einen Spaß! Sie sagte zwar nichts, aber in ihren Augen las ich: »Du kleines Bürschchen, für wen hältst du dich eigentlich?« Aus schierer Wut versetzte ich ihr mit dem Knüppel einen Schlag auf den Kopf. Sie blutete ein wenig, und die Jungs mischten sich ein, damit ich sie gehen ließ. Dann zeigten sie mir, warum es bei ihnen funktioniert. Ich lauschte ihrem Tonfall und beobachtete ihre Haltung. Anschließend gaben sie mir von ihrem »Heuschnaps« zu trinken. Es stimmt, dass man sich danach anders fühlt, als sei alles unwirklich. Meine Stimme war lauter, meine Gestik ausladender, und endlich konnte ich die Angst in den Augen der Passanten sehen. Das heißt natürlich nicht, dass sie mich respektierten, aber sobald ich sie festhielt, wagten sie nicht, etwas zu sagen, und senkten den Blick. Genau, wie mein Vater es mir erklärt hatte.

Ludmilla

Martha hat mich nie in ihr Zimmer eingeladen. So betrete ich den winzigen Raum heute zum ersten Mal. Es ist ziemlich dunkel; nur durch ein vergittertes Kellerfenster dringt etwas Tageslicht. Ich schalte die nackte Glühbirne ein, die von der Decke hängt. Das Parkett und die Möbel riechen nach Bohnerwachs. Im Zimmer stehen ein Bett, ein Garderobenständer auf Rollen, der mit einem Plastiktuch bedeckt ist, und die Kommode. Ich ziehe alle Schubladen heraus und stelle sie auf den Boden. Dann suche ich die Rückwand und die Seiten der Kommode nach irgendeiner Kleinigkeit ab, die mich auf die richtige Spur bringen könnte. Nichts. Keine Unebenheit, keine versteckte Inschrift. Ich drehe jede Schublade um, bevor ich sie wieder an ihren Platz schiebe. Vielleicht hat Martha nur einen Scherz gemacht? Weil ich nicht gleich wieder in mein Zimmer zurückwill, setze ich mich aufs Bett und grüble. Bei einer der Schubladen hatte ich ein komisches Gefühl, ohne genau zu wissen, warum. Sie schien anders, vielleicht etwas schwerer zu sein. Es war die zweite. Ich stelle sie aufs Bett und untersuche sie genauer. Innen wirkt sie irgendwie kleiner ... als hätte sie einen doppelten Boden. Doch wie soll ich den öffnen? Ich nehme die Schublade mit in mein Zimmer, um weiter darüber nachzudenken. Aber ich darf mich nicht zu lange damit beschäftigen, denn bald schon sitzt mir ein neues Kindermädchen im Nacken.

Vom Essen bringe ich ein Messer mit. Ich schiebe die Klinge an der Innenseite der Schublade entlang – ohne Erfolg. Dann fällt mir ein Nagel auf, der knapp über dem Boden im Holz steckt. Er lässt sich ohne Mühe herausziehen. Das dünne Brett, das er fixiert hatte, lässt sich nun verschieben. Ich habe das Versteck gefunden! Martha hat hier ein schmales Heftchen verborgen. Die regelmäßige Schrift meines ehemaligen Kindermädchens füllt allerdings nur die ersten paar Seiten.

Liebe Ludmilla,

wie Sie wissen, muss ich dieses Haus für immer verlassen. Ich werde ein neues Leben beginnen und es wahrscheinlich auch bald schon beenden, denn die Luft dort, wo ich hingehe, wird meine Krankheit verschlimmern. Das ist schade, aber so ist es eben. Ich frage mich immer noch, warum Ihr Vater mich hinausgeworfen hat. Schließlich huste ich schon seit meiner Ankunft, und für jemanden aus der Unterstadt ist das ganz normal. In letzter Zeit hat sich der Husten auch nicht verschlimmert. Ich bin traurig und sehr enttäuscht. Da ich nicht viel zu packen habe, kann ich die Nacht nutzen, um Ihnen einige Geheimnisse zu verraten.

Wenn ich das bisher nicht getan habe, dann nicht etwa, weil ich Ihnen nicht vertraute, sondern weil ich mich Ihrem Vater gegenüber verpflichtet fühlte, der – das verstehen Sie sicher – viel für mich getan hat. Jetzt, da ich fortgehe, fühle ich mich eher in der Lage, auf bestimmte Fragen zu antworten, die Sie mir im Lauf der Jahre gestellt haben und auf die ich bis heute nicht eingegangen bin.

Warum also bin ich hierher in die Oberstadt gekommen?

Ich gehöre zu den unfruchtbaren Mädchen von unten. Manche sind aus genetischen Gründen steril, andere durch Unfälle, und so ist es auch bei mir. Ich hatte einen Bewerber, wie man in Ihrer Welt sagt, und nach den Fruchtbarkeitstests war ich schwanger. Leider wäre ich bei der Geburt meines Kindes beinahe an einer Infektion gestorben. Die Ärzte sagten, ich könne nie wieder schwanger werden. Also erklärten meine Eltern mich für tot und schickten mich zum Arbeiten in die Oberstadt. Heute weiß ich, dass sie dafür Geld bekommen haben. Aber ich bin ihnen nicht böse. Sie hatten keine andere Wahl. Oben wurden wir nach Schönheit und Intelligenz sortiert. Die Schönsten wurden für sexuelle Dienste in den Bordellen der Garnisonsstädte missbraucht, und die Intelligentesten gingen nach ein paar Monaten Ausbildung als Kindermädchen oder Hauslehrerinnen zu den Reichen. Wer übrig blieb, musste Mädchen für alles werden. Um oben zu arbeiten, mussten wir auf jeden Fall steril sein, denn wir durften auf keinen Fall »die Rasse kontaminieren«, indem wir schwanger wurden. Weil ich eher zu den Intelligenten gehörte und nicht besonders hübsch war, wurde ich Kindermädchen und kam zu meiner ersten Familie.

Während meiner ersten Anstellung habe ich sehr gelitten.

Meine Arbeitgeber hielten ihre Kinder dazu an, dem Personal gegenüber Herablassung an den Tag zu legen. Die Kinder verhielten sich tyrannisch und verletzend. Sie wuschen sich zum Beispiel sofort die Hände, wenn sie mich aus Versehen berührt hatten. Mein Leben bestand aus Schikanen und Erniedrigungen. Der Familienvater missbrauchte mich, wie er gerade Lust hatte. Ich möchte nicht in allen Einzelheiten schildern, was er mir angetan hat, weil ich bei der bloßen Erinnerung daran körperliche Schmerzen bekomme. Eines Nachts war ich so verzweifelt, dass ich mich mit Putzmitteln vergiften und meinem Leben ein Ende setzen wollte. Im Krankenhaus traf ich zum Glück eine andere »Unfruchtbare«, die ich schon von der Ausbildung kannte und die inzwischen als Krankenschwester arbeitete. Sie kannte Ihre Familie, weil sie Ihre Mutter im Jahr vor deren Tod gepflegt hatte. Sie hat Ihrem Vater von mir erzählt. Sie beschrieb ihn als ernsten und korrekten Menschen und seine Tochter als sanft und höflich. Zum Glück stellte er mich ein. Aber ich musste ihm versprechen, keine emotionale Bindung zu Ihnen aufzubauen und deshalb so wenig wie möglich mit Ihnen zu sprechen. Damals war ich zu allem bereit, um nicht zu meiner ersten Familie zurückkehren zu müssen.

Anfangs versuchte ich auch wirklich, Distanz zu wahren, und Sie haben mir in den ersten Wochen dabei geholfen, indem Sie sich wie ein »Wildfang« benahmen. Aber mit der Zeit entstand zwischen uns – und hinter dem Rücken Ihres Vaters – eine echte Verbundenheit. Später begriff ich, dass dies für Sie gleichzeitig eine Art Unabhängigkeit bedeutete. Sie hatten ein eigenes Leben jenseits der väterlichen Autorität. Ihr Vater hat mich zwar niemals wirklich als richtigen Menschen wahrgenommen, aber er war mir gegenüber auch

nie gewalttätig und hat mich nie vor Ihnen erniedrigt. All die Jahre blieb er distanziert und kühl, wenn wir uns bei einem seiner kurzen Aufenthalte begegneten. Seine Autorität beeindruckte mich, und ich sprach mit ihm stets nur das Nötigste. Sie haben sich oft darüber beklagt, dass er Sie vernachlässigte, und ich weiß wohl, dass Sie darunter gelitten haben. Aber unsere enge Bindung ist eben dieser Einsamkeit zu verdanken. Ich bin glücklich, diese zehn Jahre mit Ihnen verbracht zu haben.
Ich habe nie erfahren, ob mein Kind damals überlebt hat. Als ich nach dem Transport in die Oberstadt aufwachte, wollte mir niemand Auskunft geben. Wenn es noch lebt, hoffe ich, dass es Ihren offenen und großzügigen Charakter hat. Adieu, Ludmilla. Ich werde versuchen, jetzt ein wenig zu schlafen.
Martha

PS: Bitte schreiben Sie mir nicht. Die Post wird von der Miliz geöffnet, und ein Brief von oben nach unten würde sofort Aufmerksamkeit erregen.

Warum hat mein Vater mir nie erklärt, welches Risiko es bedeutet, Martha einen Brief zu schicken? Ich glaube, er wollte mir nur eine Freude machen. Marthas Schicksal ist ihm völlig gleichgültig. Ich hoffe, dass er meinen Brief weggeworfen hat, weil er ihn sinnlos fand.

Auf der nächsten Seite geht Marthas Bericht weiter:

Ich kann nicht einschlafen. Ich will unbedingt verstehen, warum ich nach Hause geschickt werde. Ich erinnere mich an ein Ereignis vor einigen Wochen. Eines Nachmittags,

während Sie in der Schule waren, kam eine Frau vorbei. Sie flehte mich an, ich solle sie ins Büro Ihres Vaters lassen, wo sie nach einem Dokument suchen wolle. Es ginge um das Leben ihrer Tochter. Natürlich habe ich abgelehnt, weil ich auf keinen Fall die Sicherheitsvorschriften verletzen konnte. Der Ton der Frau wurde immer bedrohlicher, sodass ich ihr schließlich die Tür vor der Nase zuschlug. Ich habe Ihrem Vater nichts davon erzählt, weil er mir offiziell verboten hatte, Fremden die Tür zu öffnen.
Vielleicht hat mich diese Frau in einer Art Racheakt verraten, weil sie bei mir nichts erreicht hat. Ich werde es nie herausfinden, aber Sie vielleicht eines Tages schon.
Jetzt muss ich Ihnen noch von Taf erzählen. Er ist Zulieferer aus der Unterstadt und sammelt immer in der Nacht von Mittwoch auf Donnerstag Abfälle aus den Mülleimern im Viertel. Außerdem ist er ein Jugendfreund, dem ich grenzenlos vertraue. Als ich bei Ihnen einzog, traf ich ihn zufällig wieder. Anfangs half er mir, meinen Eltern Nachrichten zu übermitteln, weil er einen Freund der Familie kannte. Wir trafen uns ein- oder zweimal im Monat, immer wenn Ihr Vater weg war. Ich muss gestehen, dass er eine Weile lang versuchte, mich für die Sache der Jewowisten zu begeistern. Ich weiß nicht, ob Sie schon einmal von dieser Gruppe gehört haben. Sie treten für die freie Wahl des Wohnorts ein (Jeder Wo er Will), für Solidarität und für die Öffnung der Zonengrenzen. Man nennt sie auch die Wiedervereiniger. Sie wollen eine gerechte Verteilung der Güter zwischen Arm und Reich. Sie sind überzeugt, dass ein friedliches Zusammenleben möglich ist und die Ressourcen für alle reichen. Der Gruppe gehören sowohl Leute von oben als auch von unten an. Ich habe nie an Tafs Seite gekämpft. Nicht etwa,

weil mich seine Ideen nicht überzeugten, sondern aus Furcht, dass Ihr Vater mein Engagement entdecken und mich bestrafen könnte. Ich weiß, dass Ihnen das vielleicht feige und egoistisch vorkommt, aber ich hatte auch Angst, Sie zu verlieren. Und ich wollte nicht den Mann, der mich aus dem Elend gerettet hatte, verraten. Taf hat mehrmals auf die enorme Macht und die Geheimnisse Ihres Vaters angespielt. Ich wollte nicht richtig hinhören, aber heute bedaure ich das. Unwissenheit ist nie gut. Wenn Sie mir eines Tages eine Nachricht schicken wollen – worüber ich mich unendlich freuen würde –, kann Taf sie mir überbringen.
Ich höre jetzt mit dem Schreiben auf. Achten Sie darauf, dass dieses Heft Ihrem Vater nicht in die Hände fällt. Vielleicht sollten Sie es vernichten, nachdem Sie es gelesen haben. Oder suchen Sie ein ebenso sicheres Versteck wie meines.
Ich werde Sie immer in meinem Herzen tragen.

Martha

Ich komme mir vor wie eine Idiotin, weil ich nichts über die Tätigkeit meines Vaters weiß – außer, dass er immer auf Reisen ist und mir oft Schmuck oder Krimskrams mitbringt, den er als »Antiquität« bezeichnet. Bevor ich schlafen gehe, verstecke ich Marthas Heft unter meiner Matratze.

Als ich am Nachmittag von der Schule nach Hause komme, sitzt auf der Freitreppe eine junge Frau. Zu ihren Füßen steht ein kleiner Koffer. Kaum hat sie mich entdeckt, springt sie auf und lächelt mich an. Sie ist hübsch, weshalb sie Martha zufolge eher eine Prostituierte in den Bordellen hätte werden müssen. Sie trägt die langen Haare offen und sieht auch sonst nicht wie die Kindermädchen aus, die ich kenne.

»Guten Tag, Fräulein Ludmilla. Ich bin Yolanda. Ihr Vater hat mich als Ihr neues Kindermädchen eingestellt.«

Ich nicke bloß, gehe ins Haus und schließe mich sofort in meinem Zimmer ein. Nach ein paar Minuten klopft es zaghaft an der Tür. Ich lasse mir Zeit, ehe ich öffne.

»Entschuldigen Sie die Störung, aber könnten Sie mir vielleicht zeigen, wo ich meine Sachen unterbringen kann?«

Wortlos führe ich sie zu Marthas Zimmer im Souterrain. Im Vorbeigehen zeige ich ihr die Toilette und das Bad. Als ich wieder in mein Zimmer gehen will, hält sie mich auf:

»Danke, mein Fräulein. Fräulein? Soll ich Ihnen einen Tee kochen? Ich muss ja Ihre Vorlieben kennenlernen … Bitte, mein Fräulein.«

Ich antworte nicht, gehe in die Küche und bereite mir selbst ein Brot zu und trinke Saft. Das neue Kindermädchen stellt sich einfach daneben und sieht mir beim Essen zu.

»Erlauben Sie, dass ich mich setze?«

Da ich nicht antworte, fährt sie schüchtern fort:

»Das darf ich wohl als Ja interpretieren?«

Ich sehe sie erst an, als sie wegschaut. Jetzt verstehe ich, warum sie die Haare offen trägt. Auf ihrer rechten Wange prangt eine große Narbe. Vermutlich wurde sie deshalb nicht ins Bordell geschickt.

Ich brauche dieses Mädchen nicht. Sie kann nichts dafür, aber so ist es eben. Mein Vater hatte nicht das Recht, Ersatz für Martha ins Haus zu holen. Während ich das Brot hinunterschlinge, erzählt sie:

»Ich weiß, dass Sie nicht stumm sind. Mit Ihrem Schweigen wollen Sie Ihr Missfallen ausdrücken. Ihr Vater hat mich gewarnt, dass sie den Abschied von Ihrem früheren Kindermädchen nur schwer verkraften. Ich glaube, sie hieß Martha?«

Ich ignoriere sie immer noch. Ganz leise, als spreche sie mit sich selbst, fügt sie hinzu:

»Außerdem kennen Sie den wahren Grund ihrer Abreise nicht.«

Jetzt kann ich nicht anders: Ich sehe sie an und zeige ihr damit mein Interesse. Sie unterdrückt ein Lächeln und fährt fort:

»Das interessiert Sie natürlich. Martha wurde aus Sicherheitsgründen zurückgeschickt.«

»Etwas genauer bitte«, fordere ich streng.

»Wie ich sehe … ähneln sie Ihrem Vater. Sie kommen auch gleich auf den Punkt … Das ist … Verzeihung. Ich weiß nicht, ob ich Ihnen Genaueres erzählen darf.«

Ich wende den Blick nicht ab. Sie ergänzt:

»Wenigstens hat Ihr Vater nichts in diese Richtung gesagt. Kann dieses Gespräch unter uns bleiben, mein Fräulein?« Also, er erzählte, ein Illegaler von unten sei vorbeigekommen und habe den Müll durchwühlt. Zuletzt sei auch eine Frau hier gewesen. Es war vereinbart, dass Martha mit niemandem außerhalb des Hauses sprechen durfte, nicht einmal mit den Boten, und sie hat diese Regel gebrochen.

»Woher wusste er das?«

»Soweit ich weiß, wurde Martha gesehen. Haben Sie noch andere Fragen, mein Fräulein?«

»Was hat es mit der Narbe auf der Wange auf sich?«

Ich schäme mich ein wenig für die Frage, halte sie aber für unumgänglich. Das Kindermädchen ist sichtlich irritiert.

»Ein Un… ein Unfall, mein Fräulein«, stottert sie und springt so schnell auf, dass der Tisch wackelt.

Lucen

Meine Eltern haben sich Mühe gegeben. Das Haus ist für den Empfang zu Ehren von Mihelles Familie hergerichtet. Drei helle, batteriebetriebene Lampen erleuchten den kleinen Raum. Die Betten wurden verschoben und mit Tüchern bedeckt, sodass sie an Sofas erinnern. Mein Vater hat den Tisch abgesenkt, damit er in der Höhe dazu passt. Mama hat in den teuren Geschäften von 680 bunt glasierte Kuchen und prickelnden Alkohol gekauft. Und es gibt leckeres Essen. Ich selbst habe meine wöchentliche Körperpflege um einen Tag vorverlegt und die mir dafür rechtlich zustehenden drei Liter Wasser bis auf den letzten Tropfen verbraucht. Die Gäste sind pünktlich.

Nachdem sich alle vorgestellt haben, reden die Erwachsenen über die Arbeit. Ich bekomme mit, dass Mihelles Familie am Rand des *No man's land* lebt, das die Grenze zur Oberstadt bildet. Sie sind reich und besitzen mehrere Läden, darunter auch einige, die mein Vater mit Ware versorgt. Ich hätte nie gedacht, dass eine solche Verbindung möglich ist – oder sind meine Eltern viel wohlhabender als ich dachte? Draußen war Mihelle von

Kopf bis Fuß in einen Schleier gehüllt, der ihre geflochtenen Haare und die Kleidung vor dem Schmutz schützen sollte. Sie ist ziemlich klein und eher rundlich. Sie hat volle Wangen und riecht nach teurem Parfüm. Heimlich beobachtet sie mich.

»Meinen Sie nicht, dass Sie nach weiter oben in ein größeres Haus ziehen könnten – auch wenn dieses durchaus gemütlich ist?«, fragt Mihelles Mutter.

»Wir könnten«, bekräftigt meine Mutter, »aber mein Mann muss wegen seiner Arbeit als hoch qualifizierter Restaurator nahe am Hafen wohnen. Nur so wird er mit ausreichend Material beliefert. Aber natürlich ist es schade.«

»Er könnte dieses Haus ja weiterhin als Werkstatt nutzen«, schlägt die Dame vor, »und Sie ziehen in unser Viertel, wo die Luft auch viel besser ist.«

»Ich hänge sehr an diesem Haus«, schaltet sich mein Vater ein. »Es gehörte meinen Vorfahren.«

Nachdem alle gut gegessen und getrunken haben, führt mein Vater den Besuch in die Werkstatt, damit Mihelle und ich etwas Zeit zu zweit verbringen können. Wahrscheinlich will er ihnen dort ein paar seiner Arbeiten zeigen. Taf bezeichnet sie immer als Papas »Meisterwerke«. Sie zeugen vom Talent und Können meines Vaters.

Mihelle und ich sind schon seit über einer Minute allein, und ich weiß immer noch nicht, ob ich etwas sagen soll. Ich versuche, sie nicht zu oft anzusehen. Sie rutscht auf ihrem Platz hin und her. Ich erhasche einen Blick auf ihre runden Waden und ihre schmalen Knöchel. Ich glaube kaum, dass sie je die Kettenschuhe zur Stromerzeugung getragen hat. Ihre Augen sind hellgrau. Körperlich ist sie das genaue Gegenteil von Firmie. Nach kurzem Zögern beginnt sie ein Gespräch:

»Ich weiß, warum du nicht mit mir redest. Du liebst eine andere. Sie heißt Firmie – meine Eltern haben mir alles erklärt. Du hoffst, sie noch für dich gewinnen zu können, und das verstehe ich. Firmie ist wunderbar, sie strahlt eine Kraft aus, die man nicht so schnell vergisst. Schau mich nicht so an. Ich kenne sie vom Sehen. Gestern war sie bei uns im Laden, um mich in Augenschein zu nehmen. Sie hat mich sogar gefragt, wie alt ich bin. Als ich antwortete, lächelte sie und ging wieder – als hätte sie gefunden, wonach sie gesucht hat. Ich weiß, dass du schon ein guter Restaurator bist – wenn auch noch nicht so gut wie dein Vater. Ich arbeite nur Samstagnachmittag ein paar Stunden in der Kundenberatung. Die restliche Zeit über zeichne ich meine Träume. Das habe ich schon als kleines Mädchen gemacht. Ich mag mein Leben nicht. Ich habe das Gefühl, nicht am richtigen Ort zu sein. Als sei bei meiner Geburt ein Fehler passiert und ich sei eigentlich dazu bestimmt, in der Oberstadt zu leben. Auch ich gehe sonntags ins Kino, und ich kannte dich schon, bevor man mir von dir erzählt hat. Du hast mich sicher nie bemerkt, weil du nur an deine Firmie und manchmal vielleicht an den Film denkst. Ihr habt wirklich Glück, euch gefunden zu haben. Aber wenn deine Freundin nicht Wort hält, bin ich für dich da.«

Sie sieht sich um und klingt jetzt viel bestimmter:

»Aber wir müssten umziehen. Mein Vater hat unser Nachbarhaus für mich reservieren lassen. Für uns, falls es eines Tages dazu kommt. Euer Haus ist viel zu klein, und es stinkt selbst bei geschlossener Tür.«

Ehe die Erwachsenen zurückkommen, sprechen sie etwas lauter, als hätten sie Angst, uns beim Küssen zu überraschen. Alle scheinen den Nachmittag genossen zu haben. Wir verabschieden unsere Gäste und vereinbaren ein erneutes Treffen. Bevor Mihelle wieder ihren Ganzkörperschutz anlegt, lächelt sie mich an.

Beim Abendessen kündige ich an, dass ich später noch mit meinen drei Freunden weggehen möchte. Meine Mutter ist nicht begeistert, aber sie kann es mir auch nicht verbieten. Also versucht sie, mich davon abzubringen, indem sie mir erklärt, wie gefährlich es gerade samstags abends an öffentlichen Orten ist. Sie fürchtet verschiedene politische Gruppierungen, die Krawall machen, Taschendiebe und betrunkene Schläger. Ich lasse sie reden. Schließlich gehe ich nicht zum ersten Mal abends weg, und bisher bin ich noch immer unversehrt nach Hause zurückgekommen. Dann will sie wissen, was ich über Mihelle denke.

»Nichts.«

»Was soll das heißen?«

»Ich werde sie bestimmt nie wiedersehen, weil ich Firmie heiraten werde. Deshalb habe ich Mihelle keine Beachtung geschenkt.«

Meine Mutter ist traurig. Sie hatte gehofft, dass ein Wunder geschieht und das ganze Problem wie von Zauberhand löst. Es wäre gut für die Familie und hätte vielleicht auch berufliche Vorteile für meinen Vater.

»Ich finde, Mihelle erinnert an einen Kuchen«, mischt sich Katine ein. »Sie ist rundlich, appetitlich und hat eine schöne Farbe. Und Brüste wie kleine Bälle.«

Dieses eine Mal bin ich mit meiner Schwester einer

Meinung. Meine Eltern sagen nichts. Ich kritisiere die herablassenden Bemerkungen von Mihelles Eltern über unser Haus und Wohnviertel.

»Wenn sie uns so abstoßend finden, warum wollen sie dann, dass ich ihre Tochter heirate?«

»Du weißt eben nicht, welch hohes Ansehen dein Vater als Restaurateur genießt und wie gut das Geschäft läuft. Weiter oben leidet der Handel unter den Attentaten der Jewowisten und den dadurch nötigen Sicherheitsmaßnahmen. Wir verdienen genauso viel wie Mihelles Familie, aber dein Vater will unsere Einkünfte nicht jedem auf die Nase binden. Er spart für harte Zeiten.«

»Als Vorsichtsmaßnahme«, erklärt mein Vater.

»Selbst wenn wir eines Tages reich sein sollten, werden wir weiterhin wie arme Leute leben«, prophezeit meine Mutter in bitterem Ton.

Ludmilla

Beim Abendessen sehe ich Yolanda wieder. Wir sprechen kein Wort. Die Situation erinnert mich an meine Anfänge mit Martha. Vielleicht hält sie mich für eine Zicke. Ich muss immer wieder ihre Narbe anstarren. Schließlich senke ich den Blick, damit es Yolanda nicht unangenehm wird. Wie sie sich gefühlt haben muss, als ihr klar wurde, dass sie für immer entstellt sein würde … Nach dem Essen erzählt sie, dass mein Vater in vier Tagen nach Hause kommen wird.

Der Gedanke an ein Wiedersehen mit meinem Vater belastet mich. Zwischen uns hat sich alles geändert, seit er Martha fortgeschickt hat. Er spürt das wahrscheinlich, denn auch er ist seitdem ein anderer.

Ich denke ständig an mein früheres Kindermädchen und überlege, wie ich sie wiedersehen könnte. Ich weiß, dass sie nie mehr zurückkommen kann, aber ich will ihr wenigstens Geld für Medikamente schicken. Das bin ich ihr schuldig.

Am Mittwochabend kurz vor Mitternacht verschließe ich leise die Tür zum Erdgeschoss, damit Yolanda nicht heraufgelangt. Dann lege ich eine Nachricht für Marthas Freund Taf auf den Mülleimer.

Sehr geehrter Herr,

ich muss mit Ihnen reden. Ich glaube, das Haus wird überwacht. Deshalb wage ich nicht, auf Sie zu warten. Nennen Sie mir einen sicheren Ort, an dem wir uns nach zwanzig Uhr treffen können.
PS: Verstecken Sie Ihre Antwort im Loch des Platanenstamms neben dem Briefkasten. Danke im Voraus.

Ich unterschreibe nicht. Falls die Nachricht der Polizei in die Hände fällt, kann ich abstreiten, sie geschrieben zu haben. Ich hoffe, dass Taf nichts zugestoßen ist und niemand sonst den Brief findet.

Yolanda hat gemerkt, dass ich sie eingeschlossen habe. Ich bin mir sicher, dass es so ist, obwohl sie es am nächsten Morgen nicht direkt anspricht. Stattdessen sagt sie:

»Ich wünsche mir, dass wir einander vertrauen. Natürlich können Sie tun und lassen, was Sie wollen. Sie sind die ›Chefin‹, solange Ihr Vater nicht hier ist. Aber ich war von Anfang an ehrlich zu Ihnen und erwarte umgekehrt das Gleiche. Was denken Sie, mein Fräulein?«

Am Samstag gegen siebzehn Uhr kommt mein Vater zurück. Er küsst mich auf die Stirn und kündigt an, womit ich schon gerechnet hatte:

»Ich werde nicht lange bleiben.«

Dann geht er ins Büro, um die Rechnungen der Lieferanten durchzusehen. Bestimmt wird er auch mit Yolanda sprechen. Am liebsten würde ich ihm sagen, dass ich kein Kindermädchen mehr brauche und gut alleine zurechtkomme. Gegen achtzehn Uhr klopft Yolanda an meine Tür. Mein Vater schickt sie. Ich solle mich fertig machen, er wolle mit mir essen gehen.

»Danke, Yolanda, aber es ist noch ziemlich früh.«

»Ihr Vater will, dass Sie ein Abendkleid anziehen, sich schminken und frisieren. Er hat mich gebeten, Ihnen dabei zu helfen.«

»Ich habe kein Abendkleid und will mich nicht schminken.«

»Ihr Vater hat gesagt, Sie sollen ins Zimmer Ihrer Mutter gehen und eines ihrer Kleid aussuchen.«

»Darauf habe ich keine Lust. Wo ist er? Ich will ihn sehen!«

»Er ist gegangen und hat mich gebeten, seinen Auftrag auszuführen. Ich bitte Sie, ihm zu gehorchen, mein Fräulein, sonst wird er mir die Schuld geben. Er hat mir zu verstehen gegeben, dass dies eine Art Prüfung sein soll und …«, sie stockt und scheint wirklich Angst zu haben, »… dass er mich vielleicht zurückschickt, falls Sie sich weigern.«

»Woher wissen Sie, dass ich nicht genau das erreichen will?«

Meine kühle Reaktion überrascht sie. Schweigend zieht sie sich zurück.

Ich bin erleichtert, dass sie weg ist. Ich brauche Zeit zum Nachdenken. Als Kind wollte ich mich immer wie Mama anziehen und liebte es, die Sachen aus ihrem Kleiderschrank anzuprobieren. Ich mochte das Gefühl der Stoffe auf der Haut. Aber seit sie nicht mehr da ist, habe ich ihre Schränke nie wieder geöffnet. Ich hatte zu viel Angst vor ihrem Geruch. Außerdem dachte ich jahrelang, dass sie über mich wachte und – wo immer sie auch sein mochte – vielleicht traurig wäre, wenn ich in ihren Sachen wühlte.

Seitdem ist viel Zeit vergangen. Ich glaube nicht mehr daran, dass sie auf mich aufpasst. Doch darf ich ihre Kleider tragen? Wie würde sie das finden?

Ich beschließe, erst einmal abzuwarten – auch wenn ich genau weiß, dass ich mich letztlich fügen werde. Yolanda hasst mich bestimmt. Sie muss verstehen, dass ich nicht »bösartig« bin. Mein Vater hat sie in eine unmögliche Situation gebracht, ohne dass ich es von ihm verlangt hätte. Wieder höre ich ein Klopfen.

»Ihr Vater ist am Telefon, mein Fräulein. Sie können vom Büro aus telefonieren.«

Ich gehe die Treppe hinunter. Yolanda folgt mir und öffnet die Bürotür. Sie wendet sich ab. Vielleicht will sie nicht, dass ich ihre Tränen sehe – vielleicht hat sie aber auch gar nicht geweint, sondern spielt mir nur etwas vor.

»Hallo, Ludmilla? Was ist los?«

»Nichts. Papa, wo bist du?«

»In der Arbeit gab es einen Notfall. Ich komme in ungefähr einer Stunde wieder und möchte, dass du dann fertig bist. Du hast Yolanda verboten, dir zu helfen?«

»Nein, darum geht es nicht.«

»Was ist es dann?«

»Ich glaube nicht, dass ich Mamas Kleider tragen darf.«

»Ludmilla, ich werde dir bald eigene Kleider kaufen. Bis dahin würdest du mir damit wirklich eine große Freude machen. Deine Mutter wäre stolz auf dich.«

Warum spricht er über meine Mutter? Hätte sie gewollt, dass ich in ihre Rolle schlüpfe und sie ersetze? Warum quält mein Vater mich so? Merkt er nicht, welche Schmerzen er mir damit zufügt?

Mein Schweigen macht ihn ungeduldig. Er atmet hörbar. Kurz bevor er auflegt, befiehlt er mir:

»Tu es. Enttäusch mich nicht.«

Mit schweren Schritten gehe ich die Treppe wieder hoch. Mit Mühe erreiche ich das Ankleidezimmer meiner Mutter. Alle Kleider sind in Folie eingewickelt. Die Schuhe befinden sich noch in den Originalkartons. Yolanda kommt hinzu und bietet mir ihre Hilfe an. Ich nicke. Sie lächelt nicht, um ihren Sieg und meine Niederlage nicht allzu deutlich zu machen. Bestimmt spürt sie, wie unwohl ich mich hier fühle. Sie legt drei Kleider auf das Bett meiner Mutter und entfernt die Hüllen.

»Ich will ein Kleid, das nicht so … also, das nicht zu viel zeigt …«

»Das dachte ich mir«, nickt sie und hält mir ein graugrünes Seidenkleid mit Gürtel hin. »Dies hier ist lang und hoch geschlossen, aber dennoch sehr elegant. Ziehen Sie es an.«

Ich gehorche und versuche, meine Gefühle zu unterdrücken. Ich erinnere mich kaum, wie meine Mutter aussah, wenn sie ausging. Ich habe ein ganz anderes Bild von ihr im Kopf. Aber auf den Fotos in unseren Alben sieht sie atemberaubend aus. »Wie ein Model«, sagte mein Vater immer. Ich ziehe das Kleid an. Yolanda geht um mich herum:

»Die Größe passt sehr gut. Wollen Sie sehen, wie es Ihnen steht?«

»Nein, Yolanda, ist schon in Ordnung«, lehne ich ab.

»Ich werde Sie jetzt schminken. Kommen Sie?« An der Hand führt sie mich zu einem kleinen Schminktisch. Sie packt Kosmetikprodukte aus, stellt sich hinter mich und betrachtet mein Gesicht im Spiegel.

Es ist das erste Mal, dass ich richtig geschminkt werde. Bisher war mein Vater immer dagegen, und am Gymnasium ist Make-up verboten. Bei Grisella habe ich mich einmal wie eine »echte« Frau geschminkt und kam ganz bunt nach Hause. Mein Vater ermahnte mich streng und befahl mir, mich sofort abzuschminken. Seitdem habe ich keinen weiteren Versuch unternommen, obwohl Grisella mir in letzter Zeit immer vorwirft, ich wolle nicht erwachsen werden.

»Es ist Zeit, dass du dich am Wochenende wie eine Frau kleidest«, hat sie kürzlich zu mir gesagt. »Wenn wir hier an der Schule nicht diese blöden Uniformen tragen müssten, würde ich das jeden Tag tun. Woher hast du eigentlich deine Kleidung? Sag bloß nicht, du bestellst sie immer noch in den Katalogen für Kinderkleidung?«

»Die sind auch für Jugendliche«, verteidigte ich mich.

»Dein Vater zwingt dich dazu, stimmt's?«

»Nein. Na ja, irgendwie schon. Aber ich finde es nicht so schlimm.«

Grisella antwortete nichts, zog aber vielsagend die Augenbrauen hoch. »Wie du meinst« oder »armes Mädchen« ging ihr wohl durch den Kopf. Zum Glück sagte sie dann noch:

»Wenn du dich eines Tages noch mal schminken möchtest, sag mir Bescheid.«

Yolanda trägt Grundierung auf, umrahmt meine Augen mit Kajal und tupft mir Lipgloss auf die Lippen. Ich erkenne mich kaum wieder. Was ich sehe, verwirrt mich. Ich muss an die Fotos von meiner Mutter denken: Wie sie am Arm meines Vaters dasteht und verhalten lächelt. Yolanda bürstet meine Haare und schlägt vor, sie zu einem Chignon zu binden. Ich lasse es geschehen. Das Ergebnis scheint sie zufriedenzustellen; sie lächelt mich an und nickt.

»Danke, Yolanda«, sage ich leise.

Statt einer Antwort legt sie mir die Hand auf die Schulter. Auch Martha hat ihre Zuneigung auf diese Weise ausgedrückt. Sie räumt die Schminksachen zusammen und geht. Ich suche in den Schuhkartons nach den zum Kleid gehörenden Schuhen. Sie passen mir perfekt.

Mein Vater ist gerührt, als er mich sieht, aber seine Komplimente sind mir unangenehm.

»Du siehst großartig aus. Wie eine richtige Frau.«

»Papa, ich fühle mich so nicht wohl. Darf ich mich umziehen?«

»Das wäre doch schade. Warum stellst du dich so an? Ich will dir nur zeigen, dass die Kindheit nun hinter dir liegt und du verführerisch aussehen kannst. Es ist Zeit, dass du mit dem Erwachsenenleben beginnst.«

Wir verbringen den Abend in einem sehr teuren Restaurant. Zum ersten Mal spüre ich die Blicke der Männer. Ich starre auf den Boden. Ich will so schnell wie möglich nach Hause und wieder ich selbst sein. Die Bedienungen kommen mir langsamer vor als sonst. Mein Vater strahlt, und das macht mich wütend. Ich sage kein Wort. Es gibt zu viel, was ich ihm vorwerfen müsste.

Kurz vor dem Nachtisch spricht er genau das Thema an, das mich so aus der Fassung bringt.

»Du hast mir immer noch nicht verziehen, dass ich Martha zurückgeschickt habe. Aber ich habe es dir zuliebe getan.«

»Du hättest es mir vorher sagen sollen.«

»Ich weiß, was gut für dich ist. Sie wurde langsam zu einer Gefahr.«

»Das musst du mir erklären.«

»Ich habe einen Brief mit sehr detaillierten Informationen über sie bekommen. Darin ging es um die Zeit, als sie noch unten lebte. Und ich weiß, dass sie in letzter Zeit von verdächtigen Leuten angesprochen wurde. Hätte ich sie nicht fortgeschickt, so hätte sie deren Forderungen vielleicht irgendwann nachgegeben.«

»Wie kannst du das sagen, nachdem sie so viele Jahre loyal zu dir war?«

»Du hast recht. Ich hatte keine Gewissheit, aber wenn

es um deine Sicherheit geht, will ich nicht das geringste Risiko eingehen.«

Ich weiß, dass mein Vater seine Fehler nie zugeben würde. Dieses Gespräch wird zu nichts führen. Ich will es dabei belassen.

Während er auf seinen Kaffee wartet, schneidet er ein weiteres Thema an.

»Was denkst du über Yolanda?«

»Nichts. Ich würde bestimmt auch ohne sie zurechtkommen.«

»Dieser Meinung bin ich nicht, Ludmilla. Ich bin überzeugt, dass sie dir gerade in dieser Phase deines Lebens viel beibringen kann.«

»Schickst du sie auch zurück, sobald du irgendein Gerücht über sie hörst?«

»Sie wird es nicht wagen, mich zu hintergehen«, lächelt er.

Später räume ich die Sachen meiner Mutter wieder in ihr Zimmer. Im Vorbeigehen betrachte ich mich im Spiegel. Ich wünschte, Grisella könnte mich so sehen. Bestimmt wäre sie mit meiner Verwandlung zufrieden. Ich selbst finde mich heute Abend hübsch.

Am Donnerstagmorgen suche ich im Loch in der Platane nach Tafs Brief. Marthas Freund hat mir tatsächlich geantwortet. Noch am selben Abend soll ich ihn treffen. Auf der Rückseite seines Briefs hat er eine Karte gezeichnet. Ich werde mich also bei Einbruch der Nacht allein in eine etwas gefährlichere Zone wagen und das Risiko eingehen, mich zu verlaufen. So etwas habe ich noch nie getan. Allein der Gedanke daran jagt mir einen Schauer über den Rücken. Doch ich bin fest entschlossen: Ich werde gehen. Ich betrachte dieses Abenteuer als eine Art Prüfung, die beweisen soll, dass ich kein Kind mehr bin und mich ohne jede Hilfe in fremder Umgebung zurechtfinden kann.

Anfangs erschrecke ich beim kleinsten Geräusch. Um mir Mut zu machen, summe ich einen Abzählreim, den meine Mutter immer gesungen hat. So weit habe ich mich allein noch nie von zu Hause fort gewagt. Ich habe Angst. Taf wartet in der Nähe eines leer stehenden Hauses im *No man's land*, an der Grenze zwischen den beiden Städten.

»Guten Abend, mein Fräulein. Ich heiße Taf.«

»Ich bin Ludmilla.«

»Hast du aufgepasst? Ist dir dein Kindermädchen nicht gefolgt?«

»Auf keinen Fall. Ich habe sie nämlich im Keller eingeschlossen.«

»Sehr gut. Bestimmt willst du wissen, wie es Martha geht. Sie hat mir viel von dir erzählt, und ich weiß, dass ihr einander sehr nahestandet. Leider habe ich keine guten Nachrichten. Sie hat eine Woche im Haus ihrer Familie verbracht, wo die Kinder ihres Bruders leben. Aber eines Morgens wurde sie von der jaspistischen Miliz zu einem Verhör abgeführt. Ihr Neffe Lén hat sie seitdem nicht mehr gesehen.«

Das trifft mich wie ein Schlag. Vielleicht bin ich daran schuld? Ich versuche, den Gedanken zu verdrängen und meine Gefühle nicht zu zeigen.

»Sie hat mir erzählt, dass sie bei uns einmal von einer

Dame belästigt wurde. Sie hatte Angst, dass diese Frau Gerüchte über sie in Umlauf bringt.«

»Lén sagt, sie sei abgeholt worden, nachdem sie einen Brief aus der Oberstadt bekommen hatte. Wahrscheinlich steht sie im Verdacht, für die Wiedervereinigung einzutreten. Weißt du, was ich meine?«

Ich nicke und beiße mir auf die Lippen. Ich antworte nicht gleich, weil ich die Nachricht erst einmal verdauen muss. Schließlich stoße ich hervor: »Was müssen wir tun, um sie zu finden?«

»Wir müssen an die Akten der jaspistischen Miliz rankommen. Für Marthas Familie und mich ist das unmöglich, aber ich weiß vielleicht eine Lösung. Du müsstest dich allerdings genau an meinen Plan halten und brauchst Mut zum Risiko.«

»Ich tue alles, was Sie sagen.«

»Dann hör gut zu. Wir werden dazu die Hilfe eines sympathischen und leicht naiven Jungen namens Lucen nutzen. Dessen bester Freund ist der Sohn des Milizchefs der örtlichen Jaspistenpartei. Wenn du Lucen überzeugen kannst, kann er uns die Information besorgen.«

»Aber wie soll ich das anstellen?«

»Das musst du eben hinkriegen. Zeig dich ihm gegenüber ernsthaft, überzeugend, sympathisch …«

»Ich soll… Ich soll ihn verführen? Stimmt's?«

»Das habe ich nicht gesagt. Du musst dich in seine Lage versetzen. Er kennt dich nicht. Also muss er zu dir Vertrauen fassen und etwas über deine Beziehung zu Martha erfahren. Lass ihn deine Verzweiflung spüren. Er ist sensibel, aber auch vernünftig, und er wird nicht aus einer Laune heraus handeln. Falls er dir hilft, weiß er genau, welche Risiken er eingeht. Hast du mich jetzt verstanden? Gut, zurück zu meinem Plan. Ich werde es so einfädeln, dass ihr euch begegnet. Er muss glauben, es handle sich um einen Zufall. Wenn du dich an meine Anweisungen hälst, müsste es klappen. Mir ist klar, dass es Lucen gegenüber nicht sehr fair ist, aber wir haben keine andere Wahl.«

»Ich glaube zwar nicht alles, was man über die Unterstadt erzählt, aber ich muss zugeben, dass mir die Vorstellung, dorthin zu gehen, Angst macht. Könnten Sie dem jungen Mann die Situation nicht selbst erklären, ohne dass ich ihn treffen muss? Und wenn ich ihm etwas anbiete, das er zu Geld machen kann, wäre das Ganze doch ehrlicher.«

»Für jemanden, den er nicht kennt, wird er kein Risiko eingehen. Und ich glaube nicht, dass Geld für ihn eine ausreichende Motivation ist.«

»Kennen Sie diesen Lucen gut?«

»Ich arbeite seit Jahren mit seinem Vater zusammen. Entscheide dich schnell – Martha hat nicht viel Zeit.«

»Ich mache mit.«

»Ich brauche Geld, weil ich Ausgaben haben werde.«

»Ich habe kein Geld. Mein Vater bezahlt alle Lieferanten und …«

»Das ist schade«, antwortet er. »Aber du hast gesagt, dass du wertvolle Dinge besitzt.«

»Ich habe Schmuck.«

»Den müsste ich sehen.«

Ich nehme mein Armband ab. Taf untersucht es im Schein seiner Taschenlampe.

»Das könnte reichen.«

Lucen

Wir verabreden uns für zweiundzwanzig Uhr und sind alle sehr aufgeregt. Gerges lässt auf sich warten. Vorsichtig nähern wir uns seinem Haus. Aus dem Inneren dringen Schreie. Grégire brüllt dermaßen, dass wir jedes Wort verstehen: Er will nicht, dass Gerges heute Nacht ausgeht. Unser Freund versucht vergeblich, seinen Vater vom Gegenteil zu überzeugen. Seine Mutter mischt sich ein und bringt beide zum Schweigen. Dann herrscht Stille, aber vielleicht reden die drei nun einfach in normaler Lautstärke miteinander. Wortlos ziehen wir uns zurück. Man spioniert das Privatleben anderer Leute nicht aus. Schließlich geht die Tür doch noch auf und unser Freund tritt lächelnd heraus.

»Das war knapp, Jungs. Zum Glück hat meine Mutter sich für mich eingesetzt, sonst hätte ich keine Chance gehabt. Mein Vater mag euch eben nicht. Ich kann nichts dafür. Nutzen wir den Abend, es ist vielleicht das letzte Mal. Hier sind die Passiermarken. Ihr müsst sie gut sichtbar an den Jacken befestigen. Habt ihr alle eure Papiere?«

Wir nicken fröhlich und verpassen Gerges ein paar freundschaftliche Schläge auf den Rücken. Wir sind ihm dankbar, dass er gegenüber seinem Ungeheuer von Vater für uns eingetreten ist.

»Mein Vater hat keine Ahnung. Er will, dass ich nur mit Leuten aus seinem Lager befreundet bin. Aber das sind hauptsächlich alte Säufer oder irgendwelche Jungs, die nur an Schlägereien denken. Jeder darf selbst entscheiden, nicht wahr? Wir sind Freunde, weil … weil wir eben Freunde sind. So ist es einfach, und die anderen können nichts dagegen tun.«

»Gut gebrüllt, Löwe«, findet Maurce.

Wir gelangen schnell nach ganz unten, weil Gerges den Weg gut kennt. Wir bleiben dicht bei ihm. Er schubst die Passanten beiseite, die ängstlich an den zahlreichen Absperrungen der Miliz warten. Jedes Mal nennt er die Wachposten beim Vornamen, woraufhin seine Kollegen nicht einmal so tun, als kontrollierten sie uns. Maurce flüstert mir zu:

»Gehört er jetzt etwa dazu?«

»Frag ihn selbst.«

Maurce pfeift. Er hat begriffen.

»Ich wusste es! Ich bin immer mehr überzeugt, dass dies unser letzter gemeinsamer Abend ist.«

»Dann sollten wir ihn nutzen.«

Bald schon kommen wir im *Milord* an. Es ist eine laute, verrauchte Bar. Alles ist hell erleuchtet. Ich denke an die Kinder, die im Nebenraum die Hamsterräder zur Stromgewinnung in Bewegung halten. Sie wechseln sich stündlich ab, die ganze Nacht lang. Die Leute unterhalten sich laut. Ich entdecke ein paar Reiche aus der Oberstadt, die sich verkleidet haben, um unbemerkt zu bleiben. Sie tragen schmutzige, zerrissene Kleidung, aber ihre glänzenden, perfekt sitzenden Lederschuhe verraten sie. Trotzdem sucht niemand die Konfrontation, denn sie werden oft von unauffälligen, aber effizienten Eskorten begleitet. Ihre Leibwächter sind arme Männer. Sie haben die Reichen auf mit Moskitonetzen verhängten Tragesesseln von der Grenze hierhergebracht und sich nun unter die Leute gemischt. Jederzeit sind sie bereit einzugreifen. Ich weiß, dass die Reichen auch in bestimmte Bordelle am Hafen gehen, die nur für sie reserviert sind. Die Mädchen dort sind stets sauber und schützen sich vor Geschlechtskrankheiten.

Das Rattodrom befindet sich im Keller des Hauses. Hier wurde ein Loch von zwei Meter fünfzig Durchmesser und etwas über drei Meter Tiefe ausgehoben. Das Loch ist von einem Geländer umgeben, damit die Wettteilnehmer dem Spektakel zusehen können, ohne hinunterzufallen. In einigem Abstand zu dem Geländer befinden sich drei Sitzreihen, die den Kampfring fast ganz umgeben. Wenn alle eng zusammenrücken, können um die fünfzig Zuschauer das Geschehen direkt verfolgen. Jetzt hören wir Stimmen. Mehrere große Ratten werden in Käfigen hereingetragen. Alle Anwesenden drängen sich um die Käfige, um die Stärke und Aggressivität der Tiere einzuschätzen. Eine der Ratten hat sich auf die Hinterbeine gestellt, fletscht die Zähne und atmet hastig. Sie hat die Verteidigungshaltung eingenommen und scheint absolut bereit zum Kampf. Der Rattenbesitzer und seine jungen Gehilfen lassen die Käfige in den Ring hinab. Erst dann öffnen sie die Käfigtüren, indem sie an langen Schnüren ziehen. Nachdem alle Tiere die Behausungen verlassen haben, werden diese wieder hochgezogen. Einige Ratten hocken reglos da, während andere schnell im Kreis laufen. Zwei provozieren einander und versuchen, dem Gegner in den Hinterleib zu beißen. Bald haben sie sich so ineinander verkrallt, dass sie aussehen wie eine wild hin und her rollende Kugel. Als der erste Hund von seinem stolzen Besitzer in den Raum getragen wird, ertönt Applaus. Der Mann hält den Hund an einem Geschirr über das Loch. Sobald das Tier die Nager entdeckt, versucht es hektisch, sich aus dem Griff seines Herrchens zu befreien. Es sabbert und knurrt. Der Mann zieht die Sache in die Länge, um die Aggressivität seines Hundes zu erhöhen. Außerdem muss er den Zuschauern Zeit lassen, ihre Wetten zu platzieren. Man wettet darauf, wie viele Minuten der Hund braucht, um alle Ratten zu töten. Währenddessen wirft der Hund den Kopf hin und her, als sei er vom Teufel besessen. Endlich lässt ihn sein Besitzer hinunter in die Tiefe. Die Glocke ertönt. Kaum ist der Hund auf dem Boden, stürzt er sich auf die erstbeste Ratte, beißt sie in den Hals und schleudert sie gegen die Wand. Alle Ratten in seiner Reichweite ereilt das gleiche Schicksal. Einer Ratte gelingt es, sich im linken Bein des Angreifers zu verbeißen, doch schon nach ein paar Sekunden muss sie loslassen, weil der Hund sie auf den Boden drückt. Er ist noch nicht einmal drei Minuten im Ring, und keine der Ratten scheint noch in der Lage zu kämpfen. Wieder ertönt die Glocke. Der Hund beruhigt sich nicht und fällt über die blutigen Überreste her, bis ihm sein Besitzer einen langen Lederriemen hinwirft, in den er sich sofort verbeißt. Langsam zieht der Mann den Hund nach oben. Das Tier lässt es geschehen. Der Körper des Hundes ist über und über mit Blut bedeckt – nicht nur mit dem seiner Feinde. Sein Herrchen hüllt ihn in eine Decke und übergibt ihn einem Mitarbeiter. Die Zuschauer haben sich inzwischen zerstreut. Ein glücklicher Gewinner lässt sich auszahlen. Einen Teil des Geldes wird er gleich für Bier ausgeben, das aus ursprünglich siebzigprozentigem verdünntem Fusel hergestellt wird.

»Dieser *Sweety Demon* hat noch nicht das Niveau eines

echten Stars«, findet Maurce, »aber er ist vielversprechend.«

Jetzt klettert ein Kind mit einem großen Jutesack in den Ring und sammelt die zerschmetterten und zerfetzten Kadaver ein.

»Wir haben noch Zeit, da oben etwas zu trinken«, schlägt Gerges vor. »Kommt, Jungs, ich lade euch ein.«

Ich trinke nicht gern. Mir wird davon schlecht. Und ich mag es auch nicht, wenn meine Freunde trinken, weil sie dann ganz anders sind und ich sie kaum wiedererkenne.

Als Nächstes wird der Star angekündigt. Immer mehr Männer gehen zurück in den Keller. Meine Freunde trinken schnell aus. Ich lasse mein Glas stehen, gehe ebenfalls nach unten und suche mir einen Sitzplatz. Schnell wird klar, dass nicht alle gekommen sind, um den Kampf zu sehen: Als einige der Wettenden angerempelt werden, bricht sofort eine Schlägerei los. Maurce geht zu Boden und droht, niedergetrampelt zu werden. Ich drängle mich zu ihm durch und helfe ihm auf. Wir versuchen, uns aus der Gefahrenzone zu entfernen, aber ein Mann versetzt mir einen Schlag in den Bauch. Ich krümme mich vor Schmerzen und kann kaum noch atmen. Der Angreifer brüllt mir ins Ohr:

»Das hast du davon, wenn du mit Terroristen rumhängst!«

Jetzt gehen meine Freunde dazwischen. Schnell entscheiden sie den Kampf für sich und machen den Kerl unschädlich. Wir drängen Richtung Ausgang. Die Schlägerei hat so viele Schaulustige angezogen, dass wir nur mit Mühe das Erdgeschoss erreichen. Auf einmal ertönen Pfiffe, und die Miliz betritt die Kneipe. Die Kämpfer, die nun auch das Erdgeschoss erreicht haben, lassen sofort voneinander ab und stellen sich entlang der Wände auf. Die Uniformierten prüfen die Ausweise und Passierscheine der Anwesenden. Da bemerkt Maurce, dass sein Anstecker im Kampf abgerissen wurde.

»Er liegt irgendwo auf dem Boden«, versichert er flehend. »Ich muss ihn im Gedränge verloren haben.«

»Dann finde ihn mal schleunigst wieder!«

Bleierne Stille beherrscht den Raum. Maurce geht hinunter zum Rattodrom. Die Minuten vergehen. Dann gibt der Chef einem seiner Männer ein Zeichen. Er soll nachsehen, was da unten los ist. Schon bald kommt er mit Maurce zurück nach oben. Maurce wirkt völlig verstört; der andere grinst. Gerges redet leise auf den Chef ein, der ihn mit unbeweglicher Miene betrachtet. Schließlich fragt er meinen Freund mit lauter Stimme:

»Glaubst du etwa, du kannst mir sagen, was ich zu tun habe?«

Er dreht sich auf dem Absatz um und geht zu seinen Männern.

»Das ist die Hafenmiliz«, erklärt Gerges. »Sie untersteht nicht dem Kommando meines Vaters. Lucen, Jea, wir müssen sofort nach Hause. Ich werde meinen Vater bitten, so schnell wie möglich einzuschreiten, damit er Maurce hilft. Geht nach Hause. Wenn ich euch heute Nacht noch brauche, komme ich später zu euch.«

Hals über Kopf hasten Gerges, Jea und ich in unser Viertel zurück. An der ersten Absperrung erklären die Milizionäre Gerges, wo sein Vater zu finden ist. Ohne sich noch einmal umzusehen, verschwindet unser Freund Richtung Osten.

Als ich nach Hause komme, fällt mir auf, dass in der Werkstatt noch schwaches Licht brennt. Durch das Fenster erkenne ich die Umrisse meines Vaters und eines weiteren, mir unbekannten Mannes. Ich gehe nicht hinein, sondern verstecke mich in einer Nische und beobachte die beiden. Der Unbekannte öffnet vorsichtig die Tür und blickt sich prüfend um. Dann kommt er heraus, geht aber nicht die Straße hinunter, sondern drückt sich an den Wänden entlang. Ich warte ein paar Minuten, bevor ich ins Haus trete. Mein Vater hat sich schon hingelegt und tut bei meinem Erscheinen so, als wache er gerade auf. Lächelnd flüstert er:

»Gut, dass du nicht so spät kommst.«

Ich lege mich vorsichtig ins Bett, um meine Schwester nicht zu wecken. Angespannt lausche ich auf die Geräusche von draußen und warte auf Nachricht von meinen Freunden. Sicher vergehen zwei Stunden. Weil ich nicht einschlafen kann, stehe ich wieder auf und beschließe, mich auf den Weg zu Maurce zu machen. Ob er inzwischen zu Hause ist? Lautlos schleiche ich mich aus dem Haus. Die Kettenschuhe ziehe ich erst draußen an.

Maurces Haus liegt im Dunkeln. Die Haustür ist verschlossen. Ich lausche am Türschloss, doch ich höre nichts als das regelmäßige Schnarchen seiner Mutter. Also setze ich mich auf die Vortreppe und warte.

Ich muss eingenickt sein, als ich ungefähr fünfzig Meter rechts von mir heftiges Atmen höre. Und zwar nicht nur von einer Person. Ich sehe Gerges. Er stützt Maurce, der kaum einen Fuß vor den anderen setzen kann.

»Er ist ziemlich übel zugerichtet, aber es ist nichts Ernstes«, stößt Gerges schwer atmend hervor.

»Ich kümmere mich um ihn«, biete ich an. »Hol den Hausschlüssel aus seiner rechten Tasche. Wir legen ihn ins Bett.«

Maurces Mutter wacht auf, als wir hineinkommen. Sie zieht ein altes, verschlissenes Hauskleid an und sucht in der Nachttischschublade nach einer Kerze. Dann begutachtet sie den Schaden.

»Was ist mit ihm passiert?«, fragt sie verstört.

»Er wurde … angegriffen«, stammelt Gerges.

»Mach dir keine Sorgen, Mama, ich erkläre es dir später.«

Maurces Mutter bittet uns freundlich, nach Hause zu gehen. Sie werde sich um ihren Sohn kümmern. Wir versprechen, am nächsten Morgen wiederzukommen.

Als wir draußen sind, erzählt Gerges leise:

»Ich bin so schnell wie möglich zu meinem Vater gelaufen. Er hat einen neuen Passierschein ausgestellt und sogar einen Brief an den Chef der Hafenmiliz geschrieben. Aber als ich zurückkam, war Maurce schon so zugerichtet, wie du ihn eben gesehen hast.«

»Was ist denn nur passiert?«

»Sie sagen, er habe versucht zu fliehen.«

»Danke, dass du dich für Maurce eingesetzt hast.«

»Das ist doch ganz normal, oder etwa nicht?«

Um acht Uhr zerrt mein Vater mich aus dem Bett. Er behauptet, er sei mit den Bestellungen im Verzug. Er weiß nicht, dass ich nur drei Stunden geschlafen habe, und ich hüte mich, ihm von vergangener Nacht zu erzählen. In der Werkstatt fällt mir auf, dass alle Arbeiten noch daliegen, wie am Abend zuvor.

»Hast du gestern nach dem Essen nicht mehr gearbeitet?«, wundere ich mich.

»Nein, ich hatte Kopfschmerzen und bin früh ins Bett gegangen. Heute geht es mir besser, aber wir müssen den Rückstand aufholen.«

Am Anfang sind meine Bewegungen noch müde und langsam. Ich denke darüber nach, dass mein Vater mir nicht die Wahrheit sagt und dass ich diese auch nicht erfahren werde, wenn ich zugebe, ihn beobachtet zu haben. Er würde nur noch mehr auf Abstand gehen und wäre noch misstrauischer. Irgendwann werde ich bestimmt herausfinden, was er ausheckt.

Bald finde ich in meinen üblichen Arbeitsrhythmus zurück. Am Nachmittag werde ich den Schlafmangel wohl heftig spüren. Hoffentlich schlafe ich nicht ein, während ich mit Firmie im Kino bin.

Kurz vor dem Mittagessen besuche ich Maurce. Er isst gerade. Er hat ein Pflaster am linken Kiefer und ein weiteres auf der rechten Wange. Noch ehe ich ihn danach fragen kann, listet er seine Verletzungen auf:

»Vielleicht habe ich eine gebrochene oder angeknackste Rippe, denn das Atmen schmerzt sehr. Außerdem habe ich überall blaue Flecken. Die Hafenmiliz hat mich mitgenommen. Kaum war ich in ihrem Büro, da stießen sie mich schon zu Boden und traktierten mich mit Fußtritten. Dann warfen sie mich in eine Zelle. Ich muss ohnmächtig geworden sein. Dann, nach kurzer Zeit, erschien Gerges.«

»Glaubst du, dass sie von deinem politischen Engagement wissen?«

»Ganz sicher nicht. Sonst wäre ich da nicht lebend herausgekommen.«

Gerges

Aus irgendeinem Grund dachte ich, wir würden an jenem Abend doch nicht zusammen weggehen. Besser wäre das jedenfalls gewesen, wenn man bedenkt, wie die Sache ausgegangen ist – vor allem für Maurce. Als mein Vater den Passierschein ausfüllte, hatte er selbstverständlich völlig vergessen, dass er uns den Ausflug ins Rattodrom drei Tage zuvor erlaubt hatte.

»Ausgerechnet mit Maurce!«, hatte er gesagt. »Das wird eines Tages böse enden!«

Aber ich bestand darauf. Schließlich wusste ich, dass meine Kumpel vor der Tür warteten und die lautstarke Diskussion mitbekamen. Also blieb ich beharrlich:

»Versprochen ist versprochen, Papa, das sagst du selbst immer.«

Mein Vater wollte nicht ins Detail gehen, aber ich glaube, er hat ziemlich genaue Informationen über Maurce. Vielleicht ist Maurce einer terroristischen Gruppe beigetreten – wie einst sein Vater? Dann hätte mein Vater vielleicht zu Recht Sorge? Kann man der Feind eines Menschen werden, den man geliebt und der einen nicht einmal verraten hat?

Irgendwann flüsterte meine Mutter meinem Vater etwas ins Ohr. Ich weiß nicht, womit sie ihn überzeugt hat, aber schließlich gab er nach. Seltsamerweise wirkte er beinahe zufrieden, als ich mich verabschiedete.

Der erste Rattenkampf war einfach genial. Gut, dass wir ihn genossen haben, schließlich blieb es unser einziger. Wie so häufig im Hafenviertel gab es auch dieses

Mal eine Schlägerei und Maurce verlor seinen Passierschein. Die Hafenmiliz griff ein und nahm ihn fest. Der Chef wollte nicht auf mich hören. Dabei bin ich sicher, dass er meinen Vater kennt, weil ich einmal bei einem Fackelzug gesehen habe, wie die beiden sich unterhielten. Aber jetzt sah er mich an, als sei ich ein Niemand. Das machte mich wütend. Meine Freunde mussten mich ja für einen Versager halten! Zum Glück konnte ich die Scharte wieder auswetzen. Während Lucen und Jea nach Hause gingen und Maurce festgehalten wurde, machte ich mich auf die Suche nach meinem Vater. Seltsamerweise schien niemand zu wissen, wo er sich aufhielt. Zuerst ging ich ins Quartier seiner Miliz, danach klapperte ich die einzelnen Straßensperren ab. Ich fand ihn erst nach über einer Stunde. Und dann mussten wir noch in sein Büro, um das Schreiben aufzusetzen. Deshalb kam ich erst sehr spät zum Posten der Hafenmiliz zurück. Maurce war schlimm zugerichtet. Die Kerle entschuldigten sich nicht einmal dafür. Nur einer von ihnen meinte, sie hätten das nicht wissen können und seien mit Maurce verfahren wie mit allen anderen Verdächtigen auch.

»Wir haben ihn ordentlich durchgeschüttelt, ihn aber nicht richtig fertiggemacht«, sagte er noch.

Maurce konnte nur mit Mühe aufstehen. Ich habe ihn den ganzen Heimweg lang gestützt. Das war schwierig, denn immer wieder verließen ihn die Kräfte und er drohte zu stürzen. Wir machten viele Pausen, und ich war ein paar Mal kurz davor, Jea oder Lucen zu holen und sie um Hilfe zu bitten. Doch ich hatte Angst, Maurce allein zu lassen. Ich wollte nicht, dass er Opfer einer unerfreulichen

Begegnung würde. Auf den letzten Metern kam Lucen uns entgegen und trug Maurce auf dem Rücken bis nach Hause.

Ich wache vom Flüstern meiner Eltern auf. Dabei geben sie sich offensichtlich Mühe, mich nicht zu wecken. Ich lausche angestrengt. Sie reden über mich und meinen Ausflug von gestern Nacht. Mein Vater behauptet, Maurce habe die Situation provoziert und ihm sei zu Recht eine Lehre erteilt worden. Meine Mutter hofft, dass ich in Zukunft nichts mehr mit Terroristen wie Jea und vor allem Maurce zu tun habe. Sonst werde mir etwas zustoßen.

»Und dieser Lucen kam mir schon immer irgendwie falsch vor«, fährt sie fort.

»Da hast du recht. Der ist nicht besser als die anderen«, stimmt mein Vater ihr zu.

Plötzlich blickt er in meine Richtung und legt den Finger auf die Lippen. Nach ein paar Sekunden ruft er:

»Bist du also endlich aufgewacht …«

Ich mime noch ein paar Minuten den Schlafenden. Später setze ich mich zu ihnen auf die Bank. Meine Mutter küsst mich auf die Stirn. So etwas tut sie nur sehr selten.

Ich sitze wortlos am Tisch und bringe das Essen kaum hinunter.

Am Dienstagnachmittag wird fast die gesamte Polizei auf politische Order von ganz oben zu einer Durchsuchung des Hafens abgestellt. Man fürchtet Ausschreitungen oder gar Anschläge.

Weil ich als Einziger hier auf der Wache bleiben und

aufpassen soll, darf ich heute zum ersten Mal Anzeigen aufnehmen. Ich weiß natürlich, dass sie später Punkt für Punkt geprüft und von einem meiner Vorgesetzten abgezeichnet werden. Ich warte kaum eine Viertelstunde, als Hipplytes Mutter mit entschlossenem Schritt die Polizeiwache betritt. Hipplyte ist ein Junge aus 270.62, mit dem ich während der Grundschulzeit befreundet war. Seine Mutter verkauft Rattenleder, das sein Vater im Hinterhof gerbt. Die Kleidung der Familie riecht stark nach faulen Eiern. Hipplyte hat mir erklärt, der Geruch stamme von einer Chemikalie, die sein Vater beim Gerben verwendet. Seine Mutter scheint erstaunt, mich hier auf der Wache anzutreffen, doch sie sieht mich wohlwollend an, und ich fühle mich gleich sicherer.

»Du bist aber groß geworden, Gerges«, begrüßt sie mich. »Du erinnerst mich an Hipplyte. Ich hoffe, dass es ihm dort, wo er jetzt ist, besser geht als uns.«

Sie hält inne. Mir fällt ein, dass ihr Sohn vor gerade einmal sechs Monaten am sogenannten »Armenhusten« gestorben ist.

Ich rede mit ihr und frage sie dann, ob sie eine Anzeige aufgeben möchte und deshalb hier sei.

»Ganz genau. Ich erkläre es dir«, sagt sie. »Seit einigen Wochen sind wir Opfer versuchter Schutzgelderpressung. Sebastien aus 199.05 fordert Geld von uns – unter dem Vorwand, uns beschützen zu wollen. Wir haben uns geweigert. Letzte Nacht haben ein paar Unterhundert in seinem Auftrag unser Geschäft verwüstet. Heute früh war er schon wieder da und wiederholte sein Angebot. Als ich sagte, ich würde Anzeige erstatten, lachte er nur. Sie werden doch sicher etwas für uns tun, Gerges?«

»Natürlich, Madame. Ich habe alles notiert. Sobald meine Kollegen vom Einsatz zurück sind, werde ich sie informieren.«

»Und sie werden einschreiten?«

»Versprochen. Vertrauen Sie mir. Es ist gut, dass Sie zu uns gekommen sind.«

Am Nachmittag zeige ich meinem Chef das Protokoll. Er spricht jeden einzelnen Punkt meiner Unterhaltung mit Hipplytes Mutter mit mir durch und bedankt sich. Bevor ich das Büro verlasse, frage ich ihn:

»Was werden Sie für die Frau tun?«

»Wir werden Konsequenzen ziehen. Aber das gehört nicht in deinen Aufgabenbereich, Gerges. Deshalb bitte ich dich, niemandem von dieser Anzeige zu erzählen.«

»Natürlich, Chef.«

Am nächsten Tag beginne ich den Dienst mit der Kontrolle einer Liste aller Personen in Polizeigewahrsam und aller Überstellungen ins Gefängnis. Außerdem überfliege ich die Protokolle der Befragungen. Von der gestrigen Angelegenheit, wegen der Hipplytes Mutter da war, keine Spur. Am Abend mache ich deshalb einen Umweg über ihr Geschäft. Ich öffne die Tür zu einem schwach beleuchteten Verkaufsraum. Hipplytes Mutter sitzt neben der Kasse. Über dem rechten Auge trägt sie einen Verband. Als sie mich erkennt, erhebt sie sich schwerfällig und geht ein paar Schritte auf mich zu. Gerade als ich denke, sie würde mich nun ansprechen, spuckt sie mir mit hasserfülltem Blick vor die Füße.

Ludmilla

Ich habe mich dazu verpflichtet, Martha zu retten, und werde mich nicht vor dieser Pflicht drücken. Vor Angst habe ich dennoch den ganzen Tag einen Kloß im Hals. Als es Zeit wird, zum verabredeten Treffpunkt zu gehen, schleiche ich mich auf Zehenspitzen aus dem Haus Richtung *No man's land.* Taf erwartet mich schon. Wir lächeln einander verhalten an. Erwartungsvoll folge ich ihm in die Tiefen der Unterstadt. Damit ich ihn nicht verliere, befestigt er ein Band an seinem Gürtel, das ich nicht loslassen darf. Außerdem setzt er mir eine Stirnlampe auf, deren Batterien allerdings leer sind.

»Wir brauchen die Lampe nicht. Ich finde mich im Dunkeln wunderbar zurecht. Aber sie gehört zum Plan.«

Obwohl es bergab geht, ist der Weg beschwerlich. Ich fühle mich wie ein Blatt im Wind, völlig fremdbestimmt. Taf läuft schnell, ich komme kaum hinterher. Ein paarmal kann ich einen Sturz nur verhindern, indem ich mich an seinem übel riechenden Mantel festhalte.

Als wir unser Ziel erreicht haben, erklärt Taf mir noch einmal, was ich tun und sagen soll. Dann lässt er mich allein. Ich setze mich auf den Randstein der schmalen Straße und warte, was nun geschehen wird. Ich habe schreckliche Angst. Bald entdeckt mich eine Gruppe Mädchen.

»Die riecht nach Reichtum!«

»Stimmt, die riecht nach … Wasser.«

»So eine sehe ich zum ersten Mal. Und du?«

»Ich auch.«

Sie umringen mich, berühren meine Kleidung und meine Haare.

»Mädels, das sind vielleicht schöne Sachen! Aber was macht die eigentlich hier, genau vor deinem Haus, Katine?«

»Keine Ahnung. Aber das wird sie uns vielleicht gleich selbst verraten. Diese Stinkreichen können doch gut reden. Hast du ... äh, haben Sie sich verlaufen? Ja?«

Ich bin wie gelähmt vor Angst. Eines der Mädchen schüttelt mich an der Schulter, bestimmt will sie mich zum Reden bringen. Zum Glück mischt sich ein Junge ein:

»Geht nach Hause, Mädels. Ich kümmere mich darum.«

Hoffentlich ist das Lucen! Was wird geschehen, wenn es jemand anders ist?

»Los! Auf der Stelle! Die Vorstellung ist beendet. Katine, sag den Eltern, dass ich ein bisschen später nach Hause komme.«

»Es ist gut, Lucen«, gehorcht das Mädchen sichtlich beleidigt. »Verstanden.«

Ich atme auf. Der erste Teil von Tafs Plan hat funktioniert. Der Junge wartet, bis wir allein sind, und fragt mich dann, was ich auf dieser Höhe mache.

»Ich habe mich verlaufen, und meine Batterien sind alle«, antworte ich mit schwacher Stimme.

Ohne weitere Fragen zu stellen bietet er an, mir zu helfen. Er will mich zurück auf den richtigen Weg bringen. Außerdem erklärt er mir, wie man sich im Dunkeln zurechtfindet, indem man die an den Fußwegen befestigten Seile benutzt. Er lässt mich vorausgehen. Wir durchqueren eine Art Gaunerviertel, in dem Diebe den Passanten

Batterien und andere Wertgegenstände abnehmen, wie mir Lucen erzählt. Überall sind Schreie zu hören. Mein Herz rast; ich kann kaum atmen. Ich weiß Lucens Mut und Hilfsbereitschaft jetzt noch mehr zu schätzen, denn er muss auf dem Rückweg noch einmal durch dieses gefährliche Gebiet. Je näher wir der Grenze zur Oberstadt kommen, desto heller wird es. Ich spüre Lucens Blick auf meinen Haaren, meinen Beinen, meinen Hüften und meinem Po. Als ich mich zu ihm umdrehe, wirkt er peinlich berührt. Zu meiner großen Überraschung erwartet er für seine Hilfsbereitschaft weder Dank noch eine Entschädigung von mir, obwohl er beides verdient hätte. Er lässt mir kaum Zeit, mich vorzustellen und nach seinem Vornamen zu fragen. Schon macht er kehrt und läuft den Hügel hinab nach Hause. Ich hatte keine Gelegenheit, ihm von Martha zu erzählen, und frage mich, ob Tafs Plan damit nicht gescheitert ist.

Noch auf dem Rückweg fängt mich Taf ab und will wissen, wie es gelaufen ist. Zum Glück weiß er gleich, wie mein Problem zu lösen ist. Ich soll eine Einladung für Lucen schreiben, und er wird ihn überreden, sie anzunehmen. Ich tue, was Taf sagt, und schreibe den Brief. Doch meine Bedenken kann ich vor Marthas Freund nicht verbergen:

»Lucen ist wirklich nett. Ich habe das Gefühl, seine Gutherzigkeit auszunutzen.«

»Wir zwingen ihn ja nicht. Wenn er Nein sagt, respektierst du seine Entscheidung.«

»Aber was wir hier tun, ist eine Art Manipulation. Und wir haben …«

»Vergiss nicht, dass du es für Martha tust.«

»Und warum muss er unbedingt über Nacht hierbleiben?«

»Bevor du ihm den wahren Grund für seine Anwesenheit in der Oberstadt nennst, musst du sein Vertrauen gewinnen. Du musst eine gewisse Verbundenheit zwischen euch herstellen, das habe ich dir doch schon erklärt.«

»Ja, aber nachts … Ich habe ein bisschen Angst … weil ich weiß, dass die Jugendlichen unten …«

»Dass sie was?«

»Früher und stärker sexuell aktiv sind als hier. Vielleicht glaubt er, es sei normal, wenn wir …«

»Wir in der Unterstadt sind keine Tiere«, unterbricht mich Taf. Er ist sichtlich verletzt. »Lucen würde nie etwas ohne dein Einverständnis tun. Und …«

»Entschuldigung. Ich habe mich ungeschickt ausgedrückt.«

»Du brauchst dir jedenfalls keine Sorgen zu machen«, antwortet Taf etwas besänftigt. »Bestimmt hat Martha dir erzählt, dass wir nicht anders sind als ihr. Nur ärmer.«

Als Taf fort ist, kommen die Zweifel. Selbst wenn ich Lucen nicht verführe, so muss ich ihn doch in dem Glauben lassen, eine Liebesbeziehung zwischen uns sei möglich. Taf hat angedeutet, nur unter dieser Bedingung würde Lucen sein Leben und vielleicht auch das seiner Familie riskieren und zudem seinen besten Freund mit hineinziehen.

Marthas Leben ist für mich unendlich wertvoll. Doch habe ich deshalb das Recht, mein Ziel mit allen Mitteln erreichen zu wollen? Es gelingt mir nicht, diese Frage mit Ja zu beantworten.

Am nächsten Morgen hoffe ich seltsamerweise, dass

Lucen die Einladung annimmt. Ich muss seinen Besuch einfach wie ein Spiel betrachten. Genau das ist es: Ich werde eine Rolle spielen, und zwar für eine gute Sache. Vielleicht macht das sogar Spaß. Ich habe noch nie mit einem Jungen geflirtet. Und immerhin ist er nicht irgendjemand. Er kommt aus der Unterstadt. Zugegebenermaßen macht mich das neugierig. Ich werde Zeit mit einem Armen verbringen. Wir sind gleich alt, doch wir gehören so unterschiedlichen Kulturen an. Er könnte schon Familienvater sein. Er wird bald leben wie ein Erwachsener, während ich noch lange von meinem Vater abhängig sein werde.

Ich habe Lucens Gesicht in jener Nacht kaum gesehen, aber ich weiß, dass es überhaupt nicht Furcht einflößend ist. Seine Züge sind ebenmäßig. Er ist größer als ich und ziemlich schlank. Natürlich ist er dreckig und stinkt, aber wenn er hier ist, werde ich ihn zwingen zu duschen.

Jetzt muss ich alles für seine Ankunft vorbereiten, ihm Hauskleidung und einen Schlafanzug besorgen. Damit wir unsere Ruhe haben, muss ich mich auch darum kümmern, was in den vierundzwanzig Stunden seiner Anwesenheit mit meinem Kindermädchen geschehen soll. Eigentlich kann ich es kaum erwarten, dass er kommt.

Lucen

Firmie ist zu spät. Meine Schwester und ihre Freundin Snia sitzen schon in den Kinosesseln und machen mir Zeichen. Sie haben sich ganz hinten hingesetzt, um leicht verschwinden zu können, falls der Film sie langweilt. Meine Freundin kommt, kurz bevor es losgeht. Ich merke, dass sie gerannt ist. Wir setzen uns und stellen die Füße auf die Pedale.

»Ich verspreche dir hiermit hoch und heilig, dass wir es nächsten Sonntag machen. Und ich verspreche, dass ich meine Meinung bis dahin nicht mehr ändern werde. Na, bist du zufrieden?«

»Sehr zufrieden.«

»Ich auch. Aber jetzt habe ich es dir versprochen und wir können an andere Dinge denken. Welcher Film läuft gleich?«

»Weiß nicht so genau.«

»Hoffentlich interessiert er die Zuschauer mehr als der von letzter Woche. Erinnerst du dich? Die meisten sind letztes Mal entweder eingeschlafen oder gegangen. Eine Viertelstunde vor Schluss waren wir nur noch zwanzig Leute im Kino und mussten die gesamte Energie aufbringen. Ich war völlig fertig danach.«

»Immerhin haben wir das Ende gesehen.«

»Ja, aber das Bild wurde immer dunkler und verwackelter.«

Firmies Versprechen hat mich dermaßen erleichtert, dass ich lange mit geschlossenen Augen dasitze und mein Glück genieße. Endlich kann ich mir eine Zukunft mit ihr vorstellen.

Es läuft ein Western aus den 1960er-Jahren. Wir saugen die Farben des Himmels und der endlosen Horizonte auf der Leinwand förmlich auf. Die Welt dieser Menschen war scheinbar so viel größer als unsere. Der Film erzählt eine recht simple Geschichte: Die Guten sind arm, besitzen nur ein paar Felder und leben in Holzhütten. Sie werden ständig von den Handlangern eines sehr reichen und sehr grausamen Viehzüchters bedroht, der auf einer riesigen Ranch lebt. Er will sie fortjagen und ihre Ländereien für seine Tiere nutzen. Ein ehemaliger Gesetzloser tritt die Nachfolge des ermordeten Sheriffs an und konfrontiert den bösen Viehzüchter. Ich ahne schon, wie der Film ausgeht. Dem Publikum scheint er zu gefallen, denn alle treten zur Energieerzeugung in die Pedale und strengen sich an. Firmie hat den Kopf auf meine Schulter gelegt und schließt die Augen. Ich glaube, in ihrem Kopf läuft ein anderer Film, in dem ich vielleicht auch eine Rolle spiele.

Das Kino ist mir sehr wichtig. Ich weiß zwar, dass die Bilder, die ich dort sehe, aus für immer vergangenen Zeiten stammen, aber sie zeigen mir, wie es anders möglich wäre. Besonders fasziniert mich die Freiheit der Menschen von damals: Sie reisten ständig herum, manche fuhren Zug, andere Kutsche, wieder andere ritten. All dies schien erlaubt. Wir in unserer Welt sind an unser Viertel gebunden, gezwungen, dem gleichen Beruf nachzugehen wie unsere Eltern, am selben Ort zu wohnen wie sie. Und unsere Kinder werden genau das Gleiche tun, wenn sie an der Reihe sind. Wir wissen, dass sich niemand aus der Unterstadt hinauswagt – obwohl die Grenzen nicht überwacht werden. Die Gefahr ist zu groß. Die einzigen Reisen, die wir machen dürfen, finden in unseren Köpfen statt.

Der Film ist zu Ende. Während wir unsere Kettenschuhe wieder anziehen, will Firmie wissen:

»Und, hat dir diese Mihelle gefallen?«

»Ich habe kein Wort mit ihr geredet.«

»Aber du hast sie angeschaut! Sie ist doch hübsch: Sie ist ein bisschen pummelig, ihre Haut ist zart und sie riecht nach Rosen. Bestimmt willst du mich jetzt verlassen?«

»Auf keinen Fall.«

»Hat sie dir ihr Geheimnis verraten? Weshalb sie sich für einen Handwerkersohn aus 410 interessiert, obwohl sie an der Grenze wohnt? Nicht?«

»Meine Eltern sagen, unser Lebensstandard sei gar nicht so anders als ihrer.«

»Ach, das haben sie dir also erzählt? Mein lieber Lucen, ich glaube, du bist der Einzige, der keine Ahnung hat. Ich hatte die Sache schon durchschaut, nachdem ich sie nur eine Minute betrachtet hatte.«

»Was hast du durchschaut?« Ich bin wütend, weil sie mich wie einen Idioten behandelt.

»Sie ist schwanger. Sie sucht jemanden, der nicht so genau hinsieht, damit sie ihr Gesicht wahren kann.«

»Hat sie dir das erzählt?«

»Nein, aber das sieht man, und außerdem – überleg doch mal. Sie ist gerade einmal vierzehn. Sie könnte sich Zeit lassen und jemanden aus ihrem eigenen Viertel heiraten. Vielleicht bekommen deine Eltern sogar Geld, wenn das mit euch beiden etwas wird. Das würde ihren plötzlichen Reichtum erklären.«

Ich stehe abrupt auf und gehe Richtung Ausgang. Die Leute vor mir lassen sich Zeit, ich bin genervt und kurz davor auszurasten. Dabei bin ich gar nicht auf Firmie wütend. Ich bin sogar sicher, dass sie recht hat und dass alle um mich herum Theater gespielt haben. Ich fühle mich vor allem von meinen Eltern verraten. Mihelle zählt nicht.

Firmie hat gemerkt, dass sie etwas zu weit gegangen ist.

Auf der Straße holt sie mich ein und zieht mich an sich. Zuerst leiste ich Widerstand, aber bald gebe ich auf und erwidere ihren Kuss. Wenigstens Firmie hat mich niemals belogen.

Wir verabschieden uns. Ich habe meinen Eltern versprochen, ein Auge auf meine Schwester zu haben. Sie ist mit ihrer Freundin schon vorausgegangen. Also laufe ich schnell den Berg hinunter. Die Alten und Ängstlichen gehen langsam und halten sich an den Seilen fest, deren je spezifische Knoten verraten, auf welcher Höhe und in welcher Straße man sich befindet. Kurz vor unserem Haus hole ich Katine ein. Snia und sie unterhalten sich mit jemandem, der auf dem Bordstein sitzt. Ich wechsele in den Beleuchtungsmodus.

Es ist eine Jugendliche aus der Oberstadt. Sie hält schützend die Hände vor den Kopf, als fürchte sie, angegriffen zu werden. Ich sage meiner Schwester und ihrer Freundin, dass sie hineingehen sollen. Nie zuvor habe ich eine Reiche gesehen. Ich habe Angst, dass sie Panik bekommt und zu schreien anfängt, also frage ich sie freundlich:

»Was suchst du auf dieser Höhe? Hier ist es gefährlich.«

Mit flehender Stimme antwortet sie:

»Ich habe mich verlaufen und meine Batterien sind leer.«

Mehr brauche ich nicht zu wissen. Ich muss ihr behilflich sein und ihr den Weg nach Hause zeigen. Danach muss ich sie so schnell wie möglich loswerden. Sollten wir unterwegs aufgehalten werden, würde man mich sofort der schlimmsten Verbrechen verdächtigen. Außerdem habe ich Angst um meine Familie, der man ebenfalls zusetzen würde. Wortlos bedeute ich ihr, mir zu folgen. Aber dieses Mädchen hat Charakter! Ich soll ihr das System der Knoten erklären, mittels derer man sich in der Dunkelheit orientiert. Und sie besteht darauf vorauszugehen. Vielleicht will sie alles bestimmen, weil sie meint, ich sei ihr untergeordnet? Das wäre dumm, denn hier unten ist sie ohne mich verloren. Doch ich merke schnell, dass es ihr nicht um Autorität geht. Sie ist einfach neugierig. Obwohl die Situation gefährlich ist, nehme ich mir die Zeit, ihre Fragen zu beantworten. Wahrscheinlich freue ich mich auch, dass sie sich für uns Menschen von unten interessiert.

»Entlang der Straßen sind Seile befestigt. Sie führen weit den Berg hinauf. Wenn du im Dunkeln wissen willst, in welcher Straße du bist, musst du ertasten, welche Form der Knoten hat. Hier hat er die Form einer Acht, aber eine Straße weiter östlich wäre er spitz und noch weiter östlich hätte er die Form einer Beule. Und so weiter. Dann musst du die Knoten zählen. Hier zum Beispiel sind es vier nacheinander, weil wir mitten in der Unterstadt sind. Je höher du aufsteigst, umso weniger Knoten sind es. Gibt es keine Knoten mehr, hast du die Grenze zur Oberstadt erreicht. Um über die Straße zu kommen, lässt du das Seil los. Auf der gegenüberliegenden Seite findest du in ungefähr achtzig Zentimeter Höhe das nächste Seil.«

»Von jetzt an könnte ich mich also allein zurechtfinden.«

»Ich lasse dich erst hinter 710.20 allein, denn das Viertel dort ist ein bisschen gefährlich.«

Während ich hinter ihr die Straße hinaufgehe, überlege ich, warum sie unter Lebensgefahr ihr schönes Viertel verlassen hat. Das Seil vibriert. Sie bleibt stehen, und ich stoße mit dem Mund gegen ihren Hinterkopf. Ihre Haare riechen süßlich und verwirrend. Ich überhole sie und deaktiviere die Ketten meiner Schuhe, damit meine Schritte nicht zu laut sind. Sie klammert sich an meinen Gürtel. Vor uns haben sich gerade ein paar Diebe auf zwei Passanten gestürzt. Zum Glück für uns sind sie mit ihren Opfern beschäftigt und beachten uns nicht. Unbehelligt gehen wir weiter. Nach der Gefahrenzone auf 710 machen wir eine kurze Pause, damit meine Begleiterin sich beruhigen kann. Dann setzen wir den Aufstieg fort. Ich betrachte ihre langgliedrige Silhouette und ihre messingfarben glänzenden Haare. Ihre Schönheit erinnert mich an die Frauen, die ich jeden Sonntag im Kino bewundere. Sie ist so leicht; ihre Füße berühren kaum den Boden. Und ihre Waden. Ich betrachte sie und denke an meine eigenen, schrecklich deformierten Waden, und auch an die von Firmie.

Als wir in die Nähe der Grenze kommen, schleiche ich mich davon. Sie darf mich nicht bei Licht sehen und sich nicht an mich erinnern. Und ich muss sie so schnell wie möglich vergessen. »Putzlappen und Servietten soll man nicht mischen«, lautet ein bekanntes Sprichwort in unserer Welt. Als sie merkt, dass ich mich von ihr entferne, ruft sie mir ihren Vornamen – Ludmilla – hinterher und fragt mich nach meinem. Reflexhaft antworte ich und bereue es sofort.

Ich bringe meine Familie in Gefahr. Wenn dieses Mädchen jemandem von unserer Begegnung erzählt und die Polizei davon erfährt, komme ich ins Gefängnis oder werde aus der Stadt verbannt. Entsprechend unwohl fühle ich mich, als ich nach Hause komme. Und ich schäme mich. Meine Mutter braucht mir nicht einmal ins Gesicht zu sehen, um zu wissen, dass ich unvorsichtig war. Schon immer konnte sie anhand des Geräuschs unserer Schritte sagen, wie wir uns fühlen. Meine Schwester hat den Anfang meiner Begegnung mit einer Reichen bereits erzählt, und ich muss die Geschichte bis zum Ende fortsetzen, ohne zu lügen. Das bringt mir eine Ohrfeige ein, die besonders schmerzt, weil ich sie nicht kommen sehe.

»Warum hast du dich nicht an die Gesetze gehalten, Lucen?«, will mein Vater wissen. »Du hättest laut nach dem nächsten Polizisten rufen müssen und vor allem nicht mit ihr sprechen dürfen. Hoffentlich hast du ihr nicht auch noch deinen Namen genannt?«

Ich antworte nicht. Er atmet hörbar aus, schiebt seinen Teller von sich weg, steht auf und geht in die Werkstatt, um sich zu beruhigen. Mein Vater hat Angst. Am meisten aber schmerzt mich das Schniefen meiner Mutter. Gleich wird sie weinen.

Ich kann nicht schlafen, weil meine Eltern beim kleinsten Geräusch aufstehen und manchmal sogar an der Tür horchen, ob jemand kommt, um mich festzunehmen. Mehr noch als das Gefängnis, aus dem man irgendwann wieder herauskommt, fürchten meine Eltern die Verbannung. Außerhalb der Stadtgrenzen überleben nur die schrecklichen und gewalttätigen Banden der Aasfresser, jener Verdammten, deren Überlebenserwartung außerhalb der Stadt sich auf wenige Monate beschränkt.

Am Montag ist wieder alles in Ordnung. Es war richtig, dem Mädchen zu vertrauen. Ich folge dem Rat meines Vaters und erzähle meinen Freunden nur das Nötigste von ihr. »Ich habe sie nicht gesehen und nur zum Seil geführt, ohne ein Wort zu sagen.« Dann wechsle ich das Thema.

Als ich von einem Kunden zurückkomme, spricht mich Taf, der Lieferant meines Vaters an. Er gibt mir zu verstehen, dass er ungestört mit mir reden will, und zerrt mich in sein Lager. Als er Ludmilla erwähnt, bin ich überrascht. Unglaublich, dass gerade er sie kennt! Er gibt mir eine Nachricht von ihr, die er an einer Ecke anzündet. Kaum habe ich den Brief entziffert, haben die Flammen ihn schon verschlungen.

Ich würde mich freuen, wenn Sie mich dieses Wochenende besuchen kämen. Ich möchte Ihnen danken und brauche Ihre Hilfe. Wir werden allein sein. Ludmilla

Taf hat sich zurückgezogen. Ich begreife, dass er den Inhalt der Nachricht kennt und mir Zeit zum Nachdenken geben will. Aber die brauche ich nicht. Die Antwort lautet Nein. Ich kann meine Familie keinem weiteren Risiko aussetzen. Noch dazu für eine Reiche, die ich nur einmal gesehen habe! Am besten kann sie mir danken, indem sie mich in Ruhe mein armseliges Leben leben lässt. Am Sonntag ist der große Tag: Firmie und ich machen den Test. Außerdem: Wie soll ich meine Abwesenheit vor allen anderen geheim halten? Glaubt dieses Mädchen, über mich verfügen zu können, nur weil ich einen niedrigeren gesellschaftlichen Rang habe?

Ich verstehe nicht, wie Taf, der so gut über unser Leben hier Bescheid weiß, mir eine solche Bitte übermitteln kann. Als ich ihm antworten will, merke ich, dass er verschwunden ist. Wie jeden Abend gehe ich zu meiner Freundin, die natürlich – wie fast alle im Viertel – über meine Begegnung von letzter Nacht Bescheid weiß.

»Und, war sie schön, diese Reiche?«, fragt sie nach kurzem Schweigen.

Sie starrt mich an, als prüfe sie, ob ich lüge.

»Ich habe sie nicht gesehen, ich war im Sparmodus.«

»Aber du hast sie doch gerochen? Die Mädchen von dort oben sollen großartig riechen.«

»Eher seltsam … Wie soll ich das erklären? Dafür gibt es ein Wort … Genau, widerlich.«

Sie wirkt zwar nicht überzeugt, aber auch nicht enttäuscht. Im Gegenteil.

»Bestimmt lügst du. Aber ich weiß, dass du es mir zuliebe tust. Ich weiß genau, dass die Mädchen von oben besser riechen als wir. Es beruhigt mich, dass du sie nicht wiedersehen wirst! Ich aber werde immer für dich da sein. Ich frage mich immer noch, was sie so tief unten in der Stadt wollte.«

»Ich frage mich das auch.«

Erleichtert schlafe ich ein. Ich habe meine Entscheidung gefällt. Diese Geschichte mit der Reichen wird bald nur noch eine entfernte Erinnerung sein. Das Einzige, was jetzt zählt, ist mein Leben mit Firmie.

Als ich ein paar Tage später aus der Schule komme, verrät mir ein bestimmter Geruch, dass Taf da ist. Mein Vater erklärt, ich müsse vierundzwanzig Stunden mit seinem Lieferanten verbringen. Taf brauche mich für Arbeiten am Hafen.

»Das kannst du nicht ablehnen«, beharrt er. »Zum

Dank für deine Hilfe will er mich zwei Wochen lang umsonst beliefern und mir Batterien schenken. Außerdem wirst du sehr gut bezahlt.«

»Aber am Sonntag bin ich mit Firmie verabredet! Ich würde lieber ableh …«

»Ich habe bereits zugesagt. Und deine Mutter ist heute früh zu Firmie gegangen. Geh zu Taf ins Lager, um mit ihm die Einzelheiten zu klären.«

Ich rühre mich nicht. Energisch schubst mein Vater mich Richtung Tür. Etwas weniger bestimmt fragt er:

»Was ist los? Du weißt doch, dass Taf uns nie in Gefahr bringen würde.«

Er hat keine Ahnung, dass sein Lieferant ihn belügt. In diesem Augenblick wage ich nicht, ihm zu sagen, was ich weiß.

Ziemlich wütend mache ich mich auf den Weg zu Taf. Noch ehe dieser mir ins Gesicht sieht, spürt er meinen Ärger und legt mir seine kräftige Hand auf die Schulter:

»Ich gebe zu, dass ich die Sache ein bisschen beschleunigt habe, aber du wirst bald verstehen, dass es hier um das Leben einer bestimmten Person geht und die Zeit drängt.«

Ich schweige. Mir ist klar, dass ich mich dem Treffen mit Ludmilla nicht mehr widersetzen kann. Und ich muss zugeben, dass mich dieses Abenteuer reizt, obwohl ich es für gefährlich halte. Von all meinen Freunden werde ich der Erste sein, der die Grenze zur Oberstadt überschreitet und das Leben der Reichen kennenlernt. Doch ich weiß auch, dass ich niemals jemandem davon erzählen kann. Wieder denke ich an Firmie. Habe ich das Recht, sie in einem für unser beider Leben so entscheidenden

Moment allein zu lassen? Ich versuche, mit Taf zu verhandeln:

»Aber warum vierundzwanzig Stunden? Ein paar Stunden reichen doch bestimmt aus?«

»Das können wir jetzt nicht diskutieren. Ich habe alles so organisiert, dass deine Abwesenheit plausibel erscheint, und ich kann dich erst morgen um achtzehn Uhr bei Ludmilla abholen. Lass deine Kettenschuhe zu Hause. Du musst leicht und schnell sein.«

Ich frage ihn, wann wir aufbrechen. Er legt mir einen Finger auf den Mund und zieht mich in ein kleines Büro, dessen Tür er hinter uns verschließt.

»Du wartest hier«, befiehlt er. »Seit einiger Zeit habe ich das Gefühl, dass die jaspistische Miliz mich ausspioniert.«

»Warum?«

»Je weniger du weißt, umso besser für dich.«

Er bittet mich, zu warten und mich ruhig zu verhalten. Dann geht er. Ich bin zwei Stunden allein, ehe sich die Tür wieder öffnet. Taf erklärt, er könne mich doch nicht begleiten, doch wenn ich seinen Anweisungen genau folgte, käme ich gut ohne ihn zurecht. Er beschreibt mir den Weg und sagt mir, wann ich am besten losgehen sollte. Dann verschwindet er in der Dunkelheit. Ein paar Minuten später höre ich das Geräusch von Kettenschuhen, die sich in dieselbe Richtung bewegen wie kurz zuvor Taf. Er hatte recht mit seiner Mahnung zur Vorsicht. Ich warte noch über eine halbe Stunde, bevor ich nach Hause gehe. Dort tausche ich meine Kettenschuhe gegen normale Schuhe, die sonst mein Vater trägt. Ich schreibe noch schnell eine Nachricht an Firmie und vertraue den

Brief meiner Schwester an. Ich weiß nicht, was zwischen meiner Mutter und meiner Freundin vorgefallen ist, aber ich kenne beide gut: Möglicherweise haben sie sich gestritten und meine Mutter hat Firmie gesagt, die Verlobung sei beendet.

Meine liebe Firmie,

meine Eltern zwingen mich, an diesem Wochenende für Taf zu arbeiten. Ich bin traurig, morgen Nachmittag nicht in deiner Nähe sein zu können. Ich träume doch schon so lange von diesem Augenblick. Am Montag komme ich bei dir vorbei, dann können wir reden. Ich liebe dich.

Lucen

Ludmilla

Ich warte allein im Halbdunkel am vereinbarten Treffpunkt und lausche auf jedes kleinste Geräusch. Mein »Schmutzfink« lässt sich Zeit. Yolanda hat mich voll Empörung angesehen, als ich ihr sagte, sie müsse nun ihren wöchentlichen Urlaubstag nehmen – was bedeutet, dass sie die nächsten vierundzwanzig Stunden in ihrem Zimmer im Souterrain verbringen muss.

»Bereiten Sie sich vorher Ihre Mahlzeiten zu. Sie können sie in Ihrem eigenen Kühlschrank aufbewahren. Vergessen Sie nicht, etwas zu Lesen mitzunehmen. Sie müssen in einer Stunde fertig sein. Danke. Bis morgen Abend, Yolanda.«

»Bis morgen Abend«, stieß sie hervor.

Kurz bevor ich das Haus verließ, hörte ich noch, wie sie versuchte, die Tür zum Erdgeschoss zu öffnen. Bestimmt wollte sie überprüfen, ob ich sie tatsächlich eingesperrt hatte.

Plötzlich taucht Lucen hinter einer halb eingestürzten Mauer auf. Er wirkt besorgt. Ich lächle ihm aufmunternd zu. Dann ziehe ich ihn mit mir fort. Um diese Uhrzeit laufen wir nicht Gefahr, auf Nachbarn zu treffen. Lucen ist wachsam, dreht sich ständig um und bleibt auf der Hut. Er fühlt sich garantiert so, wie ich mich vor einigen Tagen in der Unterstadt gefühlt habe.

Als wir bei mir zu Hause ankommen, übernehme ich das Kommando. Sanft schiebe ich Lucen ins Bad. Zum Glück lässt er es geschehen. Ich hoffe, dass er nicht verletzt ist, sondern versteht, dass seine mangelnde Hygiene ihn hier oben zum Außenseiter macht. An der frischen Luft hatte ich nicht bemerkt, welcher Gestank von ihm ausgeht. Noch höre ich kein Wasser laufen. Bestimmt zögert er. Da unten erzählt man den Leuten, zu viel Wasser schade der Haut. Endlich ringt er sich durch. Wie wohl die Dusche aussieht, wenn er fertig ist? Ich werde einiges zu Putzen haben, wenn ich mein neues Kindermädchen nicht misstrauisch machen will.

Nach über einer halben Stunde kommt er endlich aus dem Bad. Ich erkenne ihn kaum wieder. Man kann ihn zwar nicht als elegant bezeichnen – schließlich trägt er die alte, etwas zu groß geschnittene Kleidung meines Vaters, die ich im Keller gefunden habe. Aber er ist sauber. Für seinen Besuch habe ich mir Mühe gegeben. Ich trage zum ersten Mal das Top, das mir Grisella geschenkt hat, und dazu einen Rock, der oberhalb der Knie endet. Meine Freundin kritisiert ständig, wie ich mich anziehe. Sie findet, ich benutze die Kleidung dazu, meine Figur und meine Haut zu verstecken, obwohl ich sie damit doch hervorheben sollte. Jetzt fühle ich mich unwohl. Aber Lucen starrt mich nicht an. Ihn scheinen eher die Lichtschalter und das Essen zu faszinieren. Vielleicht steht er nicht auf Mädchen? Das würde erklären, warum er nicht verheiratet ist. Aber wieso hätte Taf, der ihn gut kennt, mich dann ermutigt, mit ihm zu flirten?

Warum soll ich vierundzwanzig Stunden mit ihm verbringen? Tafs Argumente überzeugen mich nicht. Und wie soll ich Tafs Rat folgen und zunächst genau das Thema meiden, das mich am meisten beschäftigt? Auf Lucen muss mein Verhalten einfach seltsam wirken. Worüber soll ich bloß mit ihm sprechen?

Also erzähle ich ihm den ganzen Abend lang vom Leben in der Oberstadt und fühle mich ein bisschen wie ein Führer, der Besucher durch ein Museum begleitet. Ich fühle mich nicht wohl, und ihm geht es genauso. Nach dem Essen fragt er mich ganz direkt, weshalb er hier ist. Mir fällt keine Ausrede ein. Also mache ich es, wie mein Vater, wenn er nicht antworten will. Ich rede in strengem Tonfall auf meinen Gesprächspartner ein und starre ihn an, ohne zu blinzeln. Ich schäme mich ein bisschen dafür, aber es funktioniert, denn Lucen lässt von dem Thema ab.

Dann bringe ich ihn ins Gästezimmer. Er wirkt enttäuscht, dass ich ihn dort allein lasse. Vielleicht hatte er gehofft, wir würden miteinander schlafen? Schnell gehe ich in mein Zimmer und schließe doppelt hinter mir ab. Im Spiegel sehe ich, dass meine Wangen ganz rot sind.

Der Wecker reißt mich aus dem Schlaf. Ich bin müde, weil ich lange nicht hatte einschlafen können. Ich wecke Lucen, um mir mit ihm gemeinsam den Sonnenaufgang anzusehen. Das Schauspiel bewegt ihn zutiefst. Er flüstert »danke«. Der Moment scheint mir geeignet, um das anzusprechen, was mich wirklich interessiert, nämlich Marthas Situation. Lucen hört aufmerksam zu, aber ich merke schon bald, dass er nichts für mich tun wird. Vergeblich versuche ich, ihn zu überzeugen. Ich bin enttäuscht, weiß aber nicht, was ich sonst noch unternehmen könnte. Dann gebe ich vor, Schulaufgaben erledigen zu müssen, und überlasse ihn den Großteil des Tages sich selbst. Ich glaube, er vertreibt sich die Zeit mit Lesen. Zum Mittagessen treffen wir uns wieder. Er isst kaum etwas. Vielleicht hat er ein schlechtes Gewissen? Wenn unsere Blicke sich treffen, zwinge ich mich, meine Enttäuschung zu verbergen.

Ich begleite ihn bis zum Treffpunkt, den wir mit Taf vereinbart haben. In der Ferne sehe ich bereits den Umriss des Lieferanten. Jetzt muss ich alles auf eine Karte setzen. Ich halte die Luft an. Lucen trägt wieder seine Armenkleider und stinkt deshalb fürchterlich. Dann ziehe ich Lucen zu mir und küsse ihn auf beide Wangen. Als ich mich von ihm löse, sehe ich in seinen Augen, dass ihn die Küsse nicht kalt gelassen haben. Er überlegt vielleicht schon, ob er mir helfen wird.

Ich schöpfe wieder Hoffnung.

Lucen

Ich halte mich an einem Seil fest und klettere nach oben. Zum ersten Mal genieße ich es, »leicht« zu sein. Je höher wir gelangen, umso weniger Menschen sieht man auf der Straße. Es ist auch nicht mehr so laut. Alle haben Angst vor der Höhe 710. Plötzlich wird das Seil heftig geschüttelt. Ich gerate ins Straucheln. Hinter mit läuft ein Mann. Er rempelt mich an, flucht und entschuldigt sich – allerdings mit verstellter Stimme. Ich erkenne ihn sofort. Es ist Gerges' Vater. Er soll mich wohl überwachen. Ich lasse das Seil los, doch statt am gegenüberliegenden Seil entlang wieder hinabzuklettern, schleiche ich mich von hinten an Gerges' Vater heran. Hätte er einen seiner Männer geschickt, statt mich selbst zu verfolgen, wäre ich ganz sicher in die Falle gegangen. Bestimmt wollte er mich persönlich beschatten, damit sein Sohn eventuelle Erkenntnisse nicht anzweifeln kann. Vielleicht gibt es einen Ausweg, doch momentan fällt mir keiner ein. Ab jetzt verläuft das Seil wellenförmig. Wir haben die gefährliche Zone erreicht. Plötzlich habe ich eine Idee und handle, ohne weiter nachzudenken. Ich löse Grégires Hand vom Seil und stoße ihn mit aller Kraft. Hier lungern überall Verbrecher herum. Sie werden ihn in die Hände bekommen. Mein Angriff kommt so plötzlich, dass Grégire nicht reagieren kann. Ich höre noch, wie er Drohungen ausstößt, während ihn mehrere Männer auf die Straße zerren. Durch dieses Ablenkungsmanöver kann ich das Gaunerviertel ungehindert durchqueren und werde außerdem meinen Verfolger los. Nachdem ich noch eine halbe Stunde aufgestiegen bin, sehe ich zum zweiten Mal in meinem Leben, wie sich der Qualm der Nox lichtet. Schon bald komme ich an dem Ort vorbei, an dem ich Ludmilla vor ein paar Tagen zurückgelassen habe. Ab jetzt bewege ich mich in unbekanntem Gebiet.

Das Seil endet. Ich verlasse die Hauptstraße und nehme einen Pfad, der durch Dickicht führt. Zum ersten Mal sehe ich Farben ohne künstliches Licht. So viele Pflanzen habe ich noch nie gesehen. Ihr Duft ist betörend. Ich folge Tafs Anweisungen und gehe fünfhundert Meter nach rechts einen Zaun entlang. Zweimal muss ich mich im hohen Gras verstecken, weil auf der anderen Seite des Absperrgitters eine Patrouille ihre Runde dreht. Zahlreiche Baumstümpfe markieren die Grenze zwischen den beiden Welten. Ich suche nach einem Zeichen. Es soll fünfzig Zentimeter über dem Boden in die Rinde eines Baumstumpfs geritzt sein. Gerade als ich meine, es übersehen zu haben, entdecke ich zwei parallele Einschnitte im Holz. An dieser Stelle ist der Zaun nicht am Boden fixiert, sodass ich ihn hochheben und ohne Schwierigkeiten darunter hindurchrutschen kann. Dann folge ich einem Weg, der mich zu einem zerstörten Haus führt. An die Wand gelehnt, warte ich dort auf den Einbruch der Nacht.

Auf einmal höre ich Schritte. Jemand kommt näher, bleibt stehen und schaltet dreimal kurz eine Lampe ein und aus. Das ist das Signal: Ludmilla wartet auf mich. Noch bevor sie ihr Gesicht anstrahlt, um sich zu identifizieren, erkenne ich sie am Geruch. Sie lächelt. Sie ist wirklich wunderschön. Sie sieht aus wie das Mädchen aus der Muschel auf einem alten Gemälde. Das Bild ist auf der Dose abgedruckt, in der meine Mutter ihr braunes Pulver aufbewahrt.

Sie führt mich wortlos auf einen kaum sichtbaren Pfad, der sich um dichtes Gebüsch schlängelt. Nach hundert Metern erreichen wir eine von großen, frei stehenden Häusern gesäumte Straße. Zwischen den Häusern befinden sich Bäume und Grasflächen. Es ist das genaue Gegenteil der Wohngebiete in der Unterstadt, wo nicht das winzigste Fleckchen unbebaut bleibt. In den Häusern sind alle Zimmer hell erleuchtet, sodass man die Bewohner darin hin und her gehen sieht. Was diese Leute wohl täten, wenn sie mich entdeckten?

Endlich erreichen wir Ludmillas Haus. Als sie die Tür hinter uns schließt, bin ich erleichtert. Dann bekomme ich Panik: Sie schaltet das Licht ein und betrachtet mich in all meiner Hässlichkeit. Ich schließe die Augen, um ihren Ekel nicht zu sehen. Sie spürt mein Unbehagen und bittet mich mit sanfter Stimme in das nächste Zimmer.

»Wenn Sie möchten, können Sie sich waschen und umziehen. Sie werden sich dann wohler fühlen.«

Sie wartet meine Antwort gar nicht erst ab, sondern bugsiert mich in ein »Badezimmer«. Ob ich wisse, wie man eine Dusche bedient? In der Schule habe ich gelernt, dass die Leute in der Oberstadt ihren ganzen Körper waschen, indem sie ihn unter einer Art Regenapparat mit klarem Wasser benetzen, einseifen und abspülen. Man hat uns erklärt, diese Praxis sei den Reichen vorbehalten, deren Haut das aggressive Wasser nichts anhaben könne. Für Arme sei so etwas zu gefährlich, da es zu Verbrennungen, Verätzungen und sich ablösender Haut führen könne.

Wie soll ich jetzt reagieren? Ludmilla braucht meine Hilfe und hat keinen Grund, mich in Gefahr zu bringen. Also ziehe ich mich aus und lasse etwas Wasser laufen. Ich halte einen Finger unter den Duschkopf, dann die Hand und schließlich den ganzen Arm. Ich spüre keinen Schmerz. Jetzt lasse ich das Wasser über meinen ganzen Körper laufen. Ich blicke nach unten und sehe, wie es dunkel in den Abfluss rinnt. Ich schalte das Wasser aus und seife mich ein. Mit den Fingernägeln kratze ich den Dreck von meiner Haut. Der Schaum färbt sich dunkelgrau. Schon bald spüre ich ein leichtes Prickeln auf der Haut. Das Abspülen tut gut. Das Handtuch ist unglaublich weich. Ich ziehe die bereitgelegte Kleidung an. Die Sachen sind ein bisschen zu groß; wahrscheinlich gehören sie ihrem Vater. Bevor ich das Bad verlasse, betrachte ich mich noch in einem großen Spiegel und erkenne mich kaum wieder. Ich wünschte, Firmie und meine Familie könnten mich so sehen, könnten sich selbst waschen und endlich einmal schön finden. Ludmilla klopft und reicht mir einen Beutel für meine schmutzige Kleidung.

Dann bringt sie mich in einen Raum, an dessen Wänden Regale voller Bücher stehen. Ich kann mir die Frage nicht verkneifen, woher sie wusste, dass eine Dusche für mich nicht gefährlich sein würde.

»Martha, die sich früher um mich gekümmert hat, stammt aus der Unterstadt. Deshalb habe ich schnell begriffen, dass die Theorie von zwei Rassen, die getrennt leben müssen – so, wie man es uns in der Schule lehrt – Betrug ist.«

»Wo sind deine Eltern?«

»Meine Mutter ist gestorben, als ich sieben war. Sie

war sehr krank. Mein Vater ist geschäftlich viel im Ausland unterwegs. Wir sind also ungestört.«

Ich staune über die Größe und den Komfort ihres Hauses. Für ein paar Augenblicke vergesse ich mein Leben in der Unterstadt. Ludmilla schaltet das Licht ein und aus, indem sie auf Kästchen an den Wänden drückt. Ich riskiere, dass sie mich für einen Idioten hält, und frage, ob die Menschen hinter den Wänden in die Pedale treten, um das Haus zu beleuchten. Sie beißt sich auf die Lippen – vielleicht unterdrückt sie ein Lachen? Dann erklärt sie mir, dass der Strom durch unterirdische Kabel in die Häuser gelangt. Mehr weiß sie auch nicht. Sie fragt, ob es die von mir erwähnte Art der Stromerzeugung unten wirklich gibt.

»Natürlich. Zum Beispiel in den Spelunken am Hafen oder in den Kinos. Da sitzen Unterhundert-Kinder und strampeln bis zur völligen Erschöpfung, damit es hell ist. Die Besucher stammen übrigens meistens von oben.«

»Ich war noch nie dort«, wirft Ludmilla schnell ein, als wolle sie sich von den anderen Reichen abgrenzen.

Wir gehen in die Küche und bereiten gemeinsam das Abendessen zu. Die Nahrungsmittel hier tragen zwar ähnliche Namen, unterscheiden sich aber von unseren. Es gibt hier zum Beispiel »Schokolade« – wir sagen Schoklad –, aber die von hier oben ist viel dunkler und süßer.

»Weil sie echt ist«, erklärt Ludmilla. Ihnen gibt man synthetische Produkte mit künstlichen Geschmacksstoffen. Der Unterschied zwischen echten und falschen Nahrungsmitteln spiegelt sich auch in der verschiedenen Schreibweise. Martha hat mir das alles erzählt. Anfangs hatte sie übrigens Schwierigkeiten, sich an unsere Nahrungsmittel zu gewöhnen. Sie bevorzugte sogar die minderwertigen von unten.

Zum ersten Mal esse ich farbiges Gemüse. Unten essen wir nur gekeimte, weißliche Körner, und auch das nur in geringen Mengen. Von den neuen Nahrungsmitteln wird mir schnell übel. Ich esse nicht besonders viel. Die Zeit vergeht. Ludmilla redet viel, als wolle sie den Moment hinauszögern, in dem sie mir den Grund für meinen Besuch nennen muss. Nach dem Essen halte ich es nicht länger aus.

»Warum sollte ich herkommen?«

»Darüber sprechen wir morgen«, antwortet sie in einem Ton, der keinen Widerspruch erlaubt.

»Warum?«

»Weil ich es sage«, beharrt sie und sieht mich direkt an.

Auf einmal habe ich Lust, einfach zu gehen und sie sitzen zu lassen. Aber wenn ich das tue, werde ich nie erfahren, warum ich all diese Risiken auf mich genommen habe. Ich muss mich zusammenreißen und Geduld haben. Außerdem scheint sich hinter ihrem autoritären Tonfall eine gewisse Scham zu verbergen. Es fällt ihr wohl schwer, ihre Bitte auszusprechen.

Schließlich führt sie mich ins Gästezimmer, das größer ist als das gesamte Haus meiner Familie. Sie wünscht mir eine gute Nacht. Zum ersten Mal in meinem Leben werde ich allein schlafen. Meine Schwester fehlt mir. Normalerweise schlafen wir zusammen in einem Bett und ich fühle mich durch ihre Wärme, ihren Geruch und ihr Atmen geborgen. Oft wache ich zwar in der Nacht auf, wenn sie sich bewegt und mir dabei ihre Knie in die Seite rammt, aber ich schlafe stets sofort wieder ein.

Ludmilla weckt mich früh am Morgen, damit wir den Sonnenaufgang von der Dachterrasse aus betrachten können. Zuerst überraschen mich das Vogelgezwitscher und der Geruch der Blumen und Früchte. Mit einem Mal wird die Landschaft in helles Licht getaucht. Regungslos und mit offenem Mund folge ich dem Schauspiel. Wahrscheinlich sehe ich aus wie ein glücklicher Idiot.

Beim Frühstück koste ich von ihrem »Brot« (Bro) mit »Butter« (Buttr) und trinke »Kaffee« (Kfee). Danach erklärt mir Ludmilla endlich, warum ich hier bin. Sie will, dass ich die Akten der Miliz nach Hinweisen auf Martha durchforste. Martha hat sie nach dem Tod ihrer Mutter aufgezogen und wurde von ihrem Vater hinausgeworfen. Sie erzählt ausführlich von ihrer Beziehung zu dieser Frau, die für sie wie ein Familienmitglied ist. Ich wage nicht, sie zu unterbrechen. Als sie fertig ist, sage ich ihr, dass ich an die Akten der Miliz nicht herankomme. Dann frage ich sie, wie ich ihr sonst helfen könnte.

»Ich weiß nicht«, sagt sie unsicher. »Sie könnten der jaspistischen Partei beitreten – nur so lange, bis Sie Martha auf der Spur sind.«

»Das sind Verrückte. Außerdem sind sie sehr misstrauisch und …«

»Vielleicht kennen Sie ja ein Mitglied persönlich?«

»Gerges ist der Sohn des Chefs der örtlichen Jaspistenmiliz, aber ich kann ihn nicht bitten, den eigenen Vater auszuspionieren. Begreifst du das nicht? Er ist mein bester Freund!«

»Ich bin völlig verzweifelt, Lucen«, schluchzt sie. »Ich weiß nicht mehr, was ich tun soll. Ich habe Angst um Martha …«

Sie geht hinaus und lässt mich ratlos zurück. Ich verstehe, dass sie enttäuscht ist und meinen Besuch bereut. Ich würde gerne Ja sagen, damit sie wieder lächelt. Aber wie soll ich das anstellen? Ich brächte nicht nur mich, sondern auch meine gesamte Familie in Gefahr. Habe ich das Recht dazu? Warum sollte ich dieser Fremden helfen – und damit meinen Angehörigen und Firmie schaden? Als ich mir die Frage stelle, drängt sich mir bereits die Antwort auf. Ich will dieser »Venus« gefallen. »Venus«, so heißt das Mädchen auf dem Bild mit der Muschel. Ludmilla tanzt, wenn sie geht; ihre Haut ist so hell und so rein. Ich will, dass sie mich ansieht. Ich will ihr etwas bedeuten. Stopp! Ich muss sofort wieder auf den Boden der Tatsachen zurückfinden. Nie würde sich ein Mädchen wie sie für mich interessieren. Und ich habe Firmie. Und eine Familie, die ich nicht in Gefahr bringen darf.

Den restlichen Tag über herrscht unerträgliches Schweigen. Wenn unsere Blicke sich treffen, lächelt Ludmilla gezwungen.

Schließlich begleitet sie mich zum Treffpunkt, den ich zuvor mit Taf vereinbart habe. Zum Abschied küsst sie mich auf die Wangen, obwohl ich bereits wieder meine stinkende Kleidung trage und mir die Haut mit Ruß dunkel gefärbt habe. Ich weiß nicht, was mich dazu treibt, aber als sie ihre Umarmung löst, verspreche ich ihr, es zu versuchen. Sie strahlt mich an und flüstert: »Danke«. Dann geht sie. Ein paar Sekunden später murmle ich vor mich hin: »Du Idiot! Was bist du nur für ein Idiot, Lucen!«

Gerges

Ich liege im Bett und schwitze heftig. Kaum bin ich eingeschlafen, wache ich schreiend wieder auf. Ich zittre am ganzen Körper. Ich fühle mich krank, bestimmt habe ich Fieber. Meine Eltern sagen, es liege am Alkohol. Ich habe zwar etwas getrunken, aber der Alkohol ist nicht der Grund für meine Schlaflosigkeit. Sondern das, was ich getan habe. Die Ereignisse, an die ich mich nach und nach erinnere, lassen mich aufschreien. Mir kommt die Galle hoch. Habe ich diese schrecklichen Dinge wirklich erlebt, oder ist es ein Albtraum, den ich mit einer Erinnerung verwechsle?

Meine Mutter tupft mir die Stirn mit einem Schwamm ab. Sie will, dass ich mich übergebe. Sie meint, ich würde mich dann besser fühlen. Wäre es doch nur so einfach!

Meinem Vater wirft meine Mutter vor, er habe den »Milizionären« erlaubt, mich irgendwelches Zeug trinken zu lassen.

»Und wer sagt«, fährt sie fort, »dass nicht irgendein Idiot ihm gepanschten Alkohol verabreicht hat? Solchen, wie ihr letztes Jahr in einer fremden Lieferung entdeckt habt? Erinnerst du dich, Grégire, dieses Zeug hat zwanzig Leute das Leben gekostet. Was war da noch gleich drin? Holzkleber, nicht wahr?«

»Keiner meiner Männer würde meinen Sohn einem derartigen Risiko aussetzen. Gerges fehlt einfach die Erfahrung beim Trinken, das ist alles. Hör auf, dich verrückt zu machen. Lassen wir ihn schlafen.«

Ich sehe das Gesicht einer Toten vor mir. Sie hat geblutet. Sie sieht ein bisschen aus wie die andere, die mich bei meiner ersten Patrouille so wütend gemacht hat. Aber es ist nicht dieselbe. Diese hier ist schmaler, zerbrechlicher. Ihre Augenlider sind blau angelaufen. Ich kenne sie nicht, ich habe sie noch nie gesehen.

Ich erinnere mich genau, wie an jenem Abend alles angefangen hat. Hectr, Marcl und Romuld (der kaum älter ist als ich) holten mich zu Hause ab. Erst klapperten wir die verschiedenen Straßensperren ab. Bei jeder musste ich mit den Jungs einen heben, so verlangt es die Tradition für alle Neulinge. Beim ersten Mal bekam ich den Alkohol kaum herunter, aber danach wurde es leichter. Unsere kleine Truppe wurde immer lauter. Als wir das Hauptquartier der Miliz erreichten, lachte plötzlich niemand mehr: Der alte Wachtmeister Alponce erwartete uns bereits. Er führte uns zu einer zwei Stockwerke tiefer gelegenen Eisentür, holte einen schweren Schlüssel hervor und begleitete uns in den Keller. Ein Geruch nach Urin und verbranntem Essen schnürte mir die Kehle zu. Wir sahen einen langen, schwach beleuchteten Gang. Zu beiden Seiten waren im Dämmerlicht Gestalten hinter Gittern zu erkennen.

Ich muss mich übergeben. Ich richte mich auf. Alles dreht sich. Ich muss in unseren Waschraum. Ich rutsche aus dem Bett und krieche eine gefühlte Ewigkeit lang auf allen vieren, bis ich endlich den Waschraum erreiche. Ich übergebe mich und hänge noch eine Weile über der Schüssel. Dann stehe ich auf und trinke etwas. Die Augen fallen mir zu. Ich versuche, sie offen zu halten. Lange werde ich mich nicht aufrecht halten können.

Als wir uns den Zellen näherten, wurden alle Gefangenen panisch. Sie drängten in den hinteren Teil ihrer Zelle oder kauerten sich zusammen, als wollten sie sich unsichtbar machen. Andere wurden gegen ihren Willen nach vorne ans Gitter geschoben. In ihren Augen stand die blanke Angst.

»Such dir einen aus, Kleiner!«, rief Alponce, den ich freundlich »Onkel« nannte!

»Was soll ich tun?«

»Gib ihm eins auf die Fresse. Das machen wir jeden Abend, um den Neuen und Unbelehrbaren zu demonstrieren, wozu wir fähig sind. Los, Kleiner, beeil dich! Du musst es tun. Wir wollen sehen, ob du den nötigen Mumm hast, um Teil unserer Gruppe zu werden.«

»Ich … Was soll ich tun?«, fragte ich nochmals.

»Onkel Alponce wird dir helfen. Schau mal, die kleine Neue da, gefällt die dir?«

Mein »Onkel« zeigte auf ein ungefähr fünfzehnjähriges Mädchen und schloss die Tür zu ihrer Zelle auf. Hectr und Marcl packten sie grob. Die Arme wehrte sich kaum. Und ich rührte mich nicht. Sie ist das tote Mädchen mit den blau angelaufenen Augenlidern.

Ich öffne die Augen, um die Bilder in meinem Kopf nicht mehr sehen zu müssen. Ich stehe auf, um nicht mehr träumen zu müssen. Ich werde so lange wie möglich wach bleiben, mit nackten Füßen auf dem feuchten Boden sitzen, bis ich nicht mehr kann. Ich will vor Müdigkeit wirklich umfallen, in einen so tiefen und schwarzen Schlaf sinken, dass die Bilder der vergangenen Nacht mich nicht länger quälen.

Es ist Morgen. Man rüttelt mich wach. Zitternd stehe ich auf. Meine Mutter schlägt vor, ich solle heute mit ihr zu Hause bleiben, da ich in meinem Zustand nicht zur Schule gehen könne. Aber ich muss hinaus, ich muss andere Gesichter sehen als jene, die mich in der Nacht verfolgt haben. Ich will mein Gehirn zwingen, sich auf irgendetwas anderes zu konzentrieren, damit mich die Bilder nicht weiter heimsuchen. Ganz langsam ziehe ich mich an; es fällt mir schwer, das Gleichgewicht zu halten. Meine Mutter will mich zur Vernunft bringen:

»Sei nicht so stur. Bleib hier. Du merkst doch selbst, dass du dich kaum auf den Beinen halten kannst.«

Ich schalte auf Durchzug, setze mich aufs Bett und will meine Schuhe zubinden. Als ich mich bücke, spüre ich erneut den Impuls, mich zu übergeben. Es gelingt mir, ihn zu unterdrücken und auf geradem Weg gehe ich zur Tür. Endlich bin ich draußen. Meine Mutter sieht mir von der Schwelle aus hinterher. Ich mache ein paar Schritte und stütze mich dabei an den Hauswänden ab, mir dreht sich der Kopf. Die Leere saugt meinen Körper an.

Kurze Zeit später liege ich wieder im Bett. Ich friere, obwohl ich zugedeckt bin. Meine Mutter erledigt etwas in der Küche.

Das Mädchen senkte den Kopf. Ich fasste sie an den Schultern. Die anderen trieben mich johlend an. Aber ich tat nichts. Plötzlich richtete sie sich auf und spuckte mir ins Gesicht. Da begann ich, sie zu schlagen. Sie krallte sich an mir fest, um meine Bewegungsfähigkeit einzuschränken. Irgendwann ließ sie los und fiel zu Boden. Jetzt kannte ich kein Halten mehr. Die anderen hörten auf zu johlen, und Alponce sagte:

»Mach sie nicht fertig, Gerges. Das wäre schade. Es ist eine kleine Hübsche, mit der du Besseres anfangen kannst.«

Marcl und Romuld zogen mich von ihr weg. Sie bewegte sich nicht mehr. Ich glaube, sie war tot.

Die anderen brachten mich nach Hause. Sie waren sehr aufgeregt, lachten und klopften mir anerkennend auf den Rücken. Jetzt war ich wie sie, und dafür liebten sie mich. Mein Vater öffnete uns die Tür und fragte:

»Na?«

»Dein Sohn hat uns gezeigt, dass er ein echter Mann ist«, verkündete Marcl stolz.

»Alponce hat schon viel gesehen«, fügte Hectr hinzu, »und er hat ihn einen ›wahren Psychopathen‹ genannt. Nur damit du weißt, dass dein Sohn uns nichts vorgespielt hat.«

Mein Vater strahlte. Ich hatte das Gefühl, als sprächen sie von jemand anderem. Aber da täuschte ich mich. Der Psychopath war ich.

Lucen

Wortlos folge ich Taf, der mich bis nach Hause begleitet. Ich ärgere mich fürchterlich über mich selbst und weiß nicht, was ich tun soll. Taf zufolge hat Grégire meinem Vater berichtet, mich in der Nähe von 710 gesehen zu haben. Aber Taf hat sich bereits ein Alibi überlegt: Laut Taf habe ich ihm nämlich auf 710 geholfen, einen Reifen seines Karrens zu reparieren, bevor ich mit ihm zum Hafen gefahren sei. Dort habe ich das Frachtschiff Hendrik entladen, das altes Metall- und Plastikspielzeug an Bord geführt habe. Ich habe am Hafen geschlafen und die ganze Zeit über ein parfümiertes Tuch um den Mund getragen, um den Gestank auszuhalten. Taf hat sogar einen Jungen namens Syvain, der ungefähr meinen Körperbau hat, als Doppelgänger organisiert. Ich sehe den Lieferanten meines Vaters plötzlich in ganz neuem Licht. Ich muss die Geschichte, die mein Alibi sein soll, wiederholen, und Taf stellt mir viele Fragen dazu. Vor unserem Haus verabschiedet er sich und überreicht mir einen Umschlag mit Geld. Gleichzeitig begreife ich, dass er sich einen so komplizierten Plan nicht zum ersten Mal ausdenkt. Für wen macht er das normalerweise? Und woher hat er das viele Geld für meinen Vater?

Meine Mutter schnüffelt an mir. Sie findet, ich rieche seltsam. Jedenfalls hatte sie nach dem längeren Aufenthalt in der Nähe des fauligen Hafenwassers einen anderen Geruch erwartet.

Ich kündige an, Firmie zu besuchen. Mein Vater verzieht das Gesicht. Meine Mutter bittet ihn, mit mir zu reden.

»Ich glaube nicht, dass das eine gute Idee ist«, wendet er zögernd ein. »Du musst dich neu orientieren, so lange es noch geht. Mihelles Eltern haben sich gemeldet. Sowohl ihre Tochter als auch sie selbst waren sehr angetan …«

Jetzt ergreift meine Mutter das Wort. Ihr Tonfall ist strenger:

»Lass uns offen reden, mein Sohn. Wir sind immer

mehr davon überzeugt, dass Firmie ein unzuverlässiges Mädchen ist und dich nur unglücklich machen wird. Und damit auch uns. Als ich ihr erklärt habe, dass du am Sonntag arbeiten musst, warf sie mir vor, wir hätten uns das nur ausgedacht, um euch von eurem ersten Kompabilitätstest abzuhalten. Sie hat sich richtig aufgeregt und wurde fast beleidigend. Am schlimmsten ist aber, dass ich glaube, sie hat ihren Ärger nur gespielt. Eigentlich ist sie doch froh, den Test wieder einmal umgangen zu haben. Dieses Mädchen wird nie heiraten, und du, mein Sohn, wirst als Schwächling gelten. Du musst …«

Ich habe genug gehört. Ich knalle die Tür hinter mir zu und laufe zu meiner Freundin. Sie ist im Keller und stürzt mir entgegen, sobald sie mich auf der Treppe hört. Ungestüm fallen wir uns in die Arme.

»Zum Glück hattest du Katine mit deiner Nachricht zu mir geschickt. Deine Mutter war hier und hat behauptet, du ziehst Mihelle mir vor, wagtest aber nicht, es mir zu sagen. Du würdest am Wochenende nur arbeiten, um mich nicht treffen zu müssen. Das hat mich wahnsinnig gemacht. Ich habe geweint, bis deine Schwester kam. Dann war ich wütend auf mich selbst, weil ich an dir gezweifelt habe. Du hast mich noch nie belogen! Außerdem habe ich erfahren, dass dein Vater meinem Vater Geld geboten hat, falls er ihm ›hilft‹, unsere Verlobung aufzulösen und keinen Widerstand leistet. Zum Glück für uns hat er einen Moment erwischt, in dem mein Vater nicht besonders aufnahmefähig war. Deswegen hat er bald aufgegeben. Aber bei der nächsten Gelegenheit lässt sich mein Vater vielleicht auf den Handel ein.«

»Wenn wir zusammenleben wollen, müssen wir sie vor

vollendete Tatsachen stellen. Komm, Lucen, machen wir es sofort.«

Firmie lauscht Richtung Treppe. Die Strickmaschine ihrer Mutter dreht sich ohne Unterlass. Sie verbarrikadiert die Tür mit einer Sitzbank und führt mich zu einem Haufen alter Pullis, die noch nicht aufgetrennt wurden. Wir ziehen uns aus und legen uns auf die Wolle. Ich habe Angst. Ich spüre auch ihr Zögern, aber zugleich wollen wir es beide.

Es ist passiert! Mit einem Lächeln auf den Lippen kehre ich nach Hause zurück. Ich fühle mich in doppeltem Sinne als Mann: Weil Firmie und ich gerade miteinander geschlafen haben, aber auch, weil ich mich meinen Eltern widersetzt habe. Wie immer füllt Katine die Stille beim Abendessen mit Geschichten über ihre Freundinnen. Meine Mutter starrt mich misstrauisch an. Ich glaube, sie ahnt etwas.

Katine wollte mir heute Abend eigentlich nichts Geheimes mitteilen, aber ich gebe ihr ein Zeichen, zu mir zu kommen. Dann flüstere ich:

»Ich wollte dir danken, dass du am Wochenende heimlich zu Firmie gegangen bist. Wir stehen in deiner Schuld.«

»Kein Problem, Lucen. Ich mag diese Mihelle nicht.«

Sie bleibt noch ein wenig bei mir, überlegt und flüstert mir dann etwas ins Ohr.

»Ich glaube, Mama ist wirklich böse auf Firmie. Sie hat gesagt, sie würde wirklich alles tun, um eure Hochzeit zu verhindern. Als sie das sagte, waren ihre Augen so hasserfüllt, dass ich sie kaum wiedererkannt habe.«

»Mach dir keine Sorgen, Katine. Das wird schon.«

Am Montag ist Gerges nicht in der Schule. Auf dem Rückweg gehe ich bei ihm vorbei. Seiner Mutter scheint das unangenehm zu sein. Sie sagt, er sei krank und käme morgen wieder zum Unterricht. Übrigens wolle Grégire sich heute Abend nach acht mit mir unterhalten. Ich nicke und gehe nach Hause, um meinem Vater in der Werkstatt zu helfen. Wie immer ist viel zu tun, vor allem die Ladung des am Sonntag eingetroffenen Frachtschiffs muss abgearbeitet werden. Es sind wundervolle Stücke darunter, aber ich unterdrücke meine Begeisterung. Schließlich glaubt mein Vater, dass ich sie entladen und sortiert habe. Heute ist er schweigsam und wirft mir verstohlene Blicke zu, ohne seine Sorgen zu äußern. Ich breche das Schweigen:

»Grégire will, dass ich heute Abend zu ihm komme.«

Mein Vater verzieht das Gesicht. Er scheint besorgt:

»Gehst du hin?«

»Ja, ich habe mir nichts vorzuwerfen.«

»Aber du hast Angst vor ihm?«

»Ein bisschen. Er ist irgendwie Furcht einflößend. Hoffentlich ist Gerges zu Hause. Er regelt immer alles.«

Ich arbeite konzentriert bis halb sieben Uhr abends durch. Mein Vater lobt mich:

»Du kannst jetzt fast alles allein.«

Ich nutze seine gute Stimmung und frage, ob ich vor dem Abendessen kurz weggehen darf.

»Das hast du dir verdient.«

Als ich aus der Werkstatt komme, grüße ich wie immer meine Mutter, bekomme aber keine Antwort. Ich schließe mich in unseren kleinen Waschraum ein, wasche mich und gehe zu Firmie. Wir wollen heute wieder miteinander schlafen, weil es uns so gut gefallen hat und wir Tatsachen schaffen wollen.

Meine Freundin hat die Wollpullis auf dem Boden ausgebreitet, damit wir es noch gemütlicher haben. Danach frage ich sie, wann wir erfahren, ob es geklappt hat.

»Im besten Fall in ein paar Wochen«, erklärt sie. »Hast du es deinen Eltern gesagt?«

»Nein, aber ich glaube, meine Mutter ahnt es. Seit gestern Abend redet sie nicht mehr mit mir.«

»Ich musste es meinen Eltern sagen. Als mein Vater wieder nüchtern war, hat er sich an den Vorschlag deines Vaters erinnert und wollte darauf eingehen. Ich habe ihm gesagt, dafür sei es zu spät. Da wurde er wütend. Zuerst schien es, als wollte er wie üblich meine Mutter verprügeln. Also habe ich mich schützend vor sie gestellt. Daraufhin verzog er sich, um sich woanders abzureagieren.«

Genau um acht Uhr klopfe ich an Grégires Tür. Er öffnet selbst. Seine Frau sitzt in dem einzigen Raum des Hauses an einem schwach beleuchteten Tisch und stopft Socken. Ich kann nicht erkennen, ob Gerges da ist. Vielleicht liegt er im Bett, das durch einen Vorhang geschützt wird? Sein Vater bietet mir einen Stuhl an. Sein Tonfall ist ernst, aber nicht aggressiv:

»Vielleicht wusstest du das schon, aber am Samstag gegen achtzehn Uhr wurde ich auf 710 angegriffen. Du wirst sicher sagen, das sei wenig verwunderlich, dort sei es schon immer gefährlich gewesen. Aber die Angreifer hatten einen Komplizen, einen Passanten, der hinter mir ging und mich in ihre Richtung schubste.«

Er leuchtet mir mit einer Lampe ins Gesicht, um meine Reaktion zu beobachten. Ich spiele den Ahnungslosen und sage nichts. Auch er schweigt. Ich konzentriere mich auf meine Atmung. Minutenlang betrachte ich das Milizabzeichen auf Grégires Brust, um ihm nicht in die Augen sehen zu müssen.

»Nun?« Jetzt klingt er wütend.

»Ich war zur gleichen Zeit in der Gegend.«

»Na endlich!«

»Aber ich bin nicht bis 710 aufgestiegen. Ich war auf dem Weg und hielt mich am Seil fest. Plötzlich wackelte das Seil, und mein Hintermann stieß mit mir zusammen. Erst regte er sich auf, dann hat er sich entschuldigt. Ich meinte, dort oben Ihre Stimme zu hören, aber ich war mir nicht sicher und habe deshalb lieber nichts gesagt. Schließlich wollte ich mich nicht vor einem Unbekannten lächerlich machen. Dann ließ ich das Seil los, weil ich zu einer Garage auf 700 musste, um einen Reifen für Taf dorthin zu bringen, der repariert werden sollte. Und …«

»Stopp! Als ich mit dir zusammengestoßen bin, hast du nichts transportiert. Du hattest keine Tasche dabei und nichts in der Hand.«

»Natürlich nicht, denn ich trug den Reifen wie eine große Medaille um den Hals.«

»Wie eine große Medaille! Du hast ganz schön viel Fantasie«, stößt er hervor. »Meinst du, ich glaube dir diese verrückte Geschichte?«

»Es ist die Wahrheit. Überprüfen Sie es ruhig. Die Garage heißt Jifax. Als ich Tafs Lager verließ, hatte ich den Reifen in der Hand, aber er war schwer und behinderte mich. Deshalb habe ich ihn mir mit einem Schal um den

Hals gebunden. Anfangs hing er auf dem Rücken, aber das Gewicht schnürte mir die Luft ab. Vorne ging es besser.«

»Was für ein Unsinn!«, brüllt Grégire mit gebleckten Zähnen. Im Hintergrund höre ich Gerges' gedämpfte Stimme:

»Lass gut sein, Papa. Was er sagt ist doch nachvollziehbar. Und du kannst gar nicht sicher sein, dass …«

»Misch dich da nicht ein!«

Mein Freund klingt anders als sonst, müde und angeschlagen. Aber er ist fest entschlossen, mich zu verteidigen.

»Du hast keine Beweise. Du verschwendest deine Zeit!«

»Sei still!«

Gerges scheint solche Streitigkeiten gewöhnt zu sein, denn obwohl sein Vater die Stimme erhebt, spricht er ruhig weiter. Grégire grübelt vor sich hin. Dann gibt er nach:

»Verschwinde, Lucen! Von jetzt an habe ich ein Auge auf dich. Und noch ein Rat: Halte dich von Taf fern. Er ist nur auf Bewährung draußen.«

»Bis morgen, Lucen«, verabschiedet sich mein Freund.

»Bis morgen, Gerges.«

Ich bin erleichtert, den Besuch bei Grégire unbeschadet überstanden zu haben.

Kurze Zeit später treffe ich Maurce und Jea, die schon auf mich warten. Jea macht mit einem Pfiff auf sich aufmerksam.

»Hatte das Monster es auf dich abgesehen?«, fragt Maurce. Er trägt keine Pflaster mehr im Gesicht.

»Ja, hatte es, aber lasst uns über etwas anderes sprechen, Jungs.«

»Du hast es mit Firmie also wirklich getan, stimmt's?«, will Jea wissen. »Erzählst du uns davon?«

»Natürlich nicht.«

»Du hast nichts zu sagen? Du bist ja ein Langweiler!«

Ich gehe nach Hause, wo mein Vater mich mit fragendem Blick empfängt. Mein Lächeln scheint ihn zu beruhigen. Meine Mutter sieht mich immer noch nicht an. Ich habe langsam genug von ihrem Verhalten und beschließe, die Sache direkt anzusprechen. Ich baue mich vor ihr auf:

»Mama, rede mit mir. Ich mag es nicht, wenn du mir aus dem Weg gehst.«

»Lass mich vorbei«, sagt sie wütend.

Als ich im Bett liege, denke ich über meine Mutter nach. Sie erträgt es nicht, dass ich mich ihr widersetzt habe. Die Hoffnung auf meine Heirat mit Mihelle, die aus einer höheren gesellschaftlichen Schicht stammt, schwindet, und das macht sie traurig. Sie hatte sich schon vorgestellt, wie ich in einem größeren Haus in einem weniger armen Viertel leben würde. Sie wollte, dass ich ihren Traum verwirkliche: nämlich endlich in der Gesellschaft aufzusteigen. Übrigens ist meine Mutter in unserem Viertel nicht besonders beliebt, weil sie sich schon immer von den anderen abgrenzen wollte und sich ihnen überlegen fühlt. Wenn sie über die Arbeit meines Vaters spricht, sagt sie nicht einfach, er sei »Restaurateur«, sondern fügt Begriffe wie »hoch qualifiziert« hinzu und nennt ihn – gegenüber Mihelles Eltern – einen »Experten«. Mein Vater ist zwar gut in seinem Beruf, aber er gehört der gleichen gesellschaftlichen Schicht an wie die Eltern meiner Freunde. Unsere Familie gehört in dieses Viertel.

Gerges war krank, aber heute scheint er kein Fieber mehr zu haben. Trotzdem beschränkt sich unsere Unterhaltung auf ein Minimum. Er will nicht gleich erzählen, was los war, sondern verabredet sich mit mir für den Abend. Ich muss mich also gedulden.

Als ich in die Werkstatt komme, kehrt mein Vater mir den Rücken zu. Er bückt sich, um einen Karton unter der Werkbank zu verstauen. Als er sich aufrichtet und umdreht, tut er so, als habe er mich gerade erst bemerkt.

»Ach, du bist da?«

»Was machst du?«

»Ich räume auf.«

»Was ist das?«

»Nichts Wichtiges. Wir haben heute Nachmittag gut zu tun. Viele Reparaturen, wie du siehst.«

Schon wieder diese Heimlichtuerei. Ich weiß immer noch nicht, warum er neulich so spät nachts von einem Unbekannten Besuch bekam. Vor allem aber verstehe ich nicht, warum er mich belügt. Sobald er geht, werde ich den Karton durchsuchen. Ich erzähle ihm von der Unterhaltung mit Grégire und betone, was dieser über Taf gesagt hat. Mein Vater reagiert nicht sonderlich erstaunt.

»Unser Freund lebt anscheinend gefährlich«, sagt er bloß. »Als ich ihn zuletzt sah, hat er sogar gesagt, er wolle für eine Weile untertauchen. In der Zwischenzeit muss ich mir wohl einen anderen Lieferanten suchen.«

»Hast du von Anfang an mit ihm zusammengearbeitet?«

»Fast. Inzwischen sind es über zwanzig Jahre. Aber wir haben uns immer wieder lange Zeit nicht gesehen, weil er mehrfach im Gefängnis war.«

Mein Vater erzählt mir, dass sein Lieferant regelmäßig angeklagt wird und man ihm vorwirft, die Grenze zu überqueren und auf der Seite der Reichen die Mülltonnen zu durchsuchen. Taf sagt, das sei nicht verboten, solange man sich nicht erwischen lasse. Und wenn es Probleme gebe, könne man die Polizei auch bestechen. Viele Lieferanten haben nicht Tafs Mut und geben sich mit dem zufrieden, was die Armen wegwerfen. Meistens ist nichts Nützliches dabei, sodass man nur die verschiedenen Materialien der entsorgten Güter voneinander trennen und an die Wiederverwerter verkaufen kann. Jetzt sieht mein Vater auf die Uhr und schlägt vor, für heute mit der Arbeit aufzuhören. Es ist früher als sonst, aber das ist mir natürlich nicht unrecht. Ich gehe in den Waschraum. Als ich wieder herauskomme, höre ich, wie mein Vater das Haus verlässt. Bestimmt hat er etwas auszuliefern. Ich warte noch einen Moment. Dann steige ich die Treppe zur Werkstatt hoch, um die Werkbank meines Vaters zu durchsuchen. Ich finde die ominöse Kiste, die er sorgsam unter anderen versteckt hat. Darin sind kleine, graue, metallene Kästchen in Form von Spaten. Aus jeder ragt ein Stromkabel mit einem Stecker. Oben auf den Kästchen befindet sich je eine Skalascheibe mit einem Rädchen. Sofort muss ich an Zeitschaltuhren oder Detonatoren für Bomben denken. Drei Kästchen sind bereits verschweißt, aber eines lässt sich ganz leicht öffnen. Ich sehe mir den Mechanismus im Inneren genau an und präge mir ein, welche Teile verwendet und wie sie miteinander verbunden wurden. Im Geiste rekonstruiere ich den Bauplan. Mein Vater ist wirklich ein Genie. Er hat sogar ein Sicherheitssystem eingebaut, das zur Zerstörung der einzelnen Komponenten führt, sobald die Kästchen gewaltsam geöffnet werden. Ich lege alles wieder an seinen Platz und verlasse die Werkstatt.

Als ich Firmie besuche, verkündet sie: »Ich spüre einfach, dass es geklappt hat. Ich bin schwanger, mein Lucen, wir können heiraten.«

»Gestern sagtest du doch, das wisse man erst nach ein paar Wochen?«

»Ich bin ganz sicher. Seit heute früh fühle ich mich anders. Ich habe ganz ungewohnte Gefühle.«

»Welche denn?«

»Das kann ich noch nicht so richtig erklären, aber wir werden ein Kind bekommen. Wir werden bis an unser Lebensende zusammen sein und nichts kann daran etwas ändern.«

Ich antworte nicht. Wir umarmen uns lange. Wenn Firmie recht hat, wird sie schon bald bei mir leben, also auch dem Groll meiner Mutter ausgesetzt sein. Wenn meine Mutter doch nur ihre Träume aufgeben und die Realität akzeptieren würde!

Um zwanzig Uhr treffe ich mich auf 436.17 mit Gerges. Als Kinder haben wir uns hier, in den Ruinen eines ausgebrannten Hauses, mit den anderen Mitgliedern unserer Bande getroffen und Angriffe auf die Jungs von 420.300 geplant. Damals hatten wir uns aus alten Brettern einen Unterschlupf gebaut. Heute sieht es hier aus wie auf einer Müllkippe. Gerges und ich stapfen durch den Schutt. Wir suchen nach einem einigermaßen sauberen Platz, um uns setzen zu können.

Mit gedämpfter Stimme erzählt Gerges ausführlich von dem, was er seine »Initiation« nennt. Nichts davon überrascht mich. Bei diesen Leuten muss man mit dem Schlimmsten rechnen. Mein Freund hätte auf mich hören und den Eintritt in die Miliz unter allen Umständen verhindern sollen. Er sieht so unglücklich aus, dass ich ihm keinen moralischen Vortrag halten will oder mit einem Hab-ich-dir-doch-gleich-gesagt Vorwürfe mache. Es ist zu spät, das Unglück ist geschehen. Hätte er ihm entgehen können? Seine Eltern richten ihn doch seit Jahren darauf ab. Sind unsere jeweiligen Lebenswege vielleicht längst beschlossene Sache? Müssen wir ihnen gegen unseren Willen folgen?

Am Ende seiner Geschichte weint Gerges lang und heftig. Ich lege ihm die Hand auf die Schulter und warte, bis er sich ausgeweint hat. In diesem Augenblick ist mein Freund wieder der einsame kleine Junge, den ich kennengelernt hatte, als sein Bruder gerade gestorben war. Voller Sehnsucht denke ich an eine Zeit zurück, in der wir noch glaubten, alles sei möglich.

»Das ist das erste Mal, dass ich darüber spreche, Lucen. Und ich konnte zum ersten Mal weinen.«

»Was wirst du jetzt tun?«

»Ich weiß nicht … Fliehen? Versuchen, die Sache wiedergutzumachen? Und wenn mir das nicht gelingt, dann will ich auch nicht mehr leben.«

»Sag das nicht. Ich halte zu dir, Gerges.«

Jetzt bin ich dran. Ich erzähle meinem besten Freund, was ich erlebt habe. Außerdem berichte ich in allen Einzelheiten von meiner Begegnung mit Ludmilla, vor allem von den vierundzwanzig Stunden in der Oberstadt. Gerges kann es kaum fassen.

»Also hatte mein Vater doch recht? Du hast ihn wirklich gestoßen? Das kann ich nicht glauben.«

»Ich konnte es dir nicht eher sagen.«

»Ich verzeihe dir. Aber einen Rat möchte ich dir geben: Hüte dich vor Taf. Er hat dich zu seiner Marionette gemacht und ich bin sicher, dass er eine Gegenleistung von dir für seine Dienste verlangen wird. Wenn du willst, erkundige ich mich wegen dieser Martha. Aber du musst ein bisschen warten, weil meine Mutter mir erst nächstes Wochenende erlaubt, wieder zur Miliz zu gehen.«

»Du bist wie ein Bruder.«

Wir trennen uns, und jeder geht nach Hause. Ich habe Glück, Gerges zum Freund zu haben. Ich hoffe, das Leben zwingt uns nicht, diese Freundschaft eines Tages aufzugeben.

Gerges

Heute bin ich nicht zur Schule gegangen. Ich habe gehört, wie Lucen vorbeigekommen ist und sich nach mir erkundigt hat. Ich war gerade aufgewacht und vergaß völlig, ihn zu begrüßen. Zumal er nicht lange blieb, weil meine Mutter wie immer versuchte, ihn so schnell wie möglich loszuwerden.

Jetzt ist Lucen wieder hier. Die Stimmen haben mich geweckt. Ich bleibe liegen, obwohl ich wahrscheinlich aufstehen könnte. Mein Vater fragt Lucen knallhart aus. Er verdächtigt ihn, an einem Angriff im Gaunerviertel auf 710 beteiligt gewesen zu sein. Warum sollte Lucen so etwas getan haben? Das ist doch absurd! Er doch nicht! Mein Vater hatte mir bereits am Samstag davon erzählt, bevor ich zu meiner Initiation aufbrach. Ich hatte geantwortet, er müsse sich wohl getäuscht haben. Das passiert im Dunkeln leicht, und mein Vater kann Gerüche nicht besonders gut unterscheiden. Außerdem waren an jenem Abend viele Leute unterwegs. Ich beharrte auf meiner Meinung:

»Bestimmt wird Lucen dir alles erklären, sobald er zurück ist.«

»Das werden wir sehen«, knurrte mein Vater. »Du wirst mir noch recht geben müssen.«

Lucen spricht ganz ruhig – nicht wie jemand, der sich etwas vorzuwerfen hat. Ich weiß nicht alles, aber ich halte ihn für ehrlich. Also mische ich mich ein. Mein Vater ist darüber erstaunt. Weil er sich Sorgen um mich macht, wagt er nicht, mich zurechtzuweisen, und lässt unseren Besucher nach einem kurzen Wortwechsel gehen. Wenn ich morgen aufstehen kann, frage ich Lucen, ob er meinen Vater wirklich angegriffen hat. Mein Freund hat mich noch nie belogen.

Ich benetze mein Gesicht mit eiskaltem Wasser und ziehe mich an. Meine Mutter sorgt sich um mich, aber ich fühle mich schon viel besser. Ich gehe nach draußen und warte vor Lucens Haus auf meinen Freund. Ich bemühe mich, mit fester Stimme zu sprechen, und versuche ein Lächeln. Doch Lucen ist nicht dumm und stellt sofort Fragen. Ich verspreche, ihm später alles zu erzählen. Doch wie könnte ich das tun? Ich, der nicht in der Lage ist, sich mit der eigenen Tat auseinanderzusetzen. Ich muss mich von den anderen so weit wie möglich fernhalten. In der Schule angekommen, übernehme ich im Unterricht die Beleuchtung der Tafel. Ich trete so heftig wie möglich in die Pedale. Ich will leiden, nicht nachdenken. Nach dem Unterricht bin ich völlig erschöpft. Zu Hause nicke ich nach dem Mittagessen auf dem Tisch ein. Meine Mutter lässt mich schlafen.

Ich habe mich mit Lucen in unserem ehemaligen Versteck verabredet. Dort erzähle ich ihm die ganze Geschichte. Die Worte brennen im Mund, als ich sie ausspreche. Einige Male bekomme ich kaum Luft und muss tief Atem holen, bevor ich weitererzählen kann. Am Ende meiner Erzählung breche ich zusammen und weine wie ein kleines Kind. Lucen schweigt. Er wartet, bis ich mich beruhigt habe, und erzählt mir von seinem Abenteuer in der Oberstadt. Es klingt unglaublich, aber ich weiß, dass nichts davon erfunden ist. Seine Geschichte lenkt mich eine Zeit lang von meinen Erinnerungen ab. Ich frage ihn nach Details. Von frühester Kindheit an erzählt man uns hier, die Armen könnten in der Oberstadt nicht leben, angeblich weil die Sonne ihnen die Augen verbrenne und zu viel Wasser ihre Haut schädige. Auf diese Weise wird den Armen der Zugang zu den Ressourcen oben versagt. Alles, was mein Vater uns glauben machen will, ist Unsinn.

Lucen braucht mich. Das sagt er mir, und ich biete ihm meine Hilfe an. Ich werde meinen Vater hintergehen, indem ich das Archiv der Miliz durchsuche. Und ich werde es mit Freuden tun. Die Tragweite eines solchen Vertrauensmissbrauchs ist mir bewusst. Aber ich muss versuchen, mein Verbrechen wiedergutzumachen.

Vor dem Einschlafen fällt mir auf, dass meine Magenschmerzen und das Brennen in der Speiseröhre verschwunden sind. Etwa nur, weil ich endlich eingestanden habe, was ich erlebt habe? Das wäre zu einfach. Tief in meinem Inneren spüre ich, dass ich noch viel mehr tun muss, um mir selbst verzeihen zu können.

Stolz sieht mein Vater am Wochenende zu, wie ich die Uniform der Miliz anziehe. Er freut sich, dass es mir besser geht. Ich bitte ihn um einen Gefallen:

»Ich will die Dienste an den Straßensperren vermeiden. Die Jungs sind ganz nett, aber sie überreden mich zum Trinken. Neulich Abend hatte ich wirklich zu viel, mir schwirrt immer noch der Kopf, und …«

»Das verstehe ich, mein Sohn. Du wirst auf der Wache arbeiten und dich mit Alponce um die Anrufe der Patrouillen kümmern. Gefällt dir das?«

Ich lächle zustimmend. Es ist das erste Mal, dass er mich »Sohn« nennt. Bisher war diese Bezeichnung für meinen verstorbenen Bruder Kéin reserviert. Als hätte er meine Gedanken gelesen, steht mein Vater auf und zündet die Kerze an, die das Foto meines Bruders auf einer Art Schrein beleuchtet, wenn wir zu Hause sind.

»Glaub mir, er wäre stolz auf dich gewesen. Du trittst in seine Fußstapfen.«

Alponce zeigt mir die Räume – auch den Schrank, in dem die umfangreichen Verhörprotokolle verstaut sind.

»Kann ich ein paar davon lesen, um zu sehen, wie so etwas abläuft?«

»Natürlich. Du gehörst jetzt zu uns, und zwischen uns

gibt es keine Geheimnisse. Nachher statten wir den Mädchen im Keller einen kleinen Besuch ab, und natürlich auch den Kerlen, die noch weiter unten beherbergt werden.«

»Super.«

Alponce lässt sich in einen alten Sessel fallen. Er raunt mir zu:

»Ich muss ein bisschen dösen. Wenn jemand anruft oder die Jungs von den Straßensperren Beute bringen, weckst du mich, und ansonsten um Mitternacht.«

»Keine Sorge, Chef. Ich passe auf.«

Schon bald schnarcht er laut. Ich nutze die Gelegenheit, um in den alphabetisch sortierten Metallregistern nach Marthas Akte zu suchen. Ich lege sie auf den Tisch und klappe sie auf. Sie ist ziemlich dick. Ich überfliege die Berichte. Der erste ist sechzehn Jahre alt. Damals wurde sie nach der Entbindung ihres Sohnes in die Oberstadt gebracht. Beigefügt ist die Adoptionsurkunde eines Jungen. Ich finde einen in runder Schrift verfassten Brief, zweifelsohne von einer Jugendlichen verfasst. Ihr Vorname ist geschwärzt und das Blatt an einigen Stellen durchgestanzt. Endlich finde ich das Dokument, das für Lucen besonders wichtig sein wird und meine Suche abschließt: Marthas Todesurkunde. Ich fische ein Blatt mit leerer Rückseite aus dem Papierkorb und schreibe alle Informationen ab. Dann bringe ich die Akte zurück an ihren Platz. Lucen kann nun damit in die Oberstadt zurückkehren. Ich würde ihn gern begleiten, wage aber nicht, ihn darum zu bitten.

Ich wüsste gern, wer das Mädchen war, das ich vor einer Woche verprügelt habe. Aber ich weiß nicht, wie ich auf ihre Spur gelangen soll. Zur vorgesehenen Stunde wecke ich Alponce. Bevor er aufsteht, nimmt er einen kräftigen Schluck Alkohol. Wir gehen in den Keller, ins Innerste der Miliz. Als ich den Ort meines Verbrechens betrete, verzieht sich unwillkürlich mein Gesicht. Ich kann mir nicht verkneifen, suchend in den Kerker zu blicken, in dem das Mädchen eingesperrt war.

»Suchst du deine Freundin«, fragt der Alte.

»Ist sie tot?« Ich muss schlucken.

»Nein. Du hast sie ordentlich zugerichtet, aber sie kommt schon wieder auf die Beine. Sie ist noch auf der Krankenstation. Übrigens, falls es dich interessiert: Wir lassen sie in ein paar Tagen frei. Wir haben ihr nichts vorzuwerfen. Wir hatten sie als Faustpfand festgenommen, damit ihre Brüder sich stellen. Als sie erfuhren, dass ihre Schwester ein bisschen grob behandelt worden ist, sind sie hier aufgekreuzt. Wie du siehst sind unsere Späße durchaus nützlich.«

»Wie heißt sie denn?«

»Chatal, wie meine Nichte.«

Dann zeigt er mir die zwei Stockwerke, auf denen die Männer eingesperrt sind. Zum Schlafen müssen sie sich abwechseln, denn es sind einfach zu viele Gefangene. Als ich die Zellen entlanggehe, flüstert man meinen Namen. Meine Tat hat sich im Gefängnis herumgesprochen. Ich fühle mich hier nicht sicher. Leise frage ich Alponce auf dem Rückweg:

»Hast du niemals Angst, wenn du mit all diesen Leuten allein bist?«

»Wenn du dich an die Regeln hältst, bist du sicher: Nicht zu nah an die Gitter treten. Nicht diskutieren. Niemals auf Drohungen reagieren. Einmal wurde ein Kollege von einem Gefangenen geschnappt, der gerade in den Verhörraum gebracht wurde. Der Mistkerl hielt ihm ein messerscharfes Stück Eisen an die Kehle. Er wollte, dass wir die Türen öffnen. Aber wir gaben nicht nach, und irgendwann ließ er von dem Kollegen ab. Der Kerl hatte nachgedacht: Wenn wir die Türen nicht geöffnet und er unseren Kumpel getötet hätte, hätte er unfassbar leiden müssen, das kannst du dir ja vorstellen. Aufgeben bedeutete also eine Chance, zwar nicht unbeschadet, aber doch lebend aus der Sache herauszukommen. Und ich versichere dir, dass er die richtige Entscheidung getroffen hat. Präg dir das gut ein: Nie auf Drohungen reagieren!«

Wir gehen zurück auf die Dienstetage. Ein paar Milizionäre bringen gerade einen alten Mann in den Verhörraum. Alponce errät meinen Wunsch:

»Willst du zuhören?«

»Warum nicht?«

Im Verhörraum stellt mich Alponce vor. Ich kenne die Männer vom Sehen, es sind Clude und Françs. Sie stehen in dem Ruf, nicht zimperlich zu sein. Mein Vater schätzt sie zudem, weil sie nie auch nur einen Tropfen Alkohol anrühren. Die Jungs sind einverstanden, dass ich sie beim Verhör beobachte. Zuerst durchsuchen sie die Taschen ihres Opfers. Sie sind leer, aber in einem Socken finden sie zusammengerollte Geldscheine. Sie teilen sich die Beute. Dann fesseln sie den alten Mann an einen Stuhl und schlüpfen in braune Hemden.

»Zieh auch eins an, das wird ein bisschen dreckig.«

Françs holt einen Stuhl und setzt sich rittlings darauf. Er stützt die Ellbogen auf die Lehne. Clude hat die Tür geöffnet und wartet darauf, dass Alponce einen Gefangenen bringt. Er soll die auf einem Ständer befestigte starke Leuchte betreiben, die den alten Mann gleich anstrahlen wird. Ein Junge in meinem Alter schlurft herein. Seine Handgelenke sind mit schwarzem Klebeband umwickelt. Er stellt sich neben das Tretlager und erwartet die Befehle. Er scheint diese Situation schon zu kennen. Die »Kollegen« schalten ihre Stirnlampen aus und der Junge legt los. Clude schlägt dem Mann ins Gesicht. Beim vierten Schlag schwankt sein Opfer. Der Stuhl kippt nach hinten, und der alte Mann knallt mit dem Schädel auf den Boden. Clude reißt ihn an den Haaren nach oben und hält sein Gesicht ins Licht.

»Wie heißt du?«, beginnt François.

Der Kopf des Verdächtigen hängt nach unten; die Augen sind geschlossen. Vielleicht ist er bewusstlos. Der Milizionär bedeutet seinem Kollegen mit einer knappen Handbewegung, weiterzuprügeln. Der Mann blinzelt; sein linkes Auge ist rot von dem Blut, das von seiner Stirn hinunterrinnt.

»Wie heißt du?«

»Erk Soulad«, stößt er mit Mühe hervor.

»Wo wohnst du? Was arbeitest du?«

»220.100. Ich bin Änderungsschneider.«

»Sag uns, was du nach der Ausgangssperre auf der Straße wolltest.«

»Ich habe nach einem Arzt für meinen Sohn gesucht.«

»Das ist Blödsinn. Du weißt doch, dass wir keinen Blödsinn mögen, oder?«

Clude versetzt dem Mann einen Faustschlag auf den Rücken, sodass er nach Atem ringt. Er krümmt sich vor Schmerzen. François wird lauter.

»Wenn du zum Arzt wolltest, warum hast du dann versucht, dich um die Straßensperre herumzuschleichen? Na? Wir mögen keine Lügner! Verstehst du?«

Er steht auf und versetzt seinem Opfer eine heftige Ohrfeige. Dann erklärt er lächelnd:

»Das entspannt. Stimmt's, Gerges? Wenn du willst, darfst du gerne mitmachen.«

Sein Ton wird wieder forsch:

»Wir stecken ihn für eine Nacht in die Zelle und überprüfen morgen seine Geschichte.«

Ich bringe den Jungen, der für das Licht sorgen musste, in die Zelle zurück. Im Gehen zieht er sich die Lehmpfropfen aus den Ohren. Verstohlen sieht er mich an. Vielleicht habe ich ihn einmal gekannt.

Sobald Clude und Franços weg sind, pennt Alponce wieder ein. Ich beschließe, mehr über Chatal herauszufinden. Ich weiß nicht genau, warum ich das tue. Lieber sollte ich versuchen, sie zu vergessen. Schnell finde ich ihre Akte.

Chatal Durad: Ihre Eltern waren Korbflechter. Sie lebt bei einer Tante auf 105.85. Ihre beiden Brüder Didir und Alai werden verdächtigt, zur terroristischen Splittergruppe »Lieber sterben« zu gehören.

Alponce streckt sich und gähnt laut. Ich räume die Unterlagen weg.

»Ich muss nach Hause, Alponce.«

»Dann geh, mein Großer.«

Auf dem Heimweg grüße ich die Wachposten an den Straßensperren. Manche sind so besoffen, dass sie sich kaum auf den Beinen halten können. Morgen werden viele nicht ihrer Brotarbeit nachgehen können. Falls sie irgendwo angestellt sind, spricht mein Vater mit ihren Vorgesetzten. Dann werden sie auch bezahlt, wenn sie nicht bei der Arbeit auftauchen. Ich glaube nicht, dass die Chefs das Angebot meines Vaters ablehnen können.

Meine Eltern haben ein Treffen mit Snia organisiert. Ich kenne Snia schon lange. Heute ist sie anders als sonst. Sie will reifer wirken, als sie ist. Sie hat sich stark geschminkt und trägt einen BH, der ihre Brüste nach oben drückt. Fast beschwörend und ungefragt erklärt ihre Mutter:

»Wie du siehst, ist Snia jetzt eine richtige Frau.«

Meine Zukünftige zwingt sich zu einem Lächeln. Ich bezweifle, dass sie glaubt, was ihre Mutter sagt. Ich erinnere mich, dass Lucens Schwester Katine und sie noch vor Kurzem gemeinsam mit Puppen gespielt haben. Dennoch muss ich anerkennen, dass sie echte Rundungen hat. Meine Mutter hat sie genau unter der Lampe Platz nehmen lassen, damit wir sie alle betrachten können. Umgekehrt kann Snia unsere Gesichter wahrscheinlich nicht sehen. Die Situation ist peinlich. Ich rücke näher an Snia heran. Sie lächelt und flüstert mir ins Ohr:

»Am Sonntag könntest du mich ins Kino einladen. Dort hätten wir unsere Ruhe.«

»Natürlich.«

Ich denke an Maurce, der glaubt, im Leben könne man nicht entscheiden, sondern müsse erdulden. Er hofft, mit der Zeit werde er Gefühle für Sionne entwickeln. Seine Schilderungen von neulich Abend haben mich schockiert, aber ist meine Situation wirklich so anders? Habe ich wirklich die Möglichkeit, mich gegen die Entscheidung meiner Eltern zu stellen? Bin ich nicht dazu verdammt, zu tun, was die anderen von mir wollen? Immerhin finde ich Snia anziehend. Das ist ein Anfang.

Lucen

Am Montag steckt mir Gerges auf dem Schulweg unauffällig einen Zettel zu.

»Ich habe ihre Akte abgeschrieben. Es sind keine guten Nachrichten.«

»Das dachte ich mir schon. War es nicht schwer, die Akte zu finden?«

»Nein. Seit sie wissen, wozu ich fähig bin, vertrauen sie mir.«

In der Schule merke ich gar nicht, wie der Unterricht vorbeigeht. Ich denke an ganz andere Dinge.

Zu Hause berichtet mein Vater, dass Taf mich sofort sehen will. Er will noch ein paar Dinge erledigen, bevor er vor Grégire flieht, der ihm den Untergang vorausgesagt hat. Ich lasse mir Zeit und prüfe sorgfältig, ob mich niemand beobachtet. Ich mache sogar einen Umweg, bevor ich Taf endlich erreiche.

»Hast du die Informationen, die Ludmilla wollte?«

»Ja.« Ich reiche ihm den Zettel.

Er zündet ein Streichholz an, um ihn zu lesen.

»Sehr gute Arbeit. Könntest du sie begleiten, wenn sie zu Marthas Grab gehen will?«

»Ja, das würde ich tun. Der Friedhof vor der Stadt ist immer menschenleer, das wäre kein Risiko.«

»Das denke ich auch. Schreib ihr eine Nachricht, ich werde sie überbringen. Verabrede dich mit ihr für Freitagabend um acht an der Ruine. Sag deinem Vater, ich bräuchte dich an jenem Abend und würde ihn entschädigen.«

Ich gehe nach Hause zurück. Einmal mehr habe ich das Gefühl, dass Taf alle Entscheidungen für mich trifft. Mir selbst bleibt keine Zeit, die Situation zu analysieren und seine Bitte eventuell abzulehnen. Mein Vater hört mir interessiert zu, als ich ihm von Tafs Vorschlag erzähle.

»Weißt du, wo du arbeiten sollst?«

»Nein. Taf wird dir alles erklären.«

Nach der Arbeit in der Werkstatt verbringe ich eine kurze, aber wunderbare Zeit mit Firmie. Wir liegen noch eine Weile reglos im Dunkeln. Ich weiß nicht, ob ich ihr von Ludmilla erzählen soll, denn ich habe Angst, dass sie unsere Beziehung dadurch gefährdet sieht. Natürlich spürt sie etwas und fragt, ob ich ihr nichts zu sagen hätte.

»Doch. Meine Mutter macht mir Sorgen. Sie schmollt. Sie ist böse auf uns beide.«

»Das macht nichts. Wir lieben und vertrauen einander. Das ist das Wichtigste.«

Heute früh ertönte eine Sirene. Polizei und Miliz haben überall Straßensperren errichtet. Es wird verkündet, die Schulen seien bis auf Weiteres geschlossen. Im Hauptquartier der Jaspisten sei eine Bombe explodiert. Dem Attentat seien zwei Menschen zum Opfer gefallen. Bestimmte Häuser würden gezielt durchsucht. Den Anwohnern werde geraten, soweit möglich zu Hause zu bleiben.

Vater und ich gehen direkt in die Werkstatt. Mein Vater wirkt durcheinander.

»Zwei Tote?«, wiederholt er. »Das verstehe ich nicht, wie ist das möglich?«

»Bomben töten eben, dazu sind sie gemacht!«

»Bisher haben die Jewowisten nur Anschläge auf leer stehende Gebäude verübt.«

»Irgendwann musste so etwas passieren. Entweder war es ein Irrtum, oder jemand will die Spirale der Gewalt noch weiterdrehen.«

Mein Vater macht sich an die Arbeit. Wir beobachten einander. Ich will Gewissheit haben und frage ihn ganz direkt:

»Weißt du irgendetwas? Bist du in die Sache verwickelt? Hat das mit deinen nächtlichen Treffen zu tun oder mit dem Karton, den du vor mir versteckt hast?«

Mein Vater ist völlig entgeistert. Er ringt mühsam um Fassung und zwingt sich zu einem Lächeln. Aber er antwortet mir nicht.

»Du vertraust deinem eigenen Sohn nicht, so ist es doch.«

Ich lege mein Werkzeug nieder und sehe ihn an. Er löscht das Deckenlicht und schaltet seine Stirnlampe ein. Ich kann seinen Gesichtsausdruck nicht lesen. Er merkt, dass ich keine Anstalten mache weiterzuarbeiten. Seine Bewegungen werden langsamer. Jetzt wird er reden.

»Seit ein paar Jahren arbeite ich mit den Jewowisten zusammen. Bislang habe ich das niemandem erzählt, nicht einmal deiner Mutter – sie soll sich keine Sorgen machen. Ich mime den guten Familienvater, der sein Geld verdient und sich nicht um die Probleme der anderen kümmert. Aber das ist nur Fassade. Ich will nicht verdächtig erscheinen – vor allem nicht gegenüber unserem Nachbarn Grégire. Ich baue Zünder. Nachts kommen Bestellungen oder Lieferungen. Jetzt weißt du alles.«

Ich bin froh, dass er offen redet, und möchte mich dafür revanchieren. Ich erzähle ihm von meinem Aufenthalt bei Ludmilla und dem Auftrag, den ich morgen ausführen soll. Ich spüre, dass er lächelt:

»Dieser Kerl überrascht mich doch immer wieder! Aber wenn ich genau darüber nachdenke ... Taf hat mir ein Schmuckstück aus massivem Silber zum Einschmelzen gebracht. Er sagte, er habe es von einem Mädchen aus der Oberstadt als Dank für einen Gefallen erhalten. Ich kann kaum glauben, dass du so weit gegangen bist ... Gibt es noch weitere Geständnisse?«

»Nein, nicht von mir. Aber warum haben Mama und du mir nicht gesagt, dass Mihelle schwanger ist?«

»Das hätten wir noch getan, Lucen. Mihelles Eltern wollten nicht, dass die Sache bekannt wird. Sie wollten erst wissen, ob es mit euch beiden klappen könnte.«

»Ich finde es schade, dass ihr mich noch ...«

»Die Situation ist momentan sehr kompliziert. Deine Mutter ist besessen von der Idee einer Hochzeit. Und sie will nur dein Bestes. Es macht sie verrückt, dass du diese Chance nicht ergreifen willst.«

»Ich habe immer gesagt, dass ich mein Leben mit Firmie verbringen werde. Das muss sie langsam begreifen.«

Ludmilla

In der Schule versucht Grisella, mir mein Geheimnis zu entlocken.

»Du bist heute so anders«, beharrt sie. »Du verschweigst mir doch etwas. Du weißt, dass ich die kleinste Kleinigkeit an deinem Gesichtsausdruck ablesen kann, oder?«

»Dann trau dich doch!«

Sie sieht mir lange in die Augen. Dann fragt sie mich aus:

»Ist es ein Junge? … Es ist ein Junge … ein Neuer, den du interessant findest.«

Sie klingt sehr überzeugt. Sie blufft und sagt nur, was sie hören will.

»Ein Junge war bei dir? … Ein Junge war am Wochenende bei dir.«

Dabei lässt sie mich nicht aus den Augen.

»Er hat bei dir übernachtet? Ihr habt miteinander geschlafen? … Nein. Schade. Aber das ist trotzdem ein guter Start. Und er verwirrt dich, hab ich recht?«

Ich wende den Blick ab und spüre, wie ich rot werde. Grisella ist wirklich gut, sie sollte zum Zirkus gehen. Ich ziehe eine Grimasse:

»Du bist echt begabt! Du könntest jeden dazu bringen, dir Geständnisse zu machen.«

»Du kannst sagen, was du willst, meine Liebe, aber ich glaube, ich habe dich durchschaut. Kenne ich ihn?«

»Grisella, hör bitte auf.«

»Na gut, aber wir kommen darauf zurück.«

Zu Hause meide ich Yolanda, so gut es geht. Das ist nicht sehr schwierig, denn auch sie sucht keinen Kontakt zu mir. Ich glaube, sie nimmt es mir übel, dass ich sie so lange in ihrem Zimmer eingesperrt habe.

Doch das hindert mich nicht daran, es am nächsten Morgen wieder zu tun. Ich will nämlich nachsehen, ob Taf eine Nachricht für mich hinterlegt hat. Anschließend gehe ich unverrichteter Dinge ins Haus und höre, wie Yolanda gegen ihre Zimmertür trommelt. Bevor ich zur Schule aufbreche, lasse ich sie frei. Sie ist wütend:

»Was machen Sie nur hinter dem Rücken Ihres Vaters? Warum schließen Sie mich ein, ohne mir Bescheid zu sagen?«

»Ich mache, was ich will, liebes Kindermädchen, ob es Ihnen gefällt oder nicht.«

Es beunruhigt mich, dass ich keine Neuigkeiten aus der Unterstadt habe. Vielleicht ist Lucen oder Taf etwas zugestoßen? Andererseits ist es noch zu früh, um irgendwelche Schlüsse zu ziehen. Jeden Morgen suche ich bei der Platane nach einer Botschaft und befreie dann meine Wächterin, die sich mit der Situation abgefunden zu haben scheint. Am Wochenende informiert mich Yolanda, dass mein Vater nicht nach Hause kommen wird. Sie fragt, ob sie dieses Mal wieder von mir »bestraft« würde. Ich überlege kurz:

»Das weiß ich noch nicht.«

Langsam beginnt sie, mich zu hassen. Das sehe ich ihr an. Ich muss mich vor ihr in Acht nehmen, denn sie gehört nicht zu den Leuten, die alles mit sich machen lassen.

Am Abend lese ich mehrmals Marthas Brief. Ich muss ihn auswendig können, bevor ich ihn vernichte.

Beim Frühstück berichtet Yolanda, mein Vater habe einen Wunsch an mich:

»Er will, dass ich Ihnen helfe, Ihre Garderobe zu erneuern. Er schlägt vor, wir sollten dazu gemeinsam einkaufen gehen. Ich glaube, er würde sich freuen, wenn Sie zustimmten. Außerdem müssten Sie dann nicht mehr die Kleider Ihrer Mutter tragen. Sie können auch Ihre Freundin Grisella mitnehmen, wenn Sie wollen.«

»Ich werde darüber nachdenken.«

Ich muss nicht lange überlegen. Etwas Ablenkung täte mir gut, denn ich denke die ganze Zeit an Martha, die wegen mir vielleicht in Schwierigkeiten steckt, und an die Leute aus der Unterstadt, die sich in Gefahr begeben, um mir einen Gefallen zu tun.

Ich stehe auf. »Ich rufe meine Freundin an.«

»Wunderbar.« Yolanda lächelt wieder.

Grisella genießt den Ausflug in die Geschäfte, und so verbringe ich dank ihr einen wunderschönen Nachmittag. Wir nehmen einige ziemlich extravagante Kleider mit in die Umkleide und lachen wie verrückt. Yolanda lobt einige Stücke, bei anderen verzieht sie das Gesicht. Grisella flüstert:

»Weißt du, dass dein Kindermädchen einen ausgezeichneten Geschmack hat?«

»Das sagst du nur, weil du den gleichen hast!«, lache ich.

»Das stimmt. Ich würde auch gern so viel ausgeben können. Was arbeitet dein Vater?«

»Darüber spricht er nie. Ich glaube, er ist Geschäftsmann.«

Yolanda notiert etwas in ein Heft und verteilt statt Geld Visitenkarten meines Vaters.

Ich habe schon lange nicht mehr so viel Spaß gehabt. Beinahe schäme ich mich dafür, denn ich weiß, dass so etwas mit Martha nicht möglich gewesen wäre. Vielleicht muss ich mich einfach damit zufriedengeben, dass sie nun Teil meiner Vergangenheit ist? Hat mein Vater vielleicht doch recht? Mit einem lautlosen »Nein, Nein, Nein« versuche ich, mich selbst vom Gegenteil zu überzeugen.

Als wir wieder zu Hause sind, frage ich Yolanda, wie viel wir ausgegeben haben.

»Sehr viel. Ihr Vater wird zufrieden sein. Sie haben qualitativ hochwertige Kleidung gekauft.«

»Und Sie wissen nicht genau, wie viel?«

»Doch, ich habe die Preise notiert, aber in diesen Geschäften dürfen die Kundinnen die Preise nicht erfahren. Die Männer zahlen später.«

»Ich möchte es aber wissen.«

»Ich weiß nicht, ob Ihr Vater …«

Sie hält inne und fährt dann fort:

»Ich werde es Ihnen sagen, weil ich weiß, dass Sie ihm nichts davon erzählen werden. Aber im Gegenzug wünsche ich mir, dass Sie mir mehr vertrauen.«

Ich nicke schüchtern. Ich will mich zu nichts verpflichten, aber gleichzeitig interessiert mich die Höhe der Summe.

»375 Goldtaler.«

Da merke ich, dass ich den Wert der Dinge nicht kenne. Ich weiß auch nicht, was mein Vater beruflich macht oder wie viel er verdient. Ich verstehe nicht ganz, was in diesem Moment in meinem Kopf vorgeht, aber ich höre mich fragen:

»Und wie viel ist das für die Menschen in der Unterstadt?«

Meine Frage ist natürlich völlig idiotisch, aber Yolanda wirkt nicht schockiert. Seltsamerweise lächelt sie sogar.

»Darüber habe ich nie nachgedacht. Ich würde sagen ... ein guter Handwerker müsste dafür zehn Jahre arbeiten.«

Der nette Nachmittag hat die Stimmung zwischen Yolanda und mir etwas entspannt. Doch mit Vertraulichkeiten halte ich mich weiterhin zurück. Wir sprechen hauptsächlich über Make-up, Kleidung, Schuhe und andere Oberflächlichkeiten, die mich früher nie interessiert haben. Aber eines Tages muss man sich damit beschäftigen, wie Grisella sagen würde.

Heute fällt mir auf, dass ich seit zwei Tagen nicht mehr die Platane kontrolliert habe. Als hätte ich vergessen, dass ich eine wichtige Nachricht von Taf und Lucen erwarte. Als ließe ich meine Vergangenheit mit Martha langsam ruhen.

Und ausgerechnet heute finde ich eine Nachricht.

Martha ist zwei Tage nach der Rückkehr zu ihrem Neffen gestorben. Sie wurde gestern auf dem großen Friedhof vor der Stadt beerdigt. Wenn du willst, bringe ich dich dorthin. Ich werde Freitagabend gegen acht an der Ruine sein. L.

Mir stockt der Atem. Ein schrecklicher Schmerz durchfährt meinen Körper. In meiner Erinnerung werde ich auf den Tag zurückgeworfen, an dem Mama mich verlassen hat. Ich kann mich nicht bewegen. Ich sinke zu Boden. Ich umklammere meinen Bauch. Meine Augen füllen sich mit Tränen. Ich weiß nicht, wie lange ich so auf der Straße hocke.

»Fräulein, Fräulein, geht es Ihnen nicht gut? Wollen Sie zurück ins Haus?«

Wie eine Stoffpuppe lasse ich mich von Yolanda hineinbringen. Die ersten Meter stützt sie mich. Dann finde ich irgendwie die Kraft, um selbst Stufe um Stufe bis zur Tür zu erklimmen. Sie legt mich aufs Bett, zieht mir die Schuhe aus und knöpft meinen Rock auf.

»Passiert Ihnen das häufiger? Ich meine, diese Magenschmerzen? Haben Sie Medikamente dagegen?«

Ich atme tief. Endlich kann ich antworten:

»Ja, in der blauen Dose im Medizinschrank. Geben Sie mir zwei Tabletten mit einem Glas Wasser.«

»Ich kümmere mich darum.«

Langsam lässt der Schmerz nach und mein Körper entspannt sich. Ich merke, dass ich noch immer den Zettel mit der Nachricht umklammert halte. Reglos warte ich auf Yolanda.

»Geht es Ihnen besser, mein Fräulein? Ich werde in der Schule anrufen und Sie entschuldigen. Dann muss ich Ihren Vater informieren.«

»Nein, ich will ihn nicht beunruhigen. Sagen Sie in der Schule, dass ich am Nachmittag komme. Ich weiß, dass es mir bis dahin wieder gut geht. Leider kenne ich das schon.«

»Verstanden, mein Fräulein. Ruhen Sie sich aus. Und rufen Sie mich, falls Sie etwas brauchen.«

Wie geplant gehe ich am Nachmittag zur Schule. Grisella und Yolanda deuten meine Bauchschmerzen unabhängig voneinander als heftige Regelschmerzen. Ich sage nichts, was dieser These widersprechen könnte. Ich denke nur an das Treffen mit Lucen. Was soll ich tun? Mit ihm zu Marthas Grab gehen und mich ein letztes Mal von ihr verabschieden? Hätte Martha gewollt, dass ich für sie ein solches Risiko eingehe? Was wird Lucen denken, wenn ich nicht hingehe? Dass er sich für die Launen eines reichen Dummchens sinnlos in Gefahr begeben hat?

Ich bin inzwischen sicher, dass ich ihm zum Dank etwas schenken muss. Ich könnte ihm ein silbernes Schmuckstück zum Einschmelzen geben, wie ich es bei Taf getan habe.

Als ich am Freitag aus der Schule komme, teile ich Yolanda kühl mit, dass sie heute Abend fortgehen muss. Dabei sehe ich sie nicht an, weil sie sicher enttäuscht ist. Sie hatte geglaubt, unser Verhältnis habe sich verbessert, und mit nur einem Satz mache ich all ihre Hoffnungen zunichte. Wenn ich ihr eines Tages voll und ganz vertraue, kann ich es ihr vielleicht erklären.

Ein paar Minuten später klopft sie an meine Tür und sagt, mein Vater sei am Telefon. Er wolle mich sprechen. Als ich aus meinem Zimmer komme, ist sie bereits fort.

»Guten Abend, Ludmilla. Ich möchte dir sagen, dass ich erst Sonntag am späten Nachmittag nach Hause komme, und auch nur ganz kurz. Ich muss mich um einen Notfall kümmern. Nächste Woche wird es besser.«

»In Ordnung, Papa.«

»Ich weiß, dass ich zu selten bei dir bin. Das tut mir

leid. Hast du am Wochenende etwas vor? Vielleicht willst du noch einmal einkaufen?«

»Nein, ich glaube nicht.«

»Triffst du dich mit Grisella?«

»Weiß ich nicht.«

»Wenn du ausgehst, sei bitte sehr vorsichtig. Vor allem gegenüber Fremden. Unsere Gemeinschaft wird zurzeit bedroht. Vor allem abends ist es in der Nähe, im *No man's land*, sehr gefährlich.«

»Was ist das für eine Bedrohung?«

»Das hat man mir nicht so genau erzählt. Es heißt, Leute von unten seien hier eingedrungen und könnten Attentate oder Entführungen planen. Ich gebe zu, dass ich mir Sorgen mache. Ehrlich gesagt wäre es mir am liebsten, wenn du das Haus nicht verlässt.«

»Einverstanden.«

»Wiedersehen, Ludmilla.«

»Wiedersehen, Papa.«

Ich glaube, er weiß alles und hat sich diese angebliche Bedrohung nur ausgedacht, um mich noch intensiver zu bewachen. Ich gehe in die Küche zu Yolanda. Sie macht sich gerade eine Schnitte Brot für ihren »freien Tag«.

»Yolanda, was haben Sie meinem Vater erzählt?«

»Nichts, mein Fräulein. Er hat mich informiert, dass er erst nächste Woche heimkommt. Dann wollte er mit Ihnen sprechen, und ich ging Sie holen.«

»Sind Sie da sicher?«

»Mein Fräulein, hören Sie auf, mich als Ihre Feindin zu betrachten.«

Wortlos gehe ich zurück in mein Zimmer. Es stimmt,

dass Yolanda freundlich und ehrlich wirkt, aber ich kenne meinen Vater gut genug, um zu wissen, dass er sie nicht zufällig ausgewählt hat und dass sie nur ihm gegenüber verpflichtet ist. Außerdem erinnere ich mich daran, was er mir im Restaurant gesagt hat: »Sie wird es nicht wagen, mich zu verraten.«

Lucen

In der Nacht werden die Straßensperren aufgehoben; die Menschen dürfen sich wieder normal bewegen.

Gegen neunzehn Uhr besuche ich kurz meine Geliebte. Sie klagt über Schmerzen in den Brüsten, die, glaubt man ihren älteren Freundinnen, auf eine Schwangerschaft hindeuten. Ich hoffe, dass wir nicht enttäuscht werden.

Bald mache ich mich wieder auf den Weg. Mir wird klar, dass Taf die Uhrzeit für mein Treffen mit Ludmilla nicht zufällig gewählt hat. Denn gerade jetzt findet die monatliche Parade der Miliz statt. Alle Truppen marschieren die Hauptstraße 0 entlang, und zwar von 780 bis hinab zum Meer. Die Helme glänzen im Licht der Fackeln. Die Männer malträtieren das Pflaster mit ihren Stiefeln. Überall sind Menschen, Anhänger der Miliz genau wie Schaulustige. Einige rufen sogar Beleidigungen, aber sie sind kaum zu verstehen. Ich stürze mich ins Getümmel und gelange schnell in die Oberstadt. Ich bin etwas zu früh dran und setze mich auf einen Mauerrest. Ludmilla lässt nicht lange auf sich warten. Sofort fragt sie mich nach Einzelheiten zum Tod ihres Kindermädchens. Wegen der gestrigen Ereignisse rate ich ihr von einem Besuch auf dem Friedhof ab, aber sie besteht darauf. Ich zwinge sie, erst zurück nach Hause zu gehen und sich als Arme zu verkleiden.

Endlich brechen wir auf. Wir durchqueren das von Ratten bevölkerte Industriegebiet. Ludmilla ist erstaunt. Viele Ratten sieht sie in der Oberstadt wahrscheinlich nicht. Dann erreichen wir den Friedhof und machen schon bald Marthas Grab ausfindig.

»Sie haben das t vergessen«, klagt Ludmilla. »Sie haben Marha geschrieben!«

»Sie trägt jetzt wieder ihren Armen-Namen. Wir kennen hier keine einzige Martha. Und in der Oberstadt gibt es bestimmt keinen Lucen.«

»Nein, der echte Name lautet Lucien. Er stammt von einem lateinischen Wort und bedeutet Licht.«

»Aha! Wie seltsam, Lucien. Ich mag lieber Lucen, das klingt besser.«

Plötzlich begreife ich: Wie die Lebensmittel werden auch wir nur als verkrüppelte Imitationen der Originale betrachtet. Deshalb haben wir es nicht verdient, vollständige Vornamen zu tragen. Ludmilla steht am Grab und redet eine Ewigkeit lang mit leiser Stimme vor sich hin. Ich bin auf der Hut. Seit wir den Friedhof betreten haben, höre ich Geflüster und das Geräusch von langsamen Schritten. Vielleicht werden wir beobachtet. Aus der Richtung, aus der wir gekommen sind, nehme ich eine Bewegung wahr. Ich warne Ludmilla: Auf dem Rückweg müssen wir einen Umweg über die Unterstadt machen. Dann bitte ich sie, mich beim Abstieg nicht loszulassen.

Die Ausgangssperre gilt wohl wieder, denn in der Ferne hört man Pfiffe der Polizisten und Milizionäre. Wahrscheinlich gab es während der Parade Zwischenfälle. Die Sirene habe ich wohl überhört. Ich schlängle mich durch und nutze die Seile, um an den Straßensperren vorbeizugelangen. Dicht hinter mir folgt Ludmilla. Zum Glück ist viel los und die Jungs sind überlastet. Mehrfach höre ich allerdings meinen Namen. Vielleicht werde ich gesucht, oder man folgt mir? Ich werde nach Hause gehen und Ludmilla in dieser Nacht bei uns unterbringen. Mühsam gelangen wir bis in den Hinterhof unseres Hauses. Ich räume Holzkisten aus einem kleinen Verschlag. Dahinter kommt der Eingang zu einem unterirdischen Lager zum Vorschein. Ich bedeute Ludmilla, hinabzusteigen und sich ruhig zu verhalten. Falls ich ein Verdächtiger bin, werden das Haus und die Anbauten akribisch durchsucht werden. Ich warne meine Familie vor dem möglichen Auftauchen der Miliz. Mein Vater bleibt ruhig, aber meine Mutter sieht mich erschrocken an.

»Was hast du jetzt schon wieder angestellt?«, schnauzt sie mich an.

Mein Vater nimmt sie zur Seite und redet auf sie ein. Das Gleiche tue ich mit meiner kleinen Schwester, die ihre Aufregung kaum verbergen kann. Dann setzen wir uns zum Essen hin, als sei dies ein Abend wie jeder andere.

Jemand schlägt mit der Faust gegen die Tür. Mein Vater öffnet. Grégire und Gerges betreten mit zwei weiteren Milizionären unser Haus. Mit einer kurzen Geste befiehlt uns Grégire, dass wir uns zusammenreißen sollen. Er nimmt auf unserer Bank Platz.

»Durchsucht alles, Jungs. Irgendwo muss sie ja sein!

Ich muss mich jetzt mit dieser netten Familie unterhalten.«

»Erklärst du uns, was lost ist, Grégire?«, bittet mein Vater.

»Nein, das wird Lucen übernehmen. Na, Lucen, erzähl uns doch von deinem kleinen Spaziergang zum Friedhof und zum Grab einer jewowistischen Terroristin?«

»Lucen hat den ganzen Abend mit mir gearbeitet.«

»Seid ihr etwa nicht zur Parade gegangen? Das ist nicht gut!«, sagt er lächelnd. »Ihr seid wohl nicht sehr patriotisch.«

»Wir hatten dringende Bestellungen zu bearbeiten.«

»Lucen, wo ist deine Begleiterin?«

Die Kerle scheren sich um nichts und richten ein großes Chaos an. Zum Glück besitzen wir nicht viel. Dann gehen sie hoch zur Werkstatt und leeren alle Kisten aus. Es wird Stunden dauern, alles wieder aufzuräumen. Meine Mutter weint, und meine Schwester zuckt beim kleinsten Geräusch zusammen.

»Wir finden nichts, Chef«, brüllt der Ältere.

»Ich habe gehört, draußen gebe es einen geheimen Verschlag«, antwortet Grégire und starrt mich an.

Ich bemühe mich, ruhig zu atmen, doch mein Herz schlägt schneller. Der Vater meines Freundes fährt fort:

»Ich glaube, wir sind auf der richtigen Spur. Der Junge hat reagiert.«

Jetzt sind sie im Hof. Ich höre sie nicht mehr. Ich stelle mir vor, wie sie das Brett am Boden hochheben, die Leiter hinunterklettern und die entsetzte, weinende Ludmilla vorfinden. Im Geiste zähle ich die Sekunden und Minuten. Endlich kehren sie zurück.

»Papa, hier ist niemand«, sagt Gerges.

»Alponce, kannst du das bestätigen?«

»Ja, Chef.«

Grégire bleibt reglos sitzen und atmet schwer. Er versucht, seine Wut unter Kontrolle zu halten, aber ich spüre, dass er kurz davor ist zu explodieren. Langsam steht er auf und schlägt mir auf den Hinterkopf. Im Gehen dreht er sich noch einmal um und spuckt auf den Boden. Die Tür knallt ins Schloss. Sie sind weg. Erst nach einigen Minuten stehen wir auf und beginnen mit dem Aufräumen. Später am Abend bittet mich mein Vater, Ludmilla zu holen.

»Wir können sie dort nicht schlafen lassen. Vor allem, weil Grégire vielleicht Lust bekommt, höchstpersönlich noch einmal dort unten nachzusehen.«

Ludmilla ist entsetzt. Nach diesem Erlebnis will sie bestimmt nicht noch einmal in unsere Gegend. Meine Schwester und ich überlassen ihr für die Nacht unser Bett. Meine Mutter wechselt bei dieser Gelegenheit die Laken. Das letzte Mal, dass sie das tat, ist schon lange her.

Am nächsten Morgen gegen sechs Uhr laufe ich ziellos durch unser Viertel, um mich zu vergewissern, dass wir nicht beobachtet werden. Wenig später begleite ich Ludmilla zurück zur Grenze.

Auf dem Rückweg ziehe ich Bilanz: Ich habe gegenüber Ludmilla Wort gehalten, bin offiziell mit einem Mädchen zusammen, das ich liebe, und mein bester Freund sucht Abstand zur Miliz. Ich bin glücklich.

Ludmilla

Lucen erwartet mich schon. Er sitzt auf einem Mauerrest in der alten Ruine.

»Danke, dass Sie all das für mich getan haben – auch wenn mir gute Nachrichten lieber gewesen wären. Wissen Sie Genaueres über ihren Tod?«

Er zögert. Vielleicht will er mich schonen. Zur Ermutigung lege ich ihm die Hand auf den Arm.

»Martha wurde von der Miliz verhört. Das heißt, ihr wurde Gewalt angetan, sie wurde geschlagen. Sie hatte Hämatome am ganzen Körper. Außerdem haben sie ihr die Medikamente weggenommen und sie zusammen mit vielen anderen in einem kaum belüfteten Keller eingesperrt. Ich glaube, sie ist erstickt.«

»Das ist noch schlimmer, als ich befürchtet habe«, stoße ich mühsam hervor. »Sie … haben mir versprochen, mich zu ihrem Grab zu bringen. Ich möchte, dass wir sofort dorthin gehen.«

»Ich weiß, aber inzwischen hat es Anschläge auf die Posten der Miliz und der Polizei gegeben. Es wäre klüger, nicht zu gehen.«

»Ich dachte, der Friedhof sei außerhalb der Stadt?«

»Das stimmt, kurz hinter der Grenze. Trotzdem wissen wir nicht, ob er nicht auch überwacht wird.«

»Lucen, ich würde wirklich gerne hingehen.«

»Wie du willst. Aber in diesem Fall musst du dich umziehen. Wenn ein Polizist dich so sieht, wirst du sofort festgenommen. Zieh dir alte Kleidung an, bedecke die Haare und mach dir das Gesicht schmutzig. Ich warte hier.«

Eine Stunde später durchqueren wir ein ehemaliges Industriegebiet. Ich verlasse mich auf Lucens Hinweise, denn weiter als zwei Meter kann ich in der Dunkelheit nicht sehen. Die Geräusche, die Schreie der Männer und Kinder in der Ferne ängstigen mich. Entlang des Weges wimmeln unzählige Ratten. Zu Hunderten klettern sie aus den Müllcontainern und beschnuppern uns. Zum Glück spürt Lucen, wie sehr ich mich vor diesen Nagern fürchte. Er trägt mich ein Stück auf dem Rücken. Manchmal kann man die Luft kaum einatmen, so sehr stinkt es. Mein Begleiter feuchtet meinen Schal mit einer Flüssigkeit an, die nach schlechtem Parfüm riecht. Es ist ekelhaft, aber es macht das Atmen etwas erträglicher. Endlich erreichen wir den Friedhof. Lucen schaltet seine Stirnlampe ein, und wir lesen die Inschriften der Grabsteine. Schließlich findet Lucen Marthas Grab: ein krummes Brett, das in der Erde steckt. Auf dem Brett steht Marthas Vorname, aber ihm fehlt ein Buchstabe. Lucen erklärt mir, Martha habe den Namen wiedererhalten, der auf ihre elende Herkunft verweist: Marha.

Ich stehe ein paar Minuten am Grab und denke an sie und unsere gemeinsamen Erlebnisse. Lucen ist wachsam. Er flüstert mir ins Ohr:

»Pst! Ich höre jemanden kommen. Halt dich an meinem Gürtel fest und folge mir. Wir werden einen kleinen Umweg machen müssen.«

Der Boden ist zwar eben, aber das Laufen in völliger Dunkelheit ist dennoch schrecklich. Ich fühle mich machtlos und sehr verletzlich. Erst nach ein paar Hundert Metern bleibt Lucen stehen und holt Atem.

»Wissen Sie, wo wir sind?«

»Natürlich. Ruh dich ein bisschen aus. Ich will horchen, ob der Weg frei ist. Rühr dich bloß nicht.«

Ich bleibe regungslos stehen. Lucen verschwindet. Bald streift ein Kind an mir vorbei, ein paar Hunde schnüffeln an mir. Eine Frau zerrt an meiner Kleidung und bettelt um Geld. Ich wage nicht, ihr zu antworten, und versuche vergeblich, ihren Griff zu lösen.

Lucen kommt zurück und redet sanft auf die Frau ein: »Lass sie, Clare, sie gehört zu mir.«

Er zieht mich beiseite und erklärt, die Unterstadt sei für die Nacht abgeriegelt worden. Er schlägt vor, mich an einem sicheren Ort gleich bei seinem Haus zu verstecken, bis die Situation sich entspannt hat. Ich folge ihm. Was sollte ich sonst tun?

Auf allen Kreuzungen wurden Scheinwerfer aufgestellt. Uniformierte bedrängen die Passanten und verhören sie lautstark. Viele Leute drücken sich an den Hauswänden entlang, um ihnen nicht in die Hände zu fallen. Lucen schlängelt sich mithilfe seiner Ellbogen durch das Gedränge. Fremde Hände streifen mich. Endlich erreichen wir unser Ziel. Ich höre, wie Lucen schwere Gegenstände bewegt – vielleicht Holzbretter? Er zieht mich nahe zu sich heran und flüstert:

»Ich fürchte, heute Abend könnte die Miliz hier vorbeikommen. Unter unseren Füßen ist eine Falltür. Klettere die Leiter hinunter bis in den Verschlag. Auf dem Boden stehen leere Kisten. Versteck dich darunter und rühre dich nicht, wenn du jemanden kommen hörst.«

Ich antworte nicht. Er kniet sich hin, hebt die Falltür hoch und legt meine Hand um die erste Sprosse der

Leiter. Langsam klettere ich hinunter. Es riecht schimmelig. Unten taste ich nach den Kisten, setze mich und ziehe sie zuerst über meine Beine. Dann lege ich mich hin und ziehe die Kisten auch über den Rest meines Körpers. Ich schließe die Augen. Am liebsten würde ich einschlafen und in meinem warmen Bett aufwachen, als sei diese ganze Geschichte nur ein schrecklicher Traum.

Was passiert, wenn ich festgenommen werde? Ich würde wieder in die Oberstadt gebracht und müsste mich auf eine ernsthafte Unterhaltung mit meinem Vater einstellen. Für Lucen und seine Familie hätte das sicher andere Konsequenzen. Bestimmt erwartete sie das gleiche Schicksal wie Martha.

Wie viel Zeit ist vergangen, seit Lucen fort ist? Fünf Minuten? Zwanzig? Eine halbe Stunde? Meine Wade schmerzt. Gleich bekomme ich einen Krampf. Aber ich wage nicht, mich zu bewegen.

Jetzt kommt jemand. Er trampelt mit seinen Stiefeln heftig auf der Metallplatte der Falltür herum, hebt sie hoch und klettert hinab. Es ist nicht Lucen. Diesen ledernen Geruch kenne ich nicht. Ein Lichtstrahl wandert über die Kisten. Ich weiß nicht, ob ich gut genug versteckt bin. Jetzt ist er unten. Der Lichtstrahl erfasst die Kellerwände. Mein Herz krampft sich zusammen. Beinahe wünschte ich, er würde mich entdecken und alles wäre vorbei! Ich müsste mich jetzt nur bewegen, und schon wäre alles vorbei und ich wieder zu Hause.

Der Fremde schiebt die Kisten hin und her. Jetzt ist er ganz dicht bei mir. Ich halte den Atem an. Es dröhnt mir in den Ohren. Dann gibt er auf und klettert schnell wieder nach oben. Die Klappe fällt zu. Ich glaube, ich werde ohnmächtig.

Plötzlich schüttelt mich jemand sanft. Ich erkenne Lucens Stimme. Er bringt mich ins Haus. Dort wurde alles auf den Kopf gestellt, und die ganze Familie ist mit Aufräumen beschäftigt. Fast eine Stunde sitze ich reglos da. Auch zum Sprechen fehlt mir die Kraft. Ich esse eine Kleinigkeit und rolle mich auf dem Bett von Lucen und seiner Schwester zusammen.

Am nächsten Morgen fühle ich mich schon besser. Im Schutze des Dämmerlichts schiebe ich ein goldenes Medaillon unter Lucens Kopfkissen. Für seine Familie ist das ein kleiner Schatz, für mich ist es eine einfache Art, meine Schuld abzugelten. Ich schwöre mir, mich schon bald richtig für ihn und die Menschen in der Unterstadt einzusetzen. Als ich zum Frühstückstisch komme, bemerke ich, dass Lucen in eine Art Pedale tritt und so den schwachen Lichtschein erzeugt, der den Raum erhellt. Sein Oberkörper ist reglos und er spricht, ohne außer Atem zu geraten. Seine kleine Schwester drängt sich an mich. Sie will unbedingt meine Haare sehen. Ich nehme den Schal ab. Sie drückt ihre Nase in meine Haare. Für sie bin ich wie ein Tier im Zoo. Die Eltern wirken unruhig. Solange ich hier bin, stelle ich für sie eine Gefahr dar. Die Mutter reicht mir ein dunkles Brötchen. Es schmeckt so furchtbar, dass ich es nur mit Mühe herunterwürgen kann. Aber ich zwinge mich dazu, um niemanden zu verletzen. Der Vater ergreift das Wort:

»Mein Sohn wird dich zurück nach Hause bringen. Du

musst uns versprechen, nie jemandem von uns zu erzählen.«

»Ich verspreche es. Ich werde nie vergessen, was Sie für mich getan haben.«

Noch am Vormittag bin ich wieder zu Hause. Während des Aufstiegs in die Oberstadt verhielt sich Lucen ein bisschen distanziert, so als erledige er nur eine Pflicht, bevor er sich wieder wichtigeren Dingen widmen müsse. Ich habe ihn nicht verführt. Alles, was er getan hat, tat er aus Freundlichkeit oder Pflichtbewusstsein. Ich bin ein bisschen enttäuscht. Seine Freundin muss wirklich eine außergewöhnliche Person sein. Oder er gestattet sich nicht, Gefühle für ein Mädchen von oben zu entwickeln.

Ich dusche und befreie dann Yolanda. Sie dankt mir und erzählt, sie habe das Telefon mindestens zehnmal klingeln hören.

»Ich konnte natürlich keine Anrufe entgegennehmen, denn ich war im Keller eingesperrt.«

Ich antworte nicht und schließe mich in mein Zimmer ein. Ich denke an die vergangenen Stunden. Nie zuvor habe ich so intensiv gelebt. Die körperlichen und psychischen Anstrengungen, die Hilfsbereitschaft der Menschen, die keine Gegenleistung erwarten … Hoffentlich freuen sie sich über mein kleines Geschenk.

Gegen drei kommt Grisella vorbei. Sie beschwert sich, weil sie mich nicht erreichen konnte.

»Und dein Kindermädchen? Konnte die nicht ans Telefon gehen?«

»Nein, ich hatte sie im Keller eingesperrt.«

Sie lacht laut auf.

»Du bist also … mit deinem geheimnisvollen Jungen unterwegs gewesen. Ich will dir in die Augen sehen und deine Geheimnisse ergründen.«

»Grisella, bitte nicht heute! Bald werde ich dir mehr erzählen.«

»Ich kann es kaum erwarten. Aber worüber wollen wir dann reden?«

Sie überlegt einen Moment.

»Ich habe in der Nähe Schreie gehört. Die Polizei hat gefährliche Kriminelle aus der Unterstadt festgenommen«, vertraut sie mir an.

»Was haben sie denn getan?«

»Noch nichts, aber sie haben wohl Anschläge vorbereitet und wollten Mädchen wie uns entführen. Wie schrecklich! Stell dir vor, wir fallen diesen Schweinen in die Hände, die sich nie waschen?«

Gerges

Letzte Nacht ist etwas Furchtbares geschehen. Die Milizangehörigen Romuld und Ludoic sind bei dem Versuch gestorben, eine Bombe vor der Polizeistation zu entschärfen. Mein Vater sitzt stumm zu Hause vor seinem Glas. Seine Augen starren ins Leere, er wirkt abwesend. Der alte Alponce ist auch hier und wartet darauf, dass sein Chef etwas sagt. Ich kümmere mich um die Beleuchtung und schreibe gleichzeitig eine Hausaufgabe in Ethik (über den Respekt vor dem Gesetz) ab.

»Diese verdammten Jewowisten!«, schreit meine Mutter.

»Du hast recht, Josane«, bestätigt Alponce, »aber wir werden sie alle töten, bis zum letzten Mann. Ich frage mich, warum die Jungs die Bombe überhaupt angefasst haben. Sie wussten doch, dass sie das nicht durften, weil es die Arbeit der Minenexperten ist.«

»Hör auf, dir Fragen zu stellen«, unterbricht mein Vater mit tonloser Stimme. »Sie waren besoffen, wie immer, und sie wollten Helden spielen, indem sie die Bombe selbst entschärfen. Heute Nachmittag habe ich den Polizeibericht gelesen. Die Bombe hatte keinen Fernzünder.«

»Was werden wir also tun?«

»Uns rächen natürlich! Heute Abend räumst du bei der Miliz Zellen frei. Du suchst sechs Frauen, sechs Männer und zehn Jungs zusammen und bringst sie zum Steinbruch. Sie sollen ein Loch graben, bevor du sie hineinwirfst. Am nächsten Morgen sollen andere Gefangene das Loch zuschaufeln. Sie werden schon dafür sorgen, dass sich die Sache herumspricht. Da kannst du dir gewiss sein.«

»Wie soll ich die Leute aussuchen?«

»Das regelst du schon. Ich will nichts davon hören.«

Der Alte wirkt verblüfft, sagt aber nichts weiter. Langsam leert er sein Glas.

»Kann ich auch hingehen?«, frage ich.

Beide sehen mich überrascht an, als hätten sie mich eben erst bemerkt.

»Nein«, antwortet mein Vater kategorisch. »Du gehst morgen zur Schule.«

Alponce verlässt das Haus.

»Papa, die Polizei wird ermitteln. Die Familien werden nach Informationen fragen.«

»Keine Sorge, mein Sohn. Die Polizeichefs wissen genau, dass wir mit ihnen zusammenarbeiten. Sie wollen uns nicht schaden. Sie werden unsere Männer nur der Form halber verhören und die Akten schließen. Für die Drecksarbeit brauchen sie uns.«

Am Abend gegen 22 Uhr treffe ich Hectr und Marcl an der Straßensperre. Ich will ihnen zeigen, wozu ich jetzt fähig bin. Ich tue so, als würde ich trinken, dabei kippe ich den Inhalt meines Glases im Schutze der Dunkelheit in die Gosse. Diesmal will ich die Kontrolle nicht verlieren. Ich spare nicht mit Drohungen und Grobheiten, sobald ich das Gefühl habe, dass mir die Situation entgleitet. Meine beiden Kollegen kommentieren mein Verhalten:

»Du schreist zu viel. Du schädigst deine Stimme und schluckst zu viel Luft«, rät mir Hectr.

»Außerdem bist du viel zu ernst. Du musst es genießen, die Leute zu demütigen. Sie sollen spüren, dass sie dir ausgeliefert sind«, fügt Marcl hinzu. »Du hast jedenfalls gute Fortschritte gemacht.«

Ich frage, ob die beiden an der Hinrichtung der Gefangenen im Steinbruch teilnehmen werden. Sie lächeln, als ginge es um eine Feierlichkeit.

»Ja, warum? Willst du etwa auch dabei sein?«

»Natürlich. Ich will nicht geschont werden, nur weil ich der Sohn des Chefs bin.«

»Gute Einstellung«, findet Hectr. »Aber glaub mir, du wirst noch genug Gelegenheit haben, dich zu amüsieren.«

Sie schenken nach.

»Zum Wohl, Gerges!«

»Zum Wohl, Jungs.«

Als ich gehe, bin ich völlig erschöpft, weil ich ihnen die ganze Zeit etwas vorgespielt habe. Ich hatte ständig Angst, Bekannten, Mitschülern oder deren Eltern zu begegnen. Und ich weiß, dass dies irgendwann geschehen wird.

Ich überlege noch, wie ich meine Tat an dem Mädchen wiedergutmachen kann. Bis ich das weiß, werde ich in der Miliz bleiben, weil ich hier Zugang zu Informationen habe, die mir eines Tages von Nutzen sein könnten. Ich muss die anderen davon überzeugen, dass ich ein harter Kerl bin, auf den man zählen kann. Ich denke an Chatals flehenden Blick am Abend meiner Initiation. Nun stelle ich mir vor, wie sie tränenüberströmt in ihrem zerrissenen Kleid durch die Nacht ihrem Tod entgegengeht. Es darf einfach nicht sein! Alponce wird bestimmt eine andere auswählen. Warum sollte er sich für sie entscheiden, wenn er doch weiß, dass sie unschuldig ist? Er hatte sogar gesagt, sie werde bald freigelassen. Mit etwas Glück ist sie vielleicht schon nicht mehr im Gefängnis.

Ich will wenigstens ein Mal mit ihr sprechen, auch wenn sie mich abweist und mir ins Gesicht spuckt. Ich will ihr allein gegenüberstehen und ihr sagen, ... dass ich nicht so bin, dass ich betrunken war, dass es mir leid tut und ich es bereue. Ich weiß nicht genau, was ich ihr sagen will und ob sie mir überhaupt zuhören wird, aber ich bin es ihr schuldig.

Auf dem Heimweg sehe ich, dass in der Werkstatt von Lucens Vater ein schwaches Licht brennt. Scheinbar braucht er nicht viel Schlaf. Mein Vater dachte schon immer, dass er etwas zu verbergen hat. »Dieser Arand ist zwielichtig«, sagt er oft, und meine Mutter teilt seine Meinung.

Jetzt geht die Tür auf. Ein Kerl kommt heraus und lauscht lange und vorsichtig in die Stille, bevor er aufbricht. Ich stehe stocksteif da und atme so flach wie möglich. Er kommt in meine Richtung. Höchstens zwei Meter trennen uns noch, als er endlich an mir vorbeizieht. Ich warte und setze meinen Weg erst nach ein paar Minuten fort. Meinem Vater werde ich nichts erzählen.

Heute früh ist mein Vater sehr aufgeregt. Er steht seinen Männern gegenüber, und alle brüllen den gleichen Satz:

»Wir werden es ihnen zeigen! Wir werden es ihnen zeigen!«

Es geht um Lucen und seine Familie. Sie haben etwas zu verbergen, da sind mein Vater und seine Männer sich sicher. Lucen wurde am Grab einer gewissen Marha gesehen. Seit ein Brief aus der Oberstadt an die Adresse der Toten geschickt wurde, wird der Friedhof überwacht. Mein Freund wurde von einem unbekannten Mädchen begleitet. Glaubt man meinem Vater, handelt es sich um eine gefährliche Anhängerin der Wiedervereinigung, die den Terroristen Geld oder Waffen gebracht hat. Mein Vater ist sicher, dass Lucens Eltern sie in ihrem Haus verstecken, denn die Stadt war abgeriegelt worden, bevor sie zurück nach oben gehen konnte. Deshalb will er der Familie einen »unfreundlichen« Besuch abstatten – so drücken die Milizionäre sich aus, wenn sie eine Hausdurchsuchung machen. Falls sie Geld finden, dürfen sie es sogar an sich nehmen, solange sie es mit den Kollegen teilen. Mein Vater hält diese neuen Fakten jedenfalls für den Beweis, dass Lucen ihn tatsächlich letzte Woche nachts angegriffen hat.

Mein Freund ist zwar vorsichtig, aber ich habe dennoch Angst um ihn. Ich muss unbedingt dabei sein, wenn mein Vater zu Lucens Haus hinuntergeht. So kann ich ihn notfalls beruhigen. Bestimmt versteckt Lucen die Reiche nicht bei sich zu Hause. Sie würde zwar aus der Sache irgendwie herauskommen, aber er wäre in großer Gefahr. Ich will ihn nicht verlieren.

»Ich brauche drei Freiwillige«, erklärt mein Vater.

Ich biete mich an, aber er verzieht das Gesicht. Ich gebe nicht auf: »Zweifelst du etwa an meiner Loyalität?«

»Ich will dich nicht in ein Dilemma bringen: Ich oder dein Freund.«

Alponce sieht, dass ich enttäuscht bin. Er mischt sich ein:

»Lass ihn doch mitgehen, Grégire. Du hast ihm schon den Steinbruch gestern Abend verboten. Heute bleibe ich in seiner Nähe und berichte dir alles haarklein.«

»Einverstanden. Aber enttäusche mich nicht, mein Sohn.«

Lärmend betritt mein Vater Arands Haus. Dann setzt er sich an den Tisch und versucht, die Familie mit Blicken einzuschüchtern. Ich mache mich mit Alponce auf die Suche, während Hectr die Tür bewacht. Penibel leeren wir alle Schubladen, Schränke und Schachteln … Ich verstehe nicht so recht, weshalb wir das tun – wir suchen schließlich ein Mädchen! Plötzlich begreife ich: Diese Kerle haben es einzig und allein auf Geld abgesehen. Doch Arand scheint seines gut versteckt zu haben, denn wir finden nichts. Wir setzen die Suche in der Werkstatt fort.

Dann schickt uns mein Vater nach draußen. Wir sollen einen »geheimen Keller« durchsuchen. Schnell finden wir die Falltür. Ich habe eine Vorahnung und schubse Alponce beiseite, um mich selbst um die Sache zu kümmern. Er hält meine Eile wohl für Begeisterung, denn er lässt mich gewähren und zieht ein Fläschchen Alkohol aus der Tasche.

Mit seinem dicken Bauch käme der Alte nur schwer durch die Öffnung. Kaum bin ich ein paar Sprossen auf der angelehnten Leiter nach unten geklettert, spüre ich, dass da jemand ist. Ich schalte die Stirnlampe ein. Das Mädchen hat sich unter den Kisten versteckt. Einer ihrer Schuhe ragt hervor. Murrend trete ich gegen ein paar um sie herum verteilte Kisten, mache ordentlich Lärm und lasse mir Zeit. Ich weiß, dass Alponce mich beobachtet. Dann klettere ich wieder nach oben.

»Bist du sicher, dass da unten nichts ist?«, will Alponce wissen.

»Ich schwöre es dir. Willst du nachsehen?«

»Nein, nein«, grunzt er.

Wir kehren ins Haus zurück. Ich verkünde, die Suche sei vergeblich gewesen. Mein Vater sieht mich durchdringend an. Er will herausfinden, ob ich die Wahrheit sage. Ich blinzle nicht. Er fragt bei Alponce nach, aber der bestätigt meine Aussage. Endlich gibt er auf. Wir gehen nach Hause. Mein Vater schwört, dass er die Bande eines Tages zu fassen kriegt, und ich fürchte, dass er Wort hält. Er erträgt es nicht, vor seinen Männern das Gesicht zu verlieren. Wäre uns auf dem Heimweg ein streunender

Hund oder ein Straßenkind begegnet, hätte er es bestimmt eigenhändig erwürgt – nur, um seiner Wut freien Lauf zu lassen. Zum Glück sind die Straßen menschenleer.

Ludmilla

Am Sonntagnachmittag kommt mein Vater zurück. Kaum hat er mich mit einem flüchtigen Kuss auf die Stirn begrüßt, ruft er auch schon meine »Gesellschafterin« in sein Büro (so nennt er sie, ich würde eher »Wächterin« sagen). Sie wird ihm berichten. Ich will nichts verpassen und schleiche schnell zu meinem Horchposten.

»Nun, Yolanda«, beginnt mein Vater, »was haben Sie Neues über meine Tochter herausgefunden?«

Wie immer hält er sich nicht lange mit Höflichkeitsfloskeln auf.

»Ihre Tochter misstraut mir. Sie weiß, dass ich vor allem hier bin, um sie zu überwachen. Sie schließt sich auch oft in ihrem Zimmer ein, und zwar nicht nur zum Schlafen. Ich habe beobachtet, dass sie in einem Heft liest. Vielleicht ist es ein Tagebuch, aber ich habe sie noch nichts hineinschreiben sehen.«

»Sehr interessant. Ich will unbedingt wissen, was darin steht. Das ist von größter Wichtigkeit, liebe Yolanda. Enttäuschen Sie mich nicht.«

»Ich verspreche Ihnen, mein Möglichstes zu tun.«

»Daran zweifle ich nicht. Sie wissen ja: Wenn unsere

Vereinbarung weiterhin Bestand haben soll, brauche ich Ergebnisse.«

»Natürlich, mein Herr. Aber dann brauche ich einen Schlüssel zu ihrem Zimmer, denn sie schließt immer doppelt ab, wenn sie geht. Sie will nicht, dass ich hineingehe, nicht einmal zum Saubermachen. Sie sagt, sie käme allein zurecht, und …«

»Sie bekommen einen. Gibt es sonst noch etwas?«

Yolanda erzählt, ich hätte sie gezwungen, »Urlaub« zu nehmen. Sie sei in ihrem Zimmer eingesperrt worden. Zwar hätte ich ihr erlaubt, ihre Mahlzeiten im Voraus zuzubereiten und sie hätte das Bad im Keller nutzen dürfen, aber ihr habe diese »Bestrafung« dennoch missfallen. Sie berichtet auch, dass ich sie manchmal am frühen Morgen ohne Begründung einschließe. Natürlich akzeptiere sie das und ihr sei bewusst, dass ich das Recht dazu habe. Sie hält inne. Vielleicht will sie meinem Vater die Möglichkeit geben zu reagieren. Sie scheint überrascht, dass er nicht für sie Partei ergreift und mein Handeln kritisiert. Sie weiß nicht, dass er das mit Martha zehn Jahre lang jedes Wochenende genauso gemacht hat. Stattdessen fragt er, ob sie ungewöhnliche Geräusche gehört habe.

»Ihre Tochter ist sehr diskret. Für mich ist es sehr schwierig, irgendetwas mit Gewissheit zu sagen. Als ich das erste Mal eingeschlossen war, hatte ich das Gefühl, jemand sei am Wochenende mit Ihrer Tochter hier gewesen. Aber ich habe keinen konkreten Beweis gefunden. Mir ist nur aufgefallen, dass die Lebensmittelvorräte im Kühlschrank deutlich dezimiert waren. Beim zweiten Mal hatte sie dagegen gar nichts angerührt, woraus ich schließe, dass sie vielleicht das Haus verlassen hat. Ich habe Sie nicht angerufen, weil ich keinerlei Gewissheit hatte.«

»Sehr interessant«, bemerkt mein Vater. »Ich werde auch einen Zweitschlüssel für den Keller anfertigen lassen. So können Sie den Besuch meiner Tochter oder ihre heimlichen Ausflüge unauffällig beobachten. Im Rückblick bin ich entsetzt: Ich habe zugelassen, dass Ludmilla nachts schutzlos durch die Straßen irrt und unbekannten Besuch empfängt. Ich hätte nicht gedacht, dass sie sich so schnell verändern würde. Jetzt herrscht bald wieder Ordnung. Ich bin sehr zufrieden mit Ihnen, Yolanda.«

Tatsächlich kann er auf seine Gehilfin stolz sein. Sie ist effizient. Ich werde ab jetzt noch vorsichtiger sein und zuallererst Marthas Tagebuch vernichten. Ich warte, bis mein Vater und Yolanda das Büro verlassen haben, stehe auf und schleiche in mein Zimmer zurück. Ich weiß, wie akkurat mein Vater vorgeht, und deshalb bin ich sicher, dass meine Aufpasserin noch vor seiner Abreise einen Zweitschlüssel haben wird. Als er mich ein paar Minuten später ruft, ahne ich bereits, weshalb. Er redet gar nicht erst um den heißen Brei herum, sondern fordert gleich meinen Zimmerschlüssel. Als ich nach dem Grund dafür frage, tut er, als habe er mich nicht gehört. Als ich beharrlich bleibe, sieht er mich krampfhaft lächelnd an:

»Warum bist du so misstrauisch, Ludmilla? Zwischen uns gibt es doch keine Geheimnisse, oder?«

»Zwischen uns vielleicht nicht, aber ich glaube, du willst einen Zweitschlüssel für Yolanda anfertigen lassen.«

»Woher weißt du das?«

»Sie fordert ständig Schlüssel von mir, für den Keller,

für die Eingangstür … Warum nicht auch einen für mein Zimmer?«

»Sie will eben Hausarbeit machen, wenn du nicht hier bist. Das ist einfach eine Frage der Organisation.«

»Ich brauche sie nicht. Sie wird Martha nie ersetzen und ich bin jetzt alt genug, um ohne ihre Hilfe zurechtzukommen.«

»Darüber haben wir schon gesprochen. Bis auf Weiteres entscheide ich. Also, der Schlüssel?«

Ich lasse ihn laut auf den Tisch fallen und knalle beim Hinausgehen mit der Tür. Hier ist das letzte Wort noch nicht gesprochen.

In meinem Zimmer hole ich Marthas Heft aus dem Versteck. Dann schließe ich mich im Bad ein und lasse Wasser in die Wanne laufen. In der Wanne lese ich zum letzten Mal die Briefe meiner verschwundenen Freundin. Manche Sätze sage ich mit geschlossenen Augen auf, um sie mir für immer einzuprägen – auch die Hoffnung, an die Martha sich bis zuletzt klammerte: *Ich habe nie erfahren, ob mein Kind damals überlebt hat. Als ich nach dem Transport in die Oberstadt aufwachte, wollte mir niemand Auskunft geben. Wenn es noch lebt, hoffe ich, dass es Ihren offenen und großzügigen Charakter hat.*

Oder diese mysteriöse Passage über die Aktivitäten meines Vaters: *Taf hat mehrmals auf die enorme Macht und die Geheimnisse Ihres Vaters angespielt.*

Das Papier hat etwas Badeschaum abbekommen und saugt sich nach und nach mit Wasser voll. Ich sehe zu, wie der Text langsam verschwimmt und die Tinte ins Badewasser rinnt. Tränen laufen mir über die Wangen. Ich lasse das Heft los, und das Wasser setzt seine zerstörerische Arbeit fort.

Es klopft an der Tür. Yolanda ruft mich zum Abendessen. Ich habe nicht die Kraft, ihr zu antworten, aber ich verlasse die Wanne und ziehe den Stöpsel. Ich sehe zu, wie der Wasserspiegel sinkt. Ich muss aufpassen, dass die Rohre nicht mit dem Papier verstopfen – das würde Verdacht erregen. Also sammle ich die restlichen Papierfetzen ein, presse das Wasser heraus und forme sie zu einer Kugeln, die ich in den Mülleimer werfe.

»Mein Fräulein, Ihr Vater wird ungeduldig.«

»Ich komme, Martha … äh, Yolanda. Ich komme, Yolanda.«

Vater und ich essen gemeinsam zu Abend. Nach den üblichen Fragen zum Thema Schule, die ich ausweichend beantworte, herrscht Schweigen. Zögernd frage ich in die Stille:

»Papa, du sprichst nie über deine Arbeit. Ich weiß nur, dass du viel reist und Geschäfte machst. Könntest du mir mehr darüber erzählen?«

»Warum dieses plötzliche Interesse?«

»Ich bin deine Tochter, ich darf doch wissen, was mein Vater macht. Wir sollen einander alles sagen …«

»Das stimmt, aber warum jetzt? Gibt es vielleicht jemanden außerhalb unserer kleinen Familie, der dich zu diesen Fragen anstiftet?«

»Wenn du wissen willst, ob mir jemand genau diese Frage gestellt hat, ist die Antwort: Nein. Aber es stimmt, dass Grisella mich auf die Idee gebracht hat, dich zu fragen. Als wir in den schönen Geschäften einkaufen waren, wollte sie wissen, mit welcher Arbeit man an einem Nachmittag so viel Geld ausgeben kann.«

»Deine Freundin ist ganz schön neugierig!« Er nimmt sich eine zweite Portion Gratin und kaut konzentriert.

Heute Abend werde ich die Antwort wohl nicht bekommen. Was hat er zu verbergen? Ich denke an die Frau, die Martha belästigt hat. Sie hatte behauptet, mein Vater habe geheime Dokumente bei uns im Haus. Ich esse meinen Nachtisch auf, lächle mechanisch und will gehen. Mit einer Geste bedeutet mein Vater mir, sitzen zu bleiben. Er antwortet, womit ich nicht mehr gerechnet hatte.

»Ich arbeite hauptsächlich für die Regierung, und zwar im Bereich Sicherheit. Ich sammle Daten, die mir ein Netz von Informanten liefert. Außerdem handle ich privat mit Antiquitäten, vor allem mit Schmuck. Ich kaufe die Sachen von Privatleuten, die Geld brauchen, und verkaufe sie an sehr reiche Kunden, manchmal erst nachdem sie restauriert und geschätzt wurden.«

»Danke, dass du mir das erzählst.«

»Das ist doch nur normal, du bist jetzt fast erwachsen. Ich habe das Gefühl, das alles ist sehr schnell gegangen und ich habe dich gar nicht aufwachsen sehen. Ich war viel fort, und heute bedaure ich das.«

Seine Worte sind mir fast unangenehm. Ich erinnere mich nicht, dass er sich mir je zuvor derart anvertraut hätte. Ich lächle und gehe in mein Zimmer.

Ich lege mich aufs Bett und denke an Yolanda. Woher wusste sie von Marthas Heft? Ich habe mich doch immer eingeschlossen und jedes Mal gelauscht, ob jemand über den Flur schleicht, bevor ich es aus dem Versteck holte. Sie muss also auch einen Ort kennen, von dem aus sie mich beobachten kann. Der Gedanke lässt das Blut in meinen Adern gefrieren. Vielleicht hat sie mich schon beim Umziehen beobachtet und gesehen, wie ich mit meinem Spiegelbild spreche und mich lächerlich mache. Nutzt auch mein Vater einen geheimen Beobachtungsposten, wenn er hier ist? Ich werde mein ganzes Zimmer auf den Kopf stellen. Aber ich darf es nicht sofort tun, denn falls Yolanda mir jetzt nachspioniert, wüsste sie, dass ich Verdacht geschöpft habe. Mit den Augen suche ich die Decke ab – alles in Ordnung, sie ist glatt und makellos. Ich erinnere mich an einen Roman, dessen Heldin durch einen falschen Spiegel hindurch erstochen wurde. Ich stelle mich vor meinen Spiegel, berühre die Halterungen und versuche, ihn zu bewegen. Vergeblich: Er ist mit mindestens vier in gleichmäßigem Abstand angebrachten Halterungen befestigt. Grinsend betrachte ich mein Spiegelbild und stelle mir vor, dass Yolanda direkt dahinter steht und ich ihr in die Augen sehe. Ob es ihr unangenehm wäre? Ich ziehe T-Shirt und BH aus. Sollte sie da sein, so möchte ich ihr Unbehagen noch steigern. Unwillkürlich werde ich rot. So betrachte ich mich außerhalb des Badezimmers zum ersten Mal. Meine Freundin Grisella würde mich auslachen, wenn ich ihr von meinen momentanen Sorgen erzählte. Sie bezeichnet mich in solchen Augenblicken gerne als »Mädchen«, »Jungfrau«, »Gänschen« oder »kleines Naivchen«. Ich weiß, dass sie schon Erfahrungen mit Jungs gesammelt hat. Sie hat recht, ich bin eine Ahnungslose.

Lucen

Firmie ist nicht so euphorisch wie in den Tagen zuvor. Trotzdem umarmt sie mich so fest, dass ich beinahe ersticke. Ihre Stirnlampe schaltet sie nicht ein – wahrscheinlich, damit ich ihre Tränen nicht sehe.

»Ich habe Schmerzen im Unterleib und habe mich oft übergeben«, erzählt sie.

»Ich glaube, das ist zu Beginn einer Schwangerschaft ganz normal«, versuche ich, sie zu beruhigen.

»Ich weiß, aber das hier ist anders. Meine Mutter hat mir einen Tee gemacht, der nicht so schmeckte wie sonst. Ich frage mich, ob sie eine Fehlgeburt bei mir auslösen will. Sie war so seltsam, als sie mir den Tee brachte, als habe sie beschlossen, endlich freundlich zu mir zu sein. Damit macht sie sich ziemlich verdächtig, finde ich.«

»Wonach hat der Tee gerochen? Hast du irgendwelche Pflanzen erkannt? Ich könnte mit Maurce darüber sprechen. Seine Tante ist Heilerin.«

»Ich habe heute früh den Müll durchsucht, aber nichts gefunden. Ich erinnere mich, dass der Tee nach Thymian und Salbei roch. Keine Ahnung, woher meine Mutter das Geld dafür hat.«

»Vielleicht machst du dir umsonst Sorgen und es ist Zufall …«

»Das wünschte ich auch, Lucen, aber mein Vater hat von dem guten Angebot deines Vaters im Fall unserer Trennung gesprochen.«

»Dabei sollten deine Eltern doch froh sein, eine Verbindung mit meiner Familie einzugehen. Wir wohnen höher als sie. Mit meinem Einkommen könnte ich sie unterstützen, wenn sie einmal nicht mehr arbeiten können.«

»Das wissen sie alles, aber Bargeld ist einfach zu verlockend. Mein Vater schmeißt so viel Geld für Alkohol raus und denkt immer nur an das nächste Saufgelage. Heute Nacht habe ich geträumt, dass er mich in den Bauch tritt, und heute früh hatte ich Schmerzen, als sei ich gestürzt. Ich kann aber nichts sehen, weil der Schmerz von der Seite her kommt.«

Mit einem Mal bin ich sehr besorgt. Ich schalte meine Stirnlampe ein und hebe vorsichtig ihr weites Hemd an. Sanft streiche ich über ihre Haut. Sie führt meine Hand auf ihre linke Seite. Es sind keine blauen Flecken zu sehen. Ich küsse sie sanft auf die Stelle.

»Da ist nichts.«

»Bist du sicher? Dann habe ich das nur geträumt? Du weißt doch, wozu er fähig ist. Manchmal macht er mir Angst, und im Schlaf fühle ich mich verletzlich.«

»Ich will nicht, dass du Angst hast. Heute Nacht schließen wir uns beide hier ein und übernachten gemeinsam.«

»Ich wollte dich nicht darum bitten, Lucen, aber ich glaube, es ist das Klügste, solange unsere Familien die Situation nicht akzeptiert haben.«

»Ich werde meinen Eltern sagen, sie sollen ihr Angebot zurückziehen. Bis heute Abend.«

Und ich hatte gedacht, ab jetzt würde alles einfach …

Ich gehe zu meinem Vater in die Werkstatt und mache mich sofort an die Arbeit. Er hat mir eine Kiste mit defekten Geräten hingestellt, die ich reparieren soll. Wenn ich das Problem nicht sofort erkenne, zerlege ich das Gerät und suche nach den kaputten Teilen. So lässt sich der Schaden oft feststellen. Liegt es am Stromkreis, muss man die Lötstellen überprüfen. Vor meinem Vater liegen die Einzelteile eines Apparats ausgebreitet, den ich nicht identifizieren kann. Es sind gut hundert Einzelteile. Er nimmt eines nach dem anderen in die Hand und bastelt im Dunkeln daran herum. Wenn es sich um Metallstücke handelt, prüft er mit der Zunge die jeweilige Legierung. Er ist so konzentriert, dass ich ihn für den Moment nicht ansprechen möchte. Nach einer Stunde schaltet er seine Stirnlampe ein und sieht mich an, als wolle er mir sagen, dass er jetzt zur Verfügung stehe.

»Das Ding ist kaputt hier angekommen«, erklärt er. »Der Händler sagte, der reiche Besitzer habe versucht, es selbst zu reparieren. Dazu habe er es komplett zerlegt. Weil ihm die Reparatur nicht gelungen sei, habe er die Stücke in ein Tuch gewickelt und ins Geschäft gebracht. Bislang sei niemand in der Lage gewesen, den Apparat wieder zusammenzubauen. Also habe ich die Herausforderung angenommen. Ich mache das in meiner Freizeit. Wer es schafft, wird großzügig bezahlt.«

»Weißt du denn, was es ist?«

»Ich habe eine Idee. Ich sage es dir, wenn ich sicher bin. Auch das ist Teil der Herausforderung.«

Er geht Richtung Treppe. Ich stelle ihm meinen Stuhl in den Weg, sodass er nicht vorbeikommt. Ich schalte meine Lampe aus und erzähle ihm von meinem Besuch bei Firmie. Wie immer hört er zu, ohne mich zu unterbrechen. Er überlegt gründlich, bevor er fragt:

»Bist du sicher, dass Firmie schwanger ist?«

»Sie ist sich sicher und ich vertraue ihr. Das mit Mihelle könnt Ihr vergessen, Papa.«

»In diesem Fall werde ich mit deiner Mutter reden, damit sie die Sache gleich heute regelt. Hoffentlich ist Firmies Vater ansprechbar.«

Den Streit meiner Eltern höre ich bis oben in die Werkstatt, ohne zu lauschen. Der Grund für den Streit bin ich. Heute werde ich mich wohl nicht mit meiner Mutter versöhnen können. Dennoch bin ich froh, dass mein Vater es gewagt hat, sich ihr zu widersetzen.

Das Abendessen findet in eisiger Stille statt. Danach wickle ich ein paar Sachen für die Nacht in eine Decke. Dabei entdecke ich am Bett einen Umschlag unter meinem Kopfkissen. Er enthält einen goldenen Anhänger und eine Nachricht. Ich halte den Zettel unter die einzige Lampe im Raum und entziffere:

Danke für alles, was Sie für mich getan haben.
Ludmilla

Meine Schwester sieht mir über die Schulter. Ich knülle den Zettel zusammen.

»Das ist nichts. Nur ein alter Zettel, den ich in der Hosentasche vergessen hatte. So, ich muss los. Bis morgen.«

»Lässt du mich allein?«

»Nur für ein paar Nächte, kleine Schwester.«

Meine Eltern sehen tatenlos zu, wie ich das Haus verlasse.

»Bis morgen«, sagt mein Vater endlich, als ich die Tür hinter mir schließen will.

»Verflucht sei diese Firmie«, knurrt meine Mutter, ohne sich nach mir umzusehen.

Ich frage mich, ob ich je wieder in diesem Haus schlafen werde.

Bevor ich zu Firmie gehe, treffe ich mich mit meinen drei Freunden. Ich mache einen Umweg zu unserem Treffpunkt. Als ich ankomme, scheinen sie schon auf mich gewartet zu haben. Endlich sind wir wieder alle vier zusammen – das letzte Mal ist lange her, und seitdem ist so viel passiert. Keiner von uns will den ersten Satz sagen. In unserem Viertel stehen die Häuser so eng und die Wände sind so dünn, dass die Leute glauben, alles über ihre Nachbarn zu wissen. Die Worte, die man durch die verschlossenen Türen hört, sind abgehackt und deformiert. So entstehen haufenweise Gerüchte. Bei uns ist dafür Katine zuständig, mein Vater mag so etwas nicht.

»Lucen«, beginnt Jea schließlich, »ziehst du um?«

»Heute Nacht werde ich bei Firmie im Keller schlafen.«

»Das dachte ich mir schon. Es heißt, ihr Vater sei sehr wütend und wolle sie mit bloßen Händen umbringen, falls sie ihm nicht gehorche. Er soll es gesagt haben, als er betrunken war, aber es ist trotzdem beunruhigend, nicht?«

»Macht euch keine Sorgen, Jungs. Der beruhigt sich schon wieder.«

»Und warum ist er momentan so wütend auf sie?«

Mit leiser Stimme erzähle ich ihnen alles – außer, dass nicht nur Firmie, sondern auch Mihelle schwanger ist. Maurce kann sich einen Kommentar nicht verkneifen:

»Versteh mich nicht falsch, Lucen, aber man kann sich schon fragen, weshalb die Eltern der Spießerin euch zusammenbringen wollten. Immerhin liegen zwischen euch dreihundert Meter.«

»Ich weiß nicht. Das ist eine Vereinbarung zwischen den Erwachsenen, und mich hat keiner gefragt. Typisch, oder? Jea, was ist mit dir und deiner göttlichen Unterhundert? Ist es aus? Hast du schon eine Neue?«

»Nein, Jungs. Ich werde meinen eigenen Treuerekord brechen. Er liegt bei zweiundzwanzig Tagen und sechs Stunden.«

»Wow!«, ruft Maurce.

Lange Zeit sagt keiner etwas. Gerges ist heute in sich gekehrt. Er weiß, dass seine Taten aus der Nacht seiner Initiation inzwischen den anderen zu Ohren gekommen sind. Jeder von ihnen hat Verwandte oder Bekannte, die in den Kellern der Miliz einsitzen. Wie also sollten sie tun, als wäre nichts? Einzig ich weiß, dass Gerges nur bei der Miliz bleibt, um seinen Fehler wiedergutzumachen. Plötzlich stößt Jea hervor:

»Bisher haben wir immer zwischen dir und deiner Familie unterschieden, Gerges. Aber jetzt geht das nicht mehr!«

»Immerhin hat Maurce es meinen Beziehungen zu verdanken, dass er neulich nachts am Hafen wieder freikam! Aber wenn ihr mich so unmöglich findet, dann geht mir doch aus dem Weg!«

Die beiden stehen auf. Ich aber bleibe sitzen. Jea wird aggressiv:

»Stört dich das gar nicht, Lucen? Du bist genau wie dein Vater!«

Sein Satz trifft mich wie ein Schlag in die Magengrube. So hat er nie zuvor mit mir gesprochen. Eines Tages wird er alles verstehen.

»Öffne die Tür! Das hier ist mein Haus! Firmie?«

Wir schrecken aus dem Schlaf. Die Tür wackelt, aber noch hält sie den Faustschlägen stand.

»Geh schlafen!«, brüllt Firmie.

»Hören Sie auf Ihre Tochter, mein Herr. Lassen Sie uns in Ruhe.«

»Lucen? Lucen, bist du da drin?«

»Ja, mein Herr. Gute Nacht.«

Firmies Vater zögert. Schließlich zieht er ohne ein weiteres Wort ab. Firmie schmiegt sich an mich. Wir liegen reglos da und horchen in die Dunkelheit. Firmies Atmen zeigt mir, dass sie noch wach ist. Ich stecke ihr Ludmillas Schmuckstück zu.

»Was ist das?«

»Ein Geschenk für dich. Ich muss dir erzählen, wie ich es bekommen habe.«

Firmie hört mir schweigend zu. Nur als ich von der Nacht bei Ludmilla berichte, wird sie unruhig. Als ich fertig bin, fällt mir ein Stein vom Herzen. Meine Freundin ist nachdenklich. Wie ich sie kenne, werden wir bestimmt die ganze Nacht darüber reden. Doch seltsamerweise sagt sie einfach nur:

»Danke für das Geschenk.«

»Bist du nicht böse, dass ich dir nicht früher von der Sache erzählt habe?«

»Du hast getan, was du für richtig hältst. Und ich vertraue dir, so wie du mir vertraust. Wir werden das ganze

Leben miteinander verbringen und sind jetzt noch enger verbunden als zuvor. Wir haben keine andere Wahl.«

Es dauert noch lange, bis wir endlich wieder einschlafen.

Gerges

Seit über einer Stunde warte ich vor Chatals Haus. Ich weiß inzwischen, dass sie tatsächlich am Leben ist und vor Kurzem in die Freiheit entlassen wurde. Ich trage meine Polizeianwärter-Uniform. Eigentlich soll ich mit einem Kollegen Richtung 100 patrouillieren, aber heute bin ich zum Glück mit Arhur unterwegs und kann mich der lästigen Pflicht entziehen. Arhur ist ein Nichtsnutz und Frauenheld. Den Dienst bei der Polizei begreift er als Möglichkeit, junge Frauen zu kontrollieren, sie zu beeindrucken und zu verführen. Ich habe ihn am Nachmittag in einer Kneipe zurückgelassen, denn er hatte näheres Interesse an einer Kellnerin auf 110. Arhur geht abends nicht zur Miliz. Politik ist ihm völlig egal.

Ich nähere mich der Haustür von Chatal. Ich kann nicht hören, was im Innern des Hauses geschieht und wie viele Personen anwesend sind. Es riecht stark nach Klebstoff.

Ich habe mir alle möglichen Szenarien vorgestellt. Ich rechne damit, dass Chatal mir ins Gesicht spuckt, mich beleidigt, schlägt, mir nicht zuhört, mich vernichtend ansieht oder mir zu verstehen gibt, dass ich genau so ein Dreckschwein bin wie mein Vater.

Die Tür öffnet sich. Zwei Personen kommen heraus. Sie gehen dicht an mir vorbei, ohne mich zu bemerken. Sie tragen große Taschen. Bestimmt liefern sie Waren aus. Ich folge ihnen. Sie sprechen laut:

»Dieser neue Klebstoff steigt mir zu Kopf. Nachts habe ich Migräne«, sagt eine Frauenstimme.

»Deshalb ist die Arbeit ja auch ganz gut bezahlt«, antwortet die andere. Sie wirkt jünger.

Es ist Chatals Stimme. Ich erinnere mich an ihr Wehklagen und vor allem an ihr »Warum«, das sie an jenem Abend, als ich sie verprügelte, ungefähr zwanzig Mal wiederholte. Ich bleibe stehen. Ich kann jetzt nicht weitermachen. Morgen werde ich sie erneut aufsuchen.

Den ganzen Tag habe ich an Chatal gedacht. Um vier Uhr nachmittags bin ich wieder vor ihrem Haus. Keine Viertelstunde später verlässt sie mit einer älteren Frau das Gebäude. Ich beschließe, sie anzusprechen. Gerade ist keine Patrouille zu sehen. Ich versuche, mit fester Stimme zu sprechen:

»Ich möchte mich entschuldigen.«

»Wer bist du?« Die ältere Frau ist bestimmt Chatals Tante.

Beide haben sich zu mir umgedreht, aber ich kann ihre Gesichtszüge nicht erkennen. Ich schalte meine Stirnlampe nicht ein, weil ich nicht weiß, ob die zwei auch welche haben. Wenn ein Polizist sie anleuchtet, könnten sie erschrecken. Also zünde ich eine Kerze an, sodass wir alle drei etwas sehen. Chatal versteckt sich hinter ihrer Tante. Unsere Blicke treffen sich. Sie flüstert:

»Das ist der, der mich ...«

»Was treibst du dich hier herum, du Dreckskerl?«, schreit die Alte.

Plötzlich habe ich Angst, dass Schaulustige herbeikommen, mich zusammenschlagen oder gar lynchen. Kollegen von mir ist das schon passiert.

»Ich möchte mich entschuldigen. Meine Kollegen haben mich betrunken gemacht und mich dazu gezwungen. Ich möchte wissen, ob ich es wiedergutmachen oder etwas für Sie tun kann.«

»Verschwinde aus unserem Leben!« Die Tante spuckt auf die Kerze, sodass die Flamme erlischt.

Als ich Schritte aus der Ferne höre, ziehe ich mich zurück. Die Alte redet immer noch: »Was glaubt dieser Kerl eigentlich? Dass man die schlimmsten Dinge tun und danach einen auf Freundschaft machen kann?«

Chatal weint. Die beiden Frauen gehen ins Haus zurück. Immerhin habe ich es versucht.

Jeden Abend verrichte ich meinen Dienst bei der Miliz. Ich frage mich, wie lange ich das noch durchhalte. Die Patrouillen und Wachen ertrage ich immer weniger. Ich bin wichtig bei der Miliz, ich zwinge mich dazu, aber abends im Bett denke ich an das, was ich den armen, meist völlig harmlosen Leuten gesagt oder angetan habe. Ich kann kaum einschlafen. Lucen fehlt mir. Er verbringt seine gesamte Freizeit mit Firmie, die von ihrem versoffenen Vater bedroht wird. Er wollte nicht, dass ich auf der Wache davon berichte, denn er glaubt, die Dinge würden sich von selbst klären. Ich bezweifle das. Jea und Maurce meiden mich. Nach dem Abendessen warte ich oft ganz allein an unserem gewohnten Treffpunkt.

Heute gehe ich mit Snia ins Kino. Meine Mutter hat mich gezwungen, mich vorher ein wenig zu waschen. Dabei weiß sie, dass wir uns körperlich nicht nahekommen werden. Zur Begrüßung küsst mich meine Verlobte dicht neben die Lippen.

»Entschuldigung«, sagt sie schüchtern.

»Das macht nichts. Bald tun wir noch ganz andere Dinge. Meinst du nicht?«

»Mehr und bessere Dinge, hoffe ich.«

Sie sagt das ganz fröhlich und nimmt meine Hand. Schweigend gehen wir die Straße hinauf. Von 500 an liegt eine gewisse Anspannung in der Luft, Männer brüllen und drohen einander. Ich verstehe nicht, worum es bei ihrem Streit geht, weil alle durcheinanderschreien. Ich ziehe Snia dicht an mich und versuche, uns von dem Gewühle zu entfernen. Eine Schlägerei steht kurz bevor. Zum Glück bin ich jetzt nicht im Einsatz. Wir kommen nur langsam voran. Plötzlich begreife ich, in welcher Situation wir uns befinden. Zwei rivalisierende Banden haben sich hier verabredet. Als Erkennungszeichen hat jede Gruppe einen charakteristischen Geruch angenommen: Die einen riechen nach Benzin, die anderen nach Desinfektionsmittel. Bei den ersten Faustkämpfen sind die Lager noch klar identifizierbar, aber als die Schlägerei Fahrt aufnimmt, kann man kaum mehr unterscheiden, zu welcher Bande die Männer jeweils gehören. Deshalb versuchen sie, sich mit Rufen zu verständigen, aber das reicht nicht immer aus. Kurz vor Ausbruch einer Massenschlägerei gelingt es Snia und mir, die Menschenmenge hinter uns zu lassen. Wir laufen ungefähr fünfzig Meter, dann pausieren wir. Snia küsst mich heftig auf den Mund. Ich erwidere ihren Kuss.

»Danke. Ich hatte solche Angst, aber du warst für mich da.«

Vielleicht wird sie sogar ein bisschen rot.

»Keine Ursache.«

Im Kino setzen wir uns weit weg von den anderen und stecken die Füße in die Schlaufen der Pedale. Kaum ist es dunkel, küssen wir einander erneut. Von dem Film bekomme ich nur am Rande etwas mit. Ich hätte nicht gedacht, dass Snia so leidenschaftlich ist. Ich bin glücklich und habe fast keine Gelegenheit, an Chatal zu denken.

Heute Abend ist Lucen endlich da. Er lehnt an der Wand des Lagerschuppens neben dem Haus seiner Eltern und wartet auf mich. Wir kennen einander so gut, dass er gleich mit der Tür ins Haus fällt:

»Worauf wartest du? Warum verlässt du die Miliz nicht?«

»Ich glaube nicht, dass jetzt der geeignete Moment ist.«

»Geh jetzt. Sonst hast du bald keine Wahl mehr. Bald seid ihr Vertraute bei der Miliz, dann kannst du sie nicht mehr verraten.«

»Lass uns von etwas anderem sprechen, Lucen.«

Ich bin etwas kurz angebunden und finde kein Gegenargument. Lucen lässt von dem Thema ab. Wir schweigen uns eine Weile an. Da nähert sich jemand. Es ist ein Mädchen, aber nicht Snia. An den Geruch erinnere ich mich noch ganz genau. Klebstoff. Das Mädchen riecht nach Klebstoff. Es ist Chatal.

»Guten Abend«, sagt sie.

»Sie ist wegen mir hier, Lucen. Bitte lass uns allein.«

»Kein Problem«, antwortet er im Gehen.

Sie ist jetzt ganz nah bei mir und lauscht den Schritten meines Freundes, die in der Nacht verschwinden. Dann fragt sie:

»Kannst du eine Kerze anzünden? Wenn ich mit jemandem spreche, möchte ich sein Gesicht sehen.«

Wortlos gehorche ich. An jenem Abend meiner Initiation hatte ich alles getan, damit unsere Blicke sich nie begegnen würden. Ich hatte ihr sogar auf den Schädel geschlagen, damit sie den Kopf senkt. Sie sieht mich lange an:

»Dein Name ist Gerges, richtig? Ich erinnere mich daran, weil deine Kollegen dich angefeuert haben. Und du willst also, dass ich dir verzeihe?«

»Ja.«

»Dann finde einen Weg, meine Brüder aus den Fängen der Miliz zu befreien.«

»Einverstanden«, presse ich hervor, »einverstanden. Aber hast du keine Angst, dass du erneut eingesperrt wirst, wenn jemand von deinem Plan erfährt? So haben sie dich doch letztes Mal gekriegt.«

»Diesmal nicht. Wir werden diesen Ort verlassen. Auf Wiedersehen, Gerges. Es ist seltsam, aber heute siehst du gar nicht mehr aus wie ein Monster. Du siehst aus wie jeder andere auch.«

Ludmilla

Grisella ist eine ziemlich vereinnahmende Freundin. Ständig will sie »meine Gefühlswelt ergründen« und mir meine intimsten Geheimnisse entlocken. Einmal habe ich einfach etwas erfunden, aber sie bemerkte meine Lüge schnell und reagierte verletzt. Ich habe nur sie, also hörte ich wieder damit auf.

Anscheinend wirke ich seit meinem Ausflug vom Wochenende abwesend und bin »mit den Gedanken woanders«. Für sie kann das nur eines bedeuten: Ich bin verliebt. Ich kann nicht abstreiten, dass Lucens Blicke mich berührt haben, aber mir ist klar, dass er vor allem neugierig war auf »das Mädchen aus der Oberstadt«. Als ich sah, unter welchen Bedingungen seine Familie lebt, wusste ich, dass er andere Prioritäten setzt, als mit mir hier oben herumzuflirten. Doch seine Großzügigkeit und Hilfsbereitschaft haben mich berührt. Außerdem ist er mutig … und gut gebaut, er strahlt Sicherheit aus. Ich beneide seine Freundin.

»Bist du sicher, dass kein Junge dahintersteckt?«, beharrt Grisella.

»Ich schwöre es. Zufrieden?«

»Na gut. Wenn du wirklich keinen Freund hast, dann werde ich dir ein paar Jungs vorstellen. Es ist Zeit, dass du jemanden kennenlernst.«

Ich lasse sie reden und lächle, um ihr zu zeigen, dass ich ihre Ankündigung nicht ernst nehme. Aber tief im Inneren hoffe ich, dass sie Wort hält. Meine Ausflüge haben mir gezeigt, dass ich das Abenteuer liebe und keine Lust mehr habe, mich zu Hause zu verkriechen. Ich habe auch gemerkt, dass ich gerne eine Beziehung hätte und den Anblick meines Körpers nicht nur meinem Spiegel vorbehalten möchte.

Und Grisella enttäuscht mich nicht.

»Also gut. Ich werde ein kleines Fest organisieren, wenn meine Eltern fort sind. Glaubst du, dein Vater erlaubt dir zu kommen? Das wäre das erste Mal.«

»Langsam versteht er, dass ich mich verändert habe.«

»Das wurde aber auch Zeit.«

Zu Hause spreche ich kein Wort mit Yolanda, um mein Missfallen ihr gegenüber zum Ausdruck zu bringen. Sie soll ahnen, dass ich von ihrer Spioniererei weiß. Als sie das Abendessen zubereitet, schleiche ich mich in ihr Zimmer und durchsuche ihre Handtasche. Ich lasse mir schließlich nichts gefallen. Außerdem ist es nur gerecht. Ich muss mich dafür nicht schämen, denn sie tut das Gleiche.

Ich durchwühle ihre Schubladen und die Taschen ihrer Kleidung. Von Zeit zu Zeit lausche ich, ob sie immer noch in der Küche ist. Unter ihrer Matratze finde ich endlich etwas Interessantes. Anscheinend nutzen wir die gleichen Verstecke. Zum Glück habe ich Marthas Heft vernichtet. Ich halte ein Foto von Yolanda mit einem zwei- oder dreijährigen Kind in der Hand. Ich lege es wieder an seinen Platz unter der Matratze und schleiche zurück in mein Zimmer.

Sie hat also irgendwo ein Kind und verbringt dennoch jeden Tag bei mir. Welche Schuld muss sie begleichen? Ist sie eine Art Geisel, die meinem Vater gehorchen muss, wenn sie ihre Familie je wiedersehen will? Wie viel Macht hat mein Vater, dass er so über das Leben anderer Leute bestimmen kann?

Später am Nachmittag ruft mein Vater an und teilt mir mit, dass er am Wochenende nicht kommen wird. Ich erzähle ihm von Grisellas Einladung. Er erlaubt mir, zu ihrem Fest zu gehen – allerdings nur, wenn ich bestimmte Sicherheitsvorkehrungen treffe. Yolanda soll mich bis zum Haus meiner Freundin begleiten und mich Punkt Mitternacht wieder abholen. Aus Prinzip frage ich:

»Ist das wirklich nötig?«

»Dir vertraue ich, aber auf den Straßen ist es nachts nicht sicher, vor allem nicht zurzeit. Die Zeitungen sind voll von Berichten über Anschläge, Gewaltausbrüche und …«

»Du lässt mich ja nie Zeitung lesen. Wie soll ich da auf dem Laufenden sein?«

»Das stimmt. Auch das werde ich ändern. Es ist Zeit, dass du die Wirklichkeit kennenlernst.«

»Und was die Sicherheit betrifft: Du glaubst doch nicht etwa, dass Yolanda etwas gegen eine Gruppe bewaffneter Terroristen ausrichten kann?«

»Ich glaube, sie kann Gefahren besser einschätzen als du und entsprechend handeln. Außerdem hat sie gewisse Talente, die du noch nicht kennst.«

»Aha.«

»Gute Nacht, Ludmilla. Bitte gib mir Yolanda.«

Zurzeit verändert sich wirklich einiges. Mein Vater begreift langsam, dass ich erwachsen werde. Und ich ärgere mich, dass ich ihm nicht schon früher gezeigt habe, wie die Situation ist. Wenn ich das gewusst hätte … Seit ein paar Wochen lebe ich viel intensiver. Meine Besuche in der

Unterstadt haben mir klargemacht, dass ich das Abenteuer suche und neue Bekanntschaften schließen möchte – obwohl ich zugegebenermaßen einige Male ziemliche Angst hatte. Wenn ich an meine Ausflüge zurückdenke, freue ich mich beinahe über diese Erlebnisse – vor allem darüber, mich aus jeder heiklen Lage gerettet zu haben.

Als das Telefon endlich frei ist, sage ich Grisella zu. Sie freut sich sehr.

Ich bin bereit. Ich betrachte mich im Spiegel und ziehe Grimassen. Man weiß ja nie, ob Yolanda dahintersteht. Ich habe mich nicht so rausgeputzt wie für den Restaurantbesuch mit meinem Vater, aber ich sehe trotzdem »sehr elegant« aus, wie Yolanda meinte. Ich spreche mittlerweile wieder mit ihr. Ich durfte mich allein schminken, sie hat nur ein paar Kleinigkeiten ausgebessert. Ich ziehe meinen Mantel an, und wir gehen. Yolanda läuft hinter mir. Sie scheint sich auf die wenigen Fahrzeuge und Passanten zu konzentrieren. Ich beginne ein Gespräch:

»Ich gehe gerne nachts spazieren. Sie nicht?«

»Das würde ich lieber später besprechen. Ihr Vater war sehr deutlich: Ich muss wachsam sein und darf auf dem Weg nicht sprechen.«

»Glauben Sie nicht, dass er die Gefahren etwas übertrieben darstellt?«

Statt einer Antwort lacht Yolanda nur krampfhaft auf. Sie wird nichts mehr sagen. Wenn mein Vater wüsste, welche Risiken ich in den vergangenen Wochen eingegangen bin und wie viel Vertrauen ich Fremden geschenkt habe – die noch dazu aus der Unterstadt kommen –, würde er vielleicht alles nicht ganz so schwarz sehen. Jetzt sind wir da. Yolanda beobachtet, wie ich Grisellas Haus betrete, und entfernt sich mit schnellen Schritten. Ich bin die Erste. Grisella ist ganz begeistert von meinem Kleid. Sie übertreibt ein bisschen, immerhin hat sie es für mich ausgesucht.

»Du wirst die Leute umhauen!«

»Du auch.« Ich meine es ehrlich. »Du siehst wunderschön aus.«

Schon bald kommen die vier anderen Gäste. Ich kenne nur Richard aus der Abschlussklasse – mit dem ich noch nie ein Wort gewechselt habe – und Rachel, die früher mit in meiner Klasse war, aber dieses Jahr nicht mehr auf unsere Schule geht. Die beiden anderen Jungen wirken älter. Grisella stellt uns vor:

»Das sind mein Cousin Régis und sein Freund Fabrice. Sie studieren Jura im zweiten Jahr. Richard und Rachel kennst du ja schon.«

»Und du bist Ludmilla?«, fragt das Mädchen ungläubig. »Ich hätte dich nicht wiedererkannt. Früher warst du … wie soll ich sagen? Einfach unsichtbar.«

Ich verkneife mir, ihr ein ähnliches »Kompliment« zurückzugeben. Sie hat sich nicht verändert: Sie ist immer noch genauso eingebildet wie früher. Lächelnd wende ich den Blick ab. Ich interessiere mich eher für die beiden unbekannten Krawattenträger. Grisella bittet uns zu Tisch und serviert Champagner.

»Wo hast du diesen edlen Tropfen her?« Fabrice ist beeindruckt. »Es wird doch schon seit über zwanzig Jahren kein Champagner mehr hergestellt! Das Zeug ist wahnsinnig teuer.«

»Ich habe bisher nur einmal Champagner getrunken,

nämlich als mein Bruder geboren wurde«, erzählt sein Freund. »Und deine Eltern erlauben dir, ihn allein zu trinken?«

»Meine Eltern sind ziemlich wohlhabend«, erklärt Grisella, »aber ehrlich gesagt haben sie dann doch nicht genug Geld, um sich so etwas zu leisten.«

»Woher hast du ihn dann?«

»Eigentlich darf ich das nicht verraten, aber ihr könnt bestimmt ein Geheimnis für euch behalten. Es ist ein Geschenk von Ludmillas Vater.«

Ich versuche, meine Verwirrung mit einem Lächeln zu überspielen.

»Schau nicht so, Ludmilla. Es ist keine Schande, reich zu sein!«, lacht Richard.

Ich brauche ein paar Minuten, um mich von Grisellas Geständnis zu erholen. Die anderen kosten begeistert den Champagner. Ich wage nicht zu sagen, dass ich so etwas zum ersten Mal trinke. In einem Zug leere ich mein Glas. Fabrice sieht mich an, als hätte ich ein Verbrechen begangen. Zum Glück entspannt sich die Stimmung schnell wieder. Die beiden Studenten wetteifern um die besten Anekdoten über ihre Professoren und Kommilitonen. Dann geht es um die »Strolche« aus der Unterstadt, alles »schlimme Diebe«, »Tiere«, »Heufresser«. Alle amüsieren sich köstlich. Ich zwinge mich zu lächeln. Zu Widerspruch fühle ich mich nicht in der Lage. Ich habe Angst, dass sie mich zurückweisen und dass ich den Abend verderbe, von dem ich schon seit einer Woche träume. Nach dem Dessert schaltet Grisella Musik ein. Pärchen bilden sich. Wir tanzen eng umschlungen und langsam. Richard drückt mich an sich. Ich fühle mich auf seltsame Weise gut. Grisella wirft mir vieldeutige Blicke zu, als mein Tanzpartner meinen Hals küsst. Als ich nicht reagiere, wird er mutiger und küsst mich auf den Mund. Ich habe am ganzen Körper Gänsehaut. Rachel und Fabrice sind schon weiter: Ihre Zungen sind ineinander verschlungen. Das wäre wohl der nächste Schritt meiner Einführung ins Erwachsenenleben. Ich frage mich plötzlich, ob dieser hochnäsige Richard, der die Armen verachtet, die geeignete Person für solche intimen Erfahrungen ist. Ich würde sie lieber mit Lucen machen.

Auf einmal dringt Geschrei von der Straße herein. Wir halten inne. Grisella geht als Erste zum Fenster. Draußen sind mehrere Personen. Schon bald kommen ein Polizeiauto und ein Krankenwagen. Meine Freundin öffnet das Fenster. Die Polizeisirene übertönt alles.

»Wie viel Uhr ist es«, frage ich.

»Bald Mitternacht«, sagt Rachel. »Warum?«

»Um Mitternacht bin ich mit meinem Kindermädchen verabredet.«

»Ist doch egal!« Richard zieht mich an sich. »Dein Dienstmädchen soll ruhig auf dich warten, das ist sie bestimmt gewöhnt. Sie wird sich bestimmt nicht langweilen, jetzt, wo draußen etwas los ist.«

»Nein, ich gehe lieber.«

Grisella wirkt leicht verärgert.

»Du willst wirklich gehen? Ich dachte, du hättest dich amüsiert.«

»Ja, Grisella, es war sehr schön, aber wenn mein Vater mich zum ersten Mal ausgehen lässt, will ich mich lieber an unsere Vereinbarung halten. Beim nächsten Mal überrede ich ihn, dass er mich länger bleiben lässt. Versprochen.«

Richard wirft mir einen bösen Blick zu. Ich entwische ihm, und ein weiterer Jagderfolg steht für heute Abend nicht in Aussicht. Zum Glück wurden wir unterbrochen. Hätte ich ihn gewähren lassen, hätte ich es morgen bestimmt bereut. Ich streife mir den Mantel über und trete hinaus in die Kälte. Yolanda wartet stocksteif am Fuße der Treppe.

Zu Hause frage ich sie, was vor Grisellas Haus passiert ist.

»Ich bin erst nach dem Kampf gekommen. Anscheinend gab es eine Messerstecherei zwischen zwei Betrunkenen. Ich wollte mir das nicht aus der Nähe ansehen.«

»Das verstehe ich. Hatte mein Vater also recht mit seiner Behauptung, die Straßen seien nachts nicht sicher?«

»So scheint es.«

Lucen

Um die Sache ein für alle Mal zu beenden und die falschen Hoffnungen unserer Familien auf eine Beziehung zwischen mir und Mihelle zu unterbinden, habe ich beschlossen, mich persönlich mit Mihelle und ihren Eltern zu unterhalten. Dazu werde ich zum ersten Mal die Schule schwänzen. Ich gehe am Schulgebäude vorbei. Dort warten schon ein paar Jungs. Ich begrüße sie und setze meinen Weg nach oben fort.

Als ich das große Geschäft der Familie betrete, ist Mihelles Mutter gerade mit einem Kunden beschäftigt. Unsere Blicke treffen sich. Sie lächelt breit. Bestimmt glaubt sie, dass ich mich mit ihrer Tochter verloben will und all ihre Sorgen ein Ende haben. Da hat sie Pech gehabt.

»Mihelle erwartet dich oben.« Sie deutet auf eine Treppe.

Dort steht Mihelle und gibt mir ein Zeichen, ihr zu folgen. Die Wohnung ist groß und sehr hell. An den Wänden hängen Spiegel und goldene Bilderrahmen. Ich stelle mir die Unterhundert vor, die hinter den Wänden in die Pedale treten. Was für ein Kontrast zu unserer winzigen, düsteren Behausung! Mihelle geht voraus. Ihre Hüften schwingen sanft. Sie hat nackte Füße. Ihre weite, kurze Hose bringt ihre schlanken Fesseln zur Geltung. Die rechte Fessel ist mit einem Silberkettchen geschmückt, an dem Perlen hängen. Ihre Tunika ist tief ausgeschnitten, ich sehe ihre kleinen Brüste. Das ganze Zimmer riecht köstlich nach Kuchen. Reichtum muss schön sein. Ohne Umschweife lege ich los:

»Ich möchte dir sagen, dass ich nicht um deine Hand anhalten werde. Ich werde Firmie heiraten, mit der ich schon mehrere Tests gemacht habe. Meine Freundin sagt, sie sei schwanger.«

»Gut. Ich habe diese Antwort erwartet«, sagt sie ruhig, obwohl ihr Gesicht verrät, dass meine Worte sie getroffen haben. »Meine Eltern werden allerdings enttäuscht sein. Sie hatten sich die Sache so in den Kopf gesetzt.«

»Meine auch. Egal was ich sage, sie wollen es nicht wahrhaben.«

»Unsere Verbindung hätte ihnen gut in den Kram gepasst. Bestimmt hat dir Firmie von meinem Zustand erzählt?«

»Ja, aber erst nach unserer Begegnung. Ehrlich gesagt, ich hatte keine Ahnung.«

»Ich musste meinen Eltern versprechen, den Mund zu halten. Als ich gemerkt habe, dass du nett und ehrlich bist, fand ich das nicht mehr gut.«

»Was werdet ihr jetzt tun? Einen anderen Kandidaten suchen?«

»Nein, dafür ist es zu spät. Da ich mein Baby nicht abtreiben lassen will – etwa durch ein Gebräu aus Thymian, Salbei und Beifuß –, werden sie mich wohl zum ›Studium‹ in eine andere Stadt schicken. Dort kann ich gebären, und anschließend wird man mir das Kind wegnehmen. Mit etwas Glück wird es an Reiche aus der Oberstadt verkauft und darf im Sonnenlicht aufwachsen.«

Sie schließt die Augen und schweigt lange. Als sie weiterspricht, ist es, als sei ich gar nicht mehr da:

»Dieses Kind ist alles, was mir von ihm bleibt. Es wird seine Haare haben, seine Augen, und hoffentlich seinen Mut …«

»Entschuldige, Mihelle, aber ich muss gehen.«

»Natürlich, Lucen. Du kannst auf mich zählen. Ich werde meinen Eltern sagen, dass sie sich so schnell wie möglich mit deinen in Verbindung setzen sollen. Auf Wiedersehen.«

Mein Vater ist in der Werkstatt und scheint überrascht, mich zu sehen.

»Ich muss endlich richtig arbeiten. Ich habe das Gefühl, in der Schule nur meine Zeit zu verschwenden. Ich werde nicht mehr hingehen.«

»Du bist zwar alt genug, Lucen, aber ich hätte mich trotzdem gefreut, wenn du vorher mit uns über diese Entscheidung gesprochen hättest.«

»Momentan ist es nicht einfach, mit euch zu reden. Vor allem nicht mit Mama.«

»Ich weiß. Das wird schon wieder.«

Den ganzen Morgen konzentrieren wir uns auf die Arbeit. Gegen Mittag kommt meine Mutter wie eine Furie in die Werkstatt gerannt und baut sich vor meinem Vater auf. Mich scheint sie nicht bemerkt zu haben, ich sitze in einer Ecke.

»Weißt du, was ich gerade erfahren habe? Dein Sohn hat Mihelle heute früh verkündet, dass er sie nicht heiraten wird. Was geht nur in seinem Kopf vor? Firmie hat ihn verhext.«

»Guten Tag, Mama«, sage ich sanft. »Dieses Theater musste endlich aufhören.«

»Ach, so machst du das? Du triffst deine Entscheidungen ohne uns?«

»Es ist mein Leben, oder nicht?«

»Dann musst du es woanders leben!«

Türenknallend verlässt sie den Werkraum. Mein Vater regt mich auf: Er stürzt sich in die Arbeit, als wäre nichts gewesen. Ich gehe die Treppe hinunter.

Meine Mutter hat zwei Kisten gepackt. Sie stehen auf dem Tisch und sind mit meinem Namen beschriftet. Sie kehrt mir den Rücken zu – wohl, um ihre Tränen zu verbergen. Ihr Körper zuckt. Sie kann nicht sprechen. Ich kehre zu meinem Vater in die Werkstatt zurück und berichte ihm, was unten vor sich geht. Er überlegt. Wird er versuchen, die Sache wieder einzurenken? Nein. Er steht auf, nimmt einen Stoffbeutel und füllt ihn mit Werkzeug. Mit ernster Stimme verkündet er:

»Es ist besser, wenn du für einige Zeit das Haus verlässt. Mit deiner Erfahrung wirst du eine Arbeit finden, von der du leben kannst.«

»Papa, das entspricht aber nicht der Tradition, auf die ihr euch sonst immer beruft. Ihr müsst vielmehr meine Verlobte bei euch aufnehmen.«

»Es ist nur vorübergehend, Lucen. Mach die Sache bitte nicht noch komplizierter, als sie ist.«

Wortlos nehme ich den Beutel und hole meine Sachen von unten. Meine Mutter steht immer noch an der gleichen Stelle wie eben.

Meine Eltern haben mich hinausgeworfen.

»Du wolltest doch, dass die Dinge geklärt sind, oder? Jetzt sind sie es«, sagt Firmie.

Die Bedeutung der Situation scheint ihr nicht klar zu sein. Ihre Eltern tolerieren uns, weil sie über ihren Zustand noch nicht Bescheid wissen, aber wer sagt, dass sie später nicht genauso reagieren wie meine Eltern? Wir umarmen uns. Leise fährt sie fort:

»Du hast getan, was du tun musstest. Solange ich meine Mutter mit Wolle versorge, wird sie uns nicht hinauswerfen. Außerdem denkt sie bestimmt daran, wie oft ich mich schon für sie eingesetzt habe, um sie vor Vaters Schlägen zu schützen. Außerdem kenne ich meinen Alten. Er will mich bestrafen und wird mir kein Essen mehr geben. Du musst also einen Weg finden, uns zu ernähren.

Später, wenn du eine feste Arbeit hast, können wir uns auf 150 ein Haus mieten. Dort werden wir leben und glücklich sein. In ein paar Monaten feiern wir mit unseren Freunden Hochzeit. Ich bin sicher, dass wir wieder auf die Beine kommen. Ich vertraue dir.«

Zu Firmies Bedauern löse ich mich aus ihrer Umarmung. Ich gehe nach draußen, um nachzudenken. Ich laufe Richtung Hafen. Hier werden eher ungelernte Arbeitskräfte gesucht. Ich frage hier und dort, ob ich beim Entladen der Frachtschiffe helfen kann. Viele schicken mich mit einer hochnäsigen Kopfbewegung fort. Frustriert setze ich mich auf eine Bank. Bald setzt sich ein junger Mann dazu. Mir ist, als hätte ich ihn vorhin schon gesehen, als er Kisten auf ein Boot lud.

»Mit diesem Auftreten findest du nie Arbeit«, spricht er mich an. »Hier kontrollieren die Heimlichen die Arbeitsplätze. Gegen einen Teil deines Lohns verschaffen sie dir Arbeit.«

»Wo kann ich die Heimlichen treffen?«

»Das darf ich dir nicht sagen.«

»Danke trotzdem.«

Ich beschließe, meine Schwester von der Schule abzuholen, um ihr von den Ereignissen zu berichten. Außerdem will ich, dass sie für mich zu Hause Essen stibitzt. Das ist nur gerecht: Immerhin habe ich seit Jahren neben der Schule mindestens sieben oder acht Stunden täglich für meine Eltern gearbeitet, und das sechs Tage die Woche. Als meine Schwester mich bemerkt, reagiert sie ängstlich:

»Ist etwas passiert?«

»Nichts besonders Schlimmes.«

»Warum bist du dann hier?«

Ich verstehe den Tonfall ihrer Frage, als ich einen Jungen bemerke, der auf sie zu warten scheint und sich jetzt widerwillig entfernt. Ich habe ihn nicht erkannt. Katine werde ich nicht fragen, wer er ist, auch wenn ich es wirklich gern wüsste. Ich erzähle ihr, was geschehen ist.

»Das ist doch nicht möglich! Sie haben dich rausgeworfen! Mit dem Essen kann ich dir helfen, aber nicht länger als zwei Tage, weil sie gut auf die Vorräte aufpassen. Wegen der Arbeit rede ich mit Snia.«

Sie flüstert mir ins Ohr:

»Ich glaube, sie kennt jemanden … einen Heimlichen, der am Hafen arbeitet. Heute Abend kann ich dir mehr sagen.«

»Zum Glück bist du für mich da!«

»Ich bin die Beste in dieser Familie. Es ist Zeit, dass du das merkst!«

Am Abend treffe ich Gerges, der ein bisschen verstört wirkt. Er hat schwierige Entscheidungen zu treffen und zögert. Ich hingegen fühle mich seltsamerweise gut, denn obwohl die Zukunft kompliziert aussieht, habe ich das Gefühl, einen großen Schritt vorangekommen zu sein. Aber ich erzähle nichts von den Vorfällen zu Hause. Ich will ihn nicht langweilen. Ich kann ihm auch nicht erzählen, dass Snia für mich einen Kontakt zu den Heimlichen herstellen wird. Immerhin ist Gerges in der Ausbildung zum Polizisten, und Snia muss ihm ihre Geheimnisse schon selbst anvertrauen, wenn sie das möchte. So schweigen wir lange. Dann kommt ein Mädchen vorbei und spricht Gerges an. Er bittet mich, sie beide allein zu lassen.

Als Gerges eine Kerze anzündet sehe ich, dass das Mädchen ziemlich hübsch ist. Ich habe sie noch nie gesehen, weder in der Schule noch in unserem Viertel. Aber sie spricht mit ihm, als kenne sie ihn gut. Hoffentlich erfahre ich bald mehr über sie.

Vor dem Haus meiner Eltern – das bis heute früh auch meines war – warte ich darauf, dass meine Schwester den Müll hinausbringt. Die Haustür knarrt, dann rattert der Metallcontainer über die Pflastersteine. Bevor Katine wieder ins Haus geht, macht sie ein lautes Kussgeräusch. Ich komme näher. Auf dem Deckel der Mülltonne liegt ein Päckchen. Ich nehme es mit zu meiner Freundin.

Firmie und ich schlingen fast den gesamten Proviant hinunter. Meine Schwester hat den Fressalien eine Nachricht beigefügt:

Du bist morgen um sieben Uhr dreißig mit Snia am Lager C8 verabredet. Sie wird dir jemanden vorstellen. Bring eine Kerze mit mindestens zehn Minuten Brenndauer mit. Snia will, dass du diese Nachricht vernichtest. Küsschen für das Liebespaar.
Katine

Gerges

Damit mir Chatal verzeiht, muss ich ihre Brüder befreien. Ich muss schnell handeln und darf nicht groß darüber nachdenken. Wenn ich das Für und Wider abwäge und mir überlege, wie viele Menschen sich danach von mir abwenden werden, könnte ich den Mut verlieren.

Was wird Snia denken? Sie hat mit der Sache nichts zu tun. Da unsere Eltern unsere Verbindung arrangiert haben, können sie von ihrer Vereinbarung auch Abstand nehmen, wenn ich Mist baue. Werde ich Snia verlieren? Vor ein paar Tagen wäre mir das noch gleichgültig gewesen, aber seit unserem Kinobesuch fühle ich mich nicht nur zu ihr hingezogen und will immer mit ihr zusammen sein, sondern ich glaube auch, dass sich zwischen uns eine echte Beziehung entwickeln könnte.

Mein Vater wird früher oder später von meiner Tat erfahren, das ist unvermeidlich, obwohl mein Plan vorsieht, dass ich den Schein aufrechterhalten kann. Was wird er dann tun? Fordern, dass ich verbannt werde? Die Sache vertuschen, um die Zukunft der Familie nicht zu gefährden? Ich müsste Angst haben, aber ich fürchte mich nicht. Ich will vor allem, dass das Ganze so schnell wie möglich vorbei ist.

Bei der Miliz gibt es immer eine Gelegenheit zum Saufen. Am Samstagabend feiern wir »meinen ersten Monat unter Männern«, und ich darf mir wünschen, wie wir den Abend verbringen.

»Was sollen wir machen, kleiner Kerl?«, fragt Alponce. »Willst du Mädchen? Oder einen blutigen Kampf?«

»Was sind das für Kämpfe?«

»Wir bestimmen Gefangene, die sich so lange prügeln müssen, bis einer k. o. geht. Man kann sogar Wetten auf den Sieger abschließen. Was meinst du?«

»Lass uns ein andermal darüber reden.«

Während ich ihm zuhöre, kommt mir eine Idee. Ich könnte Chatals Brüder für den Kampf auswählen. Dann müssten sie im Gang »zufällig« eine Waffe finden, mit deren Hilfe sie eine Wache als Geisel nehmen könnten. Die Milizionäre wären gezwungen, den beiden die Türen zu öffnen, und sie könnten fliehen. Da die Ketten sie bei der Flucht behindern würden, müssten am Ausgang Komplizen warten, die sie an einen sicheren Ort bringen. Allerdings sind die Sicherheitsvorschriften im Fall einer Geiselnahme so streng, dass kein Milizionär der Drohung der Gefangenen nachgeben würde. Also müsste ich den Schwächling spielen, der im Angesicht der Gefahr zusammenbricht. Ich sehe keine andere Lösung. Ich weiß, dass es ein schwieriges Vorhaben ist.

Aber jetzt ist es beschlossene Sache. Und in einer Woche fange ich ein neues Leben an. Meine Kollegen trinken und machen Scherze. Ich zwinge mich zu lächeln, aber ich meide ihre Blicke. Ich werde alle diese Männer hintergehen.

Damit mein Plan funktioniert, muss ich Chatal einweihen. Bestimmt hat sie ihrer Tante nicht erzählt, dass sie mich aufgesucht hat. Ich muss also unauffällig vorgehen. Erst am Dienstag habe ich Gelegenheit, vor ihrem Haus zu warten. Zum Glück kommt sie bald heraus. Sie wartet wohl schon auf Nachricht von mir, denn sie scheint gar nicht erstaunt, als sie mich sieht.

»Du bist es. Und?«

»Es passiert in der Nacht von Samstag auf Sonntag.«

»Komm.«

Sie zieht mich in eine Ecke und kommt dicht an mich

heran, damit niemand uns hört. Energisch fordert sie: »Rede.«

»Ich werde deine Brüder in der Nacht von Samstag auf Sonntag gegen Mitternacht oder ein Uhr morgens befreien. Vor der Tür des Gefangenengebäudes muss jemand warten, um ihnen bei der Flucht zu helfen. Mit ihren Ketten können sie nicht laufen.«

»Wer sagt mir, dass es keine Falle ist?«

»Du musst mir vertrauen. Damit deine Brüder mit mir gehen, musst du diesen Brief abschreiben, den ich ihnen zukommen lassen werde. Wenn er direkt von mir kommt, werden sie mir nicht glauben.«

»Gib mir das Papier. Ich werde darüber nachdenken. Ich weiß ja, wo ich dich finde.«

Ununterbrochen denke ich an die Nacht, in der sich alles entscheiden wird. Selbst wenn niemand mir auf die Schliche kommen sollte, werde ich die Miliz und vielleicht auch die Polizei und die Unterstadt verlassen. Ich träume davon, ganz neu anzufangen. Das bedeutet Gefahr und Einsamkeit zugleich. Bin ich wirklich dazu bereit, Lucen für immer zu verlassen, Lucen, der für mich wie ein Bruder ist? Und Snia, deren Liebe zu mir langsam wächst? Bis Samstag darf ich nicht mehr so viel grübeln. Bis Samstag darf ich mir nicht mehr den Kopf zermartern.

Nach meinem heutigen Polizeidienst kommt Snia mich abholen. Ich freue mich sehr über diese Überraschung, auch wenn meine Zukunft mit ihr von den Ereignissen der kommenden Samstagnacht abhängt. Gern würde ich mit ihr darüber sprechen, aber ich will sie nicht in meinen Plan mit hineinziehen oder Gefahr laufen, ihn mir ausreden zu lassen. Wir küssen uns lange. Sie sagt, wir könnten am Donnerstag nach dem Abendessen etwas Zeit zusammen verbringen, denn sie übernachte bei Katine. Für eine Nacht wird sie Lucens Platz einnehmen, der schon seit einer Woche leer bleibt.

An diesem Abend erzähle ich Lucen von meinem Plan. Als ich fertig bin, sagt er nur: »Das ist gut.« Ob er mir richtig zugehört hat? Hat er verstanden, dass er mich bald verlieren wird? Bedeute ich ihm noch etwas – jetzt, da er mit Firmie zusammenlebt und die beiden ein Kind erwarten? Zum Abschied stelle ich ihm eine Frage, die eher ein Hilferuf ist:

»Bin ich dir jetzt egal, oder was?«

Statt einer Antwort packt er mich am Kragen und drückt mich gegen die Wand unseres Hauses. Er atmet schwer und scheint gleichzeitig nachzudenken. Erst dann lässt er mich los. Ich hätte ihm keinen Vorwurf machen dürfen. Mein Freund ist aufgewühlt. Er sagt, ihm sei sehr wohl bewusst, dass mein Plan, die beiden Gefangenen zu befreien, schlimm enden könne, aber er spüre meine Entschlossenheit und habe nicht das Recht, sich dieser zu widersetzen. All das schwang in seinem »Das ist gut« mit. Ich hätte mich damit zufriedengeben sollen.

Zum Schluss sagt er den Satz, den ich von ihm am ehesten erwartet hätte:

»Am Sonntagmorgen bin ich für dich da, wenn du mich brauchst.«

Er geht zurück zu seiner Freundin. Ich bleibe allein zurück, meinen Gefühlen ausgeliefert.

Ich warte kurz vor Chatals Haus, sehe sie aber nicht. Langsam wird die Zeit knapp. Viele Möglichkeiten, die abgeschriebene Nachricht abzuholen, werde ich nicht mehr haben. Ich nähere mich der Tür. Das Haus scheint leer zu stehen, der Klebstoffgeruch ist verflogen. Ist sie etwa fortgegangen? Hat sie ihre Brüder aufgegeben, und wohin ist sie gegangen? Wenn sie unseren Plan nicht weiterverfolgt, würde das all meine Probleme lösen. Ich müsste mich nicht in Gefahr begeben und könnte meinen Austritt aus der Miliz in Ruhe vorbereiten. Ich hätte ihr die Hand gereicht und sie hätte abgelehnt.

Beim Abendessen fragt mein Vater mich über die lautstarke Diskussion aus, die Lucen und ich am Vorabend vor unserem Haus hatten. Er gibt zu verstehen, dass er glücklich wäre, wenn unsere Wege sich endgültig trennen. Ich widerspreche ihm nicht, sondern nutze die Gelegenheit, um jeden Verdacht der Komplizenschaft von Lucen abzuwenden, den er später entwickeln könnte. Aber ich will meinem Vater auch nicht recht geben, denn ich hasse es, wenn er selbstgefällig den Besserwisser gibt. Also lasse ich ihn reden und tue so, als fände ich seine Frage zu persönlich. Er bohrt nicht nach. Er glaubt ohnehin, im Recht zu sein.

Wie versprochen treffe ich Snia und Katine nach acht. Mein Freund kommt dazu und unterhält sich in einiger Entfernung mit seiner Schwester. Vielleicht will er Snia und mir auch einen Augenblick der Zweisamkeit gönnen – wir nutzen ihn, um uns zu küssen. Doch da steht plötzlich Chatal vor mir. Ich habe sie gar nicht kommen gehört. Sie will mit mir reden und bedeutet mir mit einer Geste, dass Snia dabei nicht erwünscht ist. Aufgebracht geht Snia hinüber zu Katine. Sie ist wütend.

»Also, Gerges. Ich setze auf deine Loyalität. Enttäusche uns nicht, sonst werden du und deine Familie dafür bezahlen. Und deine Freundin – wie heißt sie noch?«

»Gib mir den Zettel und geh nach Hause. Man darf uns nicht zusammen sehen.«

»Ich glaube, das wird nichts«, sagt sie im Gehen.

Nach ein paar Minuten kommt Snia zurück, bleibt aber distanziert.

»Wer war das?«

»Da will ich dich lieber nicht mit hineinziehen.«

»Sie hat mit mir geredet.«

»Was hat sie gesagt?«

»›Frag ihn mal, wie wir beide uns kennengelernt haben.‹«

Ludmilla

In der Schule erzählt Grisella mir kurz, wie der Abend bei ihr ausgegangen ist: Richard war frustriert und hat ein paar Minuten nach mir türenknallend das Haus verlassen. Rachel hat sich im Bad übergeben.

»Wie du siehst: Es fing gut an, endete aber erbärmlich«, resümiert meine Freundin.

»Wann hat mein Vater dir den Champagner gebracht?«

»Er ist am Donnerstagabend bei uns vorbeigekommen – in Begleitung eines Mannes, der das Haus und die Türschlösser überprüft hat. Dann hat er mir zwei Flaschen überreicht: eine für uns und eine für meine Eltern.«

»Ich kann kaum glauben, dass er mir nichts davon erzählt hat. Ich stand richtig dumm da!«

»Er wollte dich eben überraschen.«

»Das ist ihm gelungen.«

Grisella erzählt noch einmal von dem Tumult, der sich an jenem Abend vor ihrem Haus abgespielt hat. Heute habe sie beim Frühstück in der Zeitung gelesen, dass die Polizei von einem Doppelmord mit Stichwaffen ausgehe. Der Mörder konnte nicht identifiziert werden und scheint ein Profi zu sein. Die beiden Opfer waren polizeilich gesuchte Terroristen aus der Unterstadt. Sie gehörten der Gruppe »Nie unterworfen« an. Sie seien überrascht worden, während sie auf Horchposten waren. Die Polizei weiß nichts über das Ziel ihrer Mission. Ihr Posten befand sich in einem Wohngebiet, in dem nur Familien aus der Mittelschicht leben. Es scheint also, als gebe es dort keine potenziellen Ziele.

»Was denkst du darüber, Ludmilla?«

»Ich weiß nicht. Vielleicht kann die Polizei den Fall bald aufklären.«

»Das wäre schön, denn ich habe jetzt Angst, abends rauszugehen.«

Heute hat Grisella mich frühmorgens angerufen, um mir zu sagen, dass sie heute nicht zur Schule kommt. Es ist das erste Mal seit Beginn des Schuljahres, dass sie fehlt. In der Schule redet niemand mit mir oder sieht mich an. Ich setze mich in die letzte Bank. Auf dem Tisch sind Bleistiftkritzeleien. Es sind Kommentare über Mädchen aus der Abschlussklasse, die ich vom Sehen kenne. Die Verfasser sind gegenüber diesen Mädchen sehr aggressiv, vielleicht weil die Mädchen sie keines Blickes würdigen. Das ist wenigstens ein Vorteil, wenn man nicht auffällt. Als ich nach der Pause wieder zu meinem Platz gehe, finde ich eine neue Kritzelei auf dem Tisch. Ist sie für mich? Warum diese Geheimnistuerei? Oben rechts auf der Tischplatte lese ich: U4 2/2 um 12. Heute ist der zweite Februar. Es muss sich um ein Treffen um 12 Uhr in der Umkleide Nr. 4 handeln. Auf deren Tür steht U4.

Was soll ich tun? Wenn ich nicht hingehe, werde ich es sicher bereuen. Andererseits könnte es eine Falle sein – aber von wem? Ich beschließe hinzugehen.

Die Tür der Kabine ist verschlossen. Ich warte zehn Minuten und bin schließlich überzeugt, umsonst gekommen zu sein. In diesem Moment kommen zwei Mädchen den Flur entlang in meine Richtung. Es sind die Schwestern Broons. Die eine ist in der Abschlussklasse, die andere eine Klasse darunter. Sie lächeln und die Ältere steckt einen Schlüssel ins Schloss der Umkleidetür. Die andere sagt, ich solle mich auf die Bank setzen. Sie stehen vor mir und sehen auf mich herunter.

»Jemand hat uns erzählt, dass du dich für die Sache der Armen aus der Unterstadt interessierst.«

»Wer hat das erzählt?«

»Das ist nicht von Bedeutung. Stimmt es?«

»Ja«, sage ich schüchtern.

»Warum?«

»Mein früheres Kindermädchen hat mir von den schrecklichen Lebensbedingungen dieser Leute erzählt. Sie müssen unseretwegen so leben.«

»Willst du dich dafür einsetzen, dass sich das ändert?«

»Ich weiß nicht.«

Sie runzeln die Stirn und sehen einander bedeutungsvoll an. Eine seufzt und flüstert mir ins Ohr:

»Dann vergiss, dass wir dich gefragt und dass wir uns getroffen haben. Vergiss, dass es uns gibt.«

»In Ordnung«, sage ich zitternd.

Als ich die Umkleide verlasse, starrt mich die Jüngere an:

»Halt bloß die Klappe, sonst machen wir dich fertig. Verstanden?«

Am Nachmittag muss ich immer wieder daran denken, was in der Umkleide passiert ist. Ich ärgere mich, dass ich den beiden Schwestern nicht antworten konnte. Bestimmt sah ich aus wie ein eingeschüchtertes kleines Mädchen. Außerdem fühlte ich mich überrumpelt. Ich war nicht vorbereitet. Als ich mich bei Lucens Familie aufhielt, habe ich gespürt, wie ungerecht ihre Situation ist. Wahrscheinlich habe ich die wirklich schlimmen Dinge noch gar nicht mitbekommen. Dennoch hatte ich vorhin Angst, mich für die Sache der Armen zu engagieren. Was könnte ich auch tun? Ich bin nur eine Jugendliche ohne jede Macht.

Später werde ich mitmachen. Jetzt scheint es, dass die Welt sich mir öffnet. Ich habe nicht mehr das Gefühl zu ersticken. Mein Vater erlaubt mir endlich, mich mit anderen zu treffen. Warum sollte ich all das für Menschen aufs Spiel setzen, die ich kaum kenne?

Zu Hause informiere ich Yolanda, dass ich meiner kranken Freundin die Hausaufgaben bringen werde.

»Danke, dass Sie mir Bescheid geben. Ich muss Sie allerdings begleiten. Ich weiß, dass das in Ihrem Alter peinlich sein kann, aber erlauben Sie mir bitte, Ihnen in einigem Abstand zu folgen. Ich will nicht, dass Ihnen etwas zustößt.«

»Glauben Sie wirklich, dass das nötig ist?«

»Absolut.«

»Aber auf dem Heimweg von der Schule werde ich auch nicht bewacht. Ist der Weg zu Grisella denn gefährlicher?«

»Ich muss darauf bestehen« – mehr will Yolanda nicht sagen.

Ich willige ein, weil sie ehrlich beunruhigt wirkt. Ich bin fast sicher, dass der Befehl von meinem Vater stammt und Yolanda bestraft wird, wenn sie ihn nicht befolgt.

Ich verlasse das Haus und gehe schnell zu Grisella. Um diese Zeit am Nachmittag sind nur wenige Leute unterwegs. Bevor ich die Stufen zu Grisellas Haus hochsteige, drehe ich mich nach Yolanda um. Sie ist nirgends zu sehen. Vielleicht ist sie mir doch nicht gefolgt.

Grisella ist in ihrem Zimmer und wirkt sehr müde. Ihr Gesicht ist fiebrig-rot. Sie kann kaum die Augen offen halten. Was sie als Erstes sagt, klingt lächerlich, aber ihr Tonfall macht es mir unmöglich, sie auszulachen:

»Sei lieb und erzähle niemandem in der Schule von meinem Zustand. Außer meinen Eltern bist du die Einzige, die in mein Zimmer darf. Der Arzt hat mir gesagt, dass ich noch ein paar Tage zu Hause bleiben werde.«

Ich verspreche ihr, nichts zu sagen. Dann will ich wissen, was sie von den Broons-Schwestern hält.

»Warum interessierst du dich für die beiden?«

»Sie haben mich auf dem Gang angesprochen.«

»Warum denn?«

»Ich weiß nicht. Vielleicht haben sie gesehen, dass ich ganz alleine bin. Sie haben gefragt, ob ich ihre Freundin sein will.«

»Und?«

»Ich habe nicht geantwortet. Das Ganze kam mir komisch vor.«

»Du hast recht. Über die beiden erzählt man sich ziemlich unschöne Dinge.«

»Was denn zum Beispiel?«

»Manche sagen, sie seien Bastarde und stammten von armen Leuten ab.«

Grisella sagt das mit solchem Abscheu, dass ich nicht weiß, was ich sagen soll. Ich schweige lange.

»Woran denkst du, Ludmilla?«

»An nichts.«

»Doch. Sag schon.«

»Woher weißt du, dass die Armen so schrecklich sind? Hast du schon einmal welche getroffen?«

»Nein, zum Glück noch nie. Aber mein Vater. Sie sind dreckig, von außen wie von innen, und sie hassen uns. Sei nicht romantisch, Ludmilla. Sei nicht schwach: Glaube nicht den idiotischen Anhängern der Wiedervereinigung, die meinen, wir könnten alle zusammenleben.«

Ein paar Minuten später kommt Grisellas Mutter, um ihrer Tochter die Medizin zu geben. Ich gehe nach Hause. Draußen ist es schon dunkel, und ich beeile mich. Als ich heimkomme, steht Yolanda in der Küche.

»Sind Sie mir doch nicht gefolgt?«

»Doch, natürlich, aber ich kann das so unauffällig tun, dass mich niemand bemerkt.«

»Folgen Sie mir auch, wenn ich zur Schule gehe?«

»Natürlich.«

Ich schlage die Hände vors Gesicht. Gleich breche ich in Tränen aus. Sie beobachtet mich in meinem Zimmer, auf der Straße – wo noch? Ich habe kein Recht auf Freiheit. Verstohlen wische ich eine Träne weg. Yolanda sagt sanft:

»Auf der Straße bin ich so weit weg, dass ich Ihre Gespräche nicht hören kann. Ich bin nur für alle Fälle da.«

Ich muss mich zurückhalten, um nicht zu antworten: »Und was ist mit der Privatsphäre in meinem Zimmer?« Ohne mir etwas zu Essen zu nehmen, verlasse ich die Küche. Vor dem Spiegel in meinem Zimmer lasse ich meiner Wut freien Lauf. Ich beschimpfe die ganze Welt, meinen Vater und mein Kindermädchen. Dann lege ich mich aufs Bett und schimpfe weiter. Schließlich höre ich mich jammern: »Wenn ich Grisella wäre, wäre alles einfacher!«

Der Satz klingt nach. Als ich mich ein paar Minuten später an den Schreibtisch setze, bin ich gar nicht mehr sicher, ob ich das wirklich denke. Wäre ich bereit, die Erinnerungen an meine Mutter und Martha oder an mein Abenteuer in der Unterstadt gegen ein Leben, wie Grisella es führt, einzutauschen? Grisella weiß nicht, wovon sie redet. Sie ist oberflächlich. Ich mag sie, weil ich niemand anderen und keine Wahl habe. Eigentlich finde ich das schlimm, aber es ist die Wahrheit. Morgen gehe ich zu den Schwestern Broons und biete ihnen meine Unterstützung an.

Lucen

Ich bin zu früh dran. Die einzige Kerze, die ich noch hatte, ist vielleicht ein bisschen zu kurz. Sobald ich Geld verdiene, muss ich mir eine neue kaufen.

Die Heimlichen leiden an einer Erbkrankheit. Ihre Nerven und Muskeln reichen nicht aus, um wie wir mit körperlicher Kraft Strom zu erzeugen oder Batterien aufzuladen. Sie können daher auch keine Kettenschuhe benutzen und keine Dynamos betreiben. Folglich haben sie keine Lichtreserven. In unseren Städten, in denen jeder Schritt von einem lauten Geräusch begleitet ist, sind sie beinahe nicht aufzuspüren. Daher kommt auch ihr Name: die »Heimlichen«. Um zu überleben, gibt es für sie nur drei Wege. Einige wenige von ihnen bereichern sich durch zweifelhafte Geschäfte und nutzen von anderen produzierte Energie. Die Mehrheit der Heimlichen ist aber sehr arm und lebt vom Betteln. Die dritte Lösung ist recht seltsam: Sie verschwinden. Man weiß nicht, ob sie sterben oder ob es ihnen gelingt, die Unterstadt zu verlassen und sich heimlich in der Oberstadt einzuschleichen.

Nach zehn Minuten kommt Snia. Sie küsst mich auf die Wange und sagt freundlich:

»Ich habe es von Katine gehört … Dass deine Eltern dich rausgeworfen haben, ist einfach unvorstellbar. Hat dein Vater nicht an seine Nachfolge gedacht?«

»Er sagt, es sei nur vorläufig. Aber in der Zwischenzeit brauchen Firmie und ich etwas zu essen.«

»Smon ist mein Cousin. Ich erzähle das nicht jedem, aber meine Mutter stammt aus einer Familie von Heimlichen. Ich weiß, dass du das für dich behältst. Bestimmt weißt du, was man über die Heimlichen sagt?«

»Sprichst du von mir, Cousine?«, fragt ein Mann mit ernster Stimme. »Ist das der Sohn des Restaurators, der Geld braucht?«

»Ja, er heißt Lucen. Smon, ich muss zur Schule. Ich verlasse mich darauf, dass du ihm seriöse Arbeiten anbietest. Verstehst du?«

»Geh lernen, Snia, mach dir keine Sorgen. Der Junge hier ist alt genug. Der weiß, wo seine Fähigkeiten und Grenzen liegen.«

Snia geht. Der Heimliche kommt auf mich zu.

»Schalte deine Stirnlampe ein und folge mir.«

Wir schlängeln uns durch ein Labyrinth aus Lagerschuppen. Ich bin nicht sicher, ob ich später allein den Rückweg finde. Durch eine Metalltür betreten wir eine große Halle. Der Heimliche schließt hinter uns ab.

»Zünde deine Kerze an, damit ich dich sehen und mit dir reden kann.«

Ich tue, was er sagt. Er umkreist mich langsam, als wolle er sich ein genaues Bild von mir machen. Ich will nicht, dass die Kerze sinnlos abbrennt. Endlich sagt er etwas:

»Ich werde schauen, wie du dich bei verschiedenen Arbeiten anstellst. Anfangs werden das eher versteckte Arbeiten sein, weil Grégire dir im Nacken sitzt. Siehst du, ich habe mich informiert. Heute sollst du in der Kanalisation Ratten fangen. Einen verborgeneren Ort gibt es wohl kaum. Ein Kollege wird dir erklären, wie es geht. Was das Finanzielle betrifft: Ich bekomme die Hälfte deines Verdienstes und der Energie, die du produzierst. Einverstanden? Du siehst nicht so aus.«

Ich bin missmutig, weil die Kerze fast ganz niedergebrannt ist. Ich halte das heiße Wachs in der hohlen Hand und bete, dass der Docht nicht darin ertrinkt. Meine Schmerzen unterdrückend, zwinge ich mich zu einer Antwort:

»Doch, doch, alles in Ordnung. Ich bin mit Ihren Bedingungen einverstanden.«

Mit einem Lächeln pustet Smon die zuckende Flamme aus. Dann schließt er mich in der Halle ein. Ich setze mich auf den Boden. Vorsichtig löse ich das Wachs von meiner Haut und forme es zu einer Kugel. Als die Kugel erkaltet ist, stecke ich sie in die Tasche. Ich warte. Über eine Stunde später dreht sich ein Schlüssel im Schloss. Eine jugendliche, aber kratzige Männerstimme ruft:

»Neuling? Bist du hier?«

»Ja.« Ich stehe auf.

»Beweg deinen Hintern, wir haben zu tun.«

Draußen stellt der Kerl sich vor.

»Syvain. Und du bist Lucen, glaube ich. Wir haben einen gemeinsamen Freund, Taf, das alte Schlitzohr. Mach mal die Stirnlampe aus. Ich hab mir 'ne Schnur an die Hose gebunden – lass nicht los, bis wir stehen bleiben. Das Licht brauchen wir später im Tunnel.«

Der Kerl läuft sehr schnell, aber die Schnur ist lang, und so kommen wir gut zurecht. Manchmal laufen wir sehr dicht am Kai entlang. Das Wasser riecht modrig. Hier auf Meereshöhe herrscht tiefschwarze Nacht. Ich muss mich ganz auf meinen Begleiter verlassen. Wenn wir in das schleimige, stinkende Wasser fallen, ist das unser sicherer Tod.

»Magst du Ratten, Lucen?«

»Natürlich nicht.«

»Das ist ein Fehler. Ich kenne diese Tiere schon sehr lange und finde sie bewundernswert.«

Wir gehen gebückt durch ein sehr großes Rohr, das Syvain als Sammelrohr bezeichnet. Schwarzes Wasser rinnt über den Boden. Wir gehen vorsichtig, um nicht auszurutschen. Bevor wir in die Kanalisation gelangen, machen wir in einem Container halt, um uns umzuziehen und die Ausrüstung mitzunehmen. Ich bekomme hohe, mit Metallplatten vernietete Stiefel, einen gefütterten Mantel und schwarze, vielfach geflickte Lederhandschuhe. »Sie schützen dich nicht vor Bissen, aber wenn dein Finger abgetrennt wird, bleibt er im Inneren des Handschuhs und wir können ihn später wieder annähen.« Mund und Nase habe ich mit einem in Duftwasser getränkten Tuch umwickelt. Zu zweit tragen wir einen großen Käfig, der in sechs Einheiten unterteilt ist. In der jeweils anderen Hand trägt jeder ein metallenes Fangnetz. Jetzt höre ich das Quieken der Nager. Das erste Jagdgebiet ist erreicht. Wir stellen den Käfig ab. Die Ratten umringen uns, stellen sich auf die Hinterbeine und versuchen, unsere Stiefel emporzuklettern.

»Bleib in der Mitte des Sammelrohrs. Wenn du zu dicht an der Wand bist, springen sie aus der Höhe auf deine Hose und fressen deine Eier auf. Anscheinend mögen sie die am liebsten. Bevor wir die Stirnlampen einschalten, erkläre ich dir, welche Ratten uns interessieren: Wir brauchen dominante, große Tiere, Anführer, die sich zuerst bedienen und für die anderen nur die Reste übrig lassen. Solche, die alle Weibchen schwängern.«

»Ich könnte Fallen mit Nahrung bauen. Wenn die Dominanten zuerst fressen, können wir sie damit fangen.«

»Denkst du, die sind bescheuert? Du siehst die Ratten nur als Tiere, die sich von Hunden zerfleischen lassen, stimmt's? Jetzt stell dir mal eine sehr gut organisierte Rattenkolonie vor, mit einem äußerst intelligenten Anführer. Wenn du eine deiner Fallen aufstellst, schickt der erst einmal einen seiner Sklaven vor, der das Risiko einschätzen und die Beute kosten soll. Wenn er sieht, dass die Falle zuschnappt, wird er ganz entspannt darum herumlaufen und das Fressen nehmen, das der andere ihm durch das Gitter schiebt. Dann wird er an einen anderen Ort gehen, bis er wieder auf eine deiner Fallen trifft.«

»Unglaublich. Bist du dir sicher?«

»Natürlich, Kumpel. Ich bin der Spezialist. In der Bruchbude, in der ich aufgewachsen bin, haben wir mit den Ratten zusammengelebt. Komm, schalte deine Stirnlampe ein und ich zeige es dir.«

Syvain beobachtet die Ratten lange und bewegt sich langsam. Manchmal stupst er die eine oder andere Ratte mit dem Griff des Fangnetzes an. Er wirft den Tieren etwas Futter hin und beobachtet die Reaktionen. Nach über einer Viertelstunde zeigt er mir, welche Ratte er auserwählt hat. Er erklärt, dass wir die Nager von beiden Seiten umzingeln und unsere Netze exakt gleichzeitig auswerfen müssen, und zwar nicht zu weit von den Ratten entfernt – sie könnten sonst entkommen –, aber auch nicht zu nah an unserem künftigen Champion, damit er nicht verletzt wird. Wir hätten nur eine Chance, fährt Syvain fort, danach hätten die Tiere das Prinzip verstanden und die rangniederen Ratten würden sich opfern, damit ihr Anführer fliehen könne. Jetzt zählt Syvain mit den Fingern einen stummen Countdown.

»Null!«, schreit er.

Wir agieren auf die Sekunde genau, aber in meiner Hast treffe ich das Tier mit der Stange meines Fangnetzes, das daraufhin ein wenig benommen wirkt. Syvain fängt es ein und setzt es in den Käfig.

»Zum Glück ist der Käfig unterteilt und die Tiere sind voneinander getrennt. Sonst fräßen sie sich gegenseitig auf, weil sie ihr Revier verteidigen wollen.«

Er deutet auf seinen Kopf, um mir klarzumachen, dass er schlau ist. Und es geht weiter. Immer wieder wechseln wir das Jagdgebiet. Ich scheitere mehrmals, aber Syvain bleibt gutmütig und meint, für einen Anfänger sei ich »begabt«. Gegen siebzehn Uhr ist der Käfig voll. Wir bringen unsere Fracht zu einer kleinen Blechhütte in der Nähe des *Milord*. Der Chef dort redet nur mit Syvain, als sei ich gar nicht anwesend.

»Das sind schöne Tiere. Sechs Münzen für jedes.«

»Acht. Das verlange ich für diese Qualität.«

»Na gut, sieben, und damit ist es gut. Bring mir morgen noch mal so viele und einen Sack ›normale‹, damit viele im Ring sind. Die Zuschauer lieben Kadaverrekorde!«

Draußen teilt mein Kamerad den Gewinn mit mir. Ich bekomme ein Drittel, da ich heute der Lehrling war. Wenn ich besser werde, wird er mir die Hälfte geben. Bevor er geht, verabredet er sich mit mir für den nächsten Morgen am ersten Sammelrohr und erinnert mich daran, genau um neunzehn Uhr am *Löchrigen Fass* zu sein, damit auch Smon seinen Anteil erhält. Und er rät mir, mich vorher noch viel zu bewegen, um meine Batterien aufzuladen.

»Kumpel, heute sind wir nicht recht vorangekommen, obwohl die Stirnlampe eingeschaltet war. Wenn wir nicht aufpassen, sitzen wir nächstes Mal im Dunkeln.«

Ich stelle meine Kettenschuhe auf maximalen Widerstand und laufe fast zwei Stunden an einem verlassenen Kai hin und her. Ganz kurz gehe ich zum Versteck von Smon; danach kehre ich völlig erschöpft zu Firmie zurück.

»Von dem, was uns bleibt, können wir einen halben Liter Mich und 300 Gram Bro kaufen.«

»Wir könnten das Medaillon verkaufen«, schlägt meine Freundin vor. »Dafür bekommen wir bestimmt nicht wenig. Es sieht aus, als sei es aus Gold.«

»Heben wir es lieber für den Notfall auf.«

Nach unserer bescheidenen Mahlzeit mache ich mich auf den Weg zu Gerges, den ich um ein paar Nahrungsmittel bitten will. Ich sorge mich um Firmie, die am Anfang ihrer Schwangerschaft steht. Als ich bei Gerges ankomme, lässt er mich nicht zu Wort kommen. In allen Einzelheiten erklärt er mir stattdessen, wie er die Brüder des von ihm misshandelten Mädchens befreien will. Es muss das Mädchen sein, das ihn vor einigen Tagen angesprochen hat. Er ist so fest entschlossen, seine Missetat wiedergutzumachen, dass ich ihm nichts entgegensetzen kann, obwohl mir sein Plan sehr riskant erscheint. Was soll ich auch sagen? Plötzlich wirft er mir mangelndes Interesse vor, obwohl er selbst nicht gefragt hat, wie es Firmie und mir geht, und obwohl er seit fünf Minuten redet und ich ihm geduldig zuhöre. Mit einem Mal habe ich Lust, ihn einfach stehen zu lassen, aber ich beherrsche mich. Dies ist nicht der Augenblick, um einen Freund zu verlieren. Dennoch mache ich mich bald auf den Weg, denn nach unserem Streit wage ich nicht, Gerges um einen Gefallen zu bitten. Er könnte es falsch verstehen. Warum ist unsere Freundschaft so kompliziert geworden?

In den folgenden zwei Tagen jage ich wieder Ratten in der Kanalisation. Weil ich geschickter werde und wir – laut Syvain – Glück haben, fangen wir am letzten Tag zwei Käfige voller Leittiere. Als ich meinem Heimlichen seinen Anteil gebe, erkläre ich mich bereit, mehr Risiken einzugehen, um mehr Geld zu verdienen. Smon will darüber nachdenken.

Gegen zwanzig Uhr treffe ich meine Schwester, die Snia zu ihrem Rendezvous mit Gerges begleitet. Snia wird in meinem Bett schlafen. Wir lassen die Verliebten allein und meine Schwester erzählt von zu Hause. Außerdem hat sie eine große Tasche mit Lebensmitteln für mich dabei.

»Das ist viel. Unsere Eltern werden etwas merken«, warne ich sie.

»Mach dir keine Sorgen. Sie sind mehr oder weniger einverstanden. Letzte Nacht ist der Kühlschrank ausgefallen. Seit du weg bist, fehlt uns auch deine Energie. Als Mama morgens den Kühlschrank öffnete, roch es seltsam und sie räumte alles aus. Das Pech der einen … Du kennst ja das Sprichwort.«

»Und was wollen sie morgen machen? Sie müssen unbedingt aufgeladene Batterien auf dem Schwarzmarkt kaufen.«

»Nein, Mama hat ihre Tretmaschine hervorgeholt und

versprochen, die nötige Energie zu liefern. Sie wollte jede Diskussion über deine eventuelle Rückkehr nach Hause unterbinden.«

»Verstehe.«

Gerges

Ich befinde mich im Männertrakt des Milizgebäudes im zweiten Untergeschoss. Es ist noch früh. Viele Gefangene unterhalten sich leise. Einige strecken ihre Arme durch die Gitter, als wollten sie uns Milizionäre festhalten. Alponce ruft, sie sollen sich zurückziehen. Er lässt seinen Knüppel die Gitter entlangrattern. Die Gefangenen verspotten uns und scheinen dem alten Wärter nur zu gehorchen, wenn es ihnen in den Kram passt. Bis jetzt habe ich ihre Blicke stets gemieden und meine Rundgänge mit gesenktem Kopf absolviert. Heute aber muss ich zweien von ihnen Nachrichten zustecken und kann deshalb die Drohungen nicht ausblenden, die mir entgegengeschleudert werden. Ich kenne die Gesichter von Alai und Didir. Während eines Bürodiensts habe ich ihre Akten gelesen. Ich weiß, wo sie eingesperrt sind. In ihrer Zelle sind noch weitere Häftlinge. Zwei von ihnen, zwei aggressive Jungs, spielen Wächter und stehen sofort auf, als ich vor das Gitter trete. Passen sie auf, dass bestimmte Geschäfte oder ein mögliches Komplott unentdeckt bleiben? Im Halbdunkel hinter ihnen entdecke ich Chatals Brüder, die mich schweigend beobachten.

»Verpiss dich!«, ruft einer der Jungs.

Ich ignoriere ihn und sehe die beiden Brüder an. Sie wundern sich langsam. Alponce winkt mich zu sich. Ich gebe ihm ein Handzeichen: Er soll kurz warten. Didir steht auf, schiebt die anderen beiseite und kommt zu mir. Wir stehen so dicht beieinander, dass er mich schlagen könnte.

»Warum verhöhnst du uns?«, flüstert er. »Glaubst du, wir wissen nicht, was du getan hast? Wir haben beim Leben unserer Schwester geschworen, dich an den Füßen aufzuhängen und ausbluten zu lassen wie ein Tier, sobald wir draußen sind!«

»Bestimmt nicht morgen früh«, sage ich, ohne mit der Wimper zu zucken.

Er packt mich am Kragen und zieht mich gegen die Gitterstäbe. Heimlich schiebe ich ihm dabei eine Papierkugel in die Tasche. Plötzlich schlägt Alponce, den ich nicht kommen sah, heftig gegen das Gitter. Sofort lässt Chatals Bruder mich los.

»Alles klar? Hat er dir wehgetan?«

»Nein, nein. Danke, Alter.«

»Was ist denn passiert?«

»Heute wollte ich mir mal keine Angst einjagen lassen.«

»Das ist gut, aber geh nächstes Mal nicht so nah an die Zellen heran, und nimm immer deinen Schlagstock mit in den Gefängnistrakt. Die verstehen keine andere Sprache.«

»Ich wollte sie eigentlich nur beobachten. Ich muss doch für dieses Wochenende zwei Kämpfer auswählen.«

»Ach ja, das hatte ich vergessen. Und für wen hast du dich entschieden?«

»Didir und Alai.«

»Du willst die Brüder gegeneinander antreten lassen? Manchmal bist du wirklich grausam. Das wird deinem Vater gefallen.«

Snia ist wütend und will mich seit zwei Tagen nicht sehen. Es missfällt ihr, dass ich sie nicht ins Vertrauen ziehe. Aber es ist besser so. Ich weiß nicht, wie mein Leben nach der Nacht von Samstag auf Sonntag aussehen wird. Bis dahin muss ich sie, auch wenn ich es nicht gern tue, belügen. Erst am Sonntagmorgen entscheidet sich, ob eine gemeinsame Zukunft für uns möglich ist – je nachdem, in welcher Situation ich mich dann befinde.

Die Zeit verstreicht erschreckend langsam. Ich deute alle alltäglichen Kleinigkeiten im Hinblick auf Samstagnacht. Eine Katze, die sich an meine Beine schmiegt und mich erschreckt, kündet bestimmt von meinem baldigen Scheitern. Eine Wahrsagerin, die mir während eines Rundgangs zuruft, ich solle mich vor den Dämonen hüten, gilt mir als düsteres Vorzeichen. Ich schlafe kaum und spiele im Kopf wieder und wieder meinen Plan durch. Jedes Mal geht etwas schief: Entweder begleitet mein Vater mich zu den beiden Brüdern oder die Idioten finden die versteckte Waffe nicht oder ich kann mich vor Angst nicht mehr bewegen.

Und dann sind da diese schiefen Blicke von allen Seiten: Mein Vater fragt ständig, ob es mir gut gehe und ich ihm nicht etwas sagen wolle. Alponce findet mich leichenblass; meine Mutter durchwühlt in meiner Abwesenheit meine Sachen. Alle scheinen meine Rebellion zu erahnen. Alle wissen davon und werden sich zu einem bestimmten Zeitpunkt auf mich stürzen.

Ich bin im Unterricht eingeschlafen. Lucen war nicht da. Ich lag zwei Stunden lang im Tiefschlaf. Der Lehrer dachte, ich sei krank, und ließ mich gewähren.

Heute ist der große Tag. Haben die Brüder Chatals Nachricht gelesen? Werden sie mir vertrauen? Sind sie einverstanden, es heute zu versuchen? Bald werde ich die Antworten auf diese Fragen erhalten. Mitternacht ist schon vorbei. Eine Patrouille nach der anderen kehrt zum Quartier zurück. Heute Abend gibt es wegen der Feier keinen großen Rundgang. Im Versammlungsraum des Milizgebäudes stellen ein paar Jungs die Tische an die Wände, um Platz für die Kämpfer zu schaffen. Alponce und ich gehen hinunter zu den Zellen. Ich bin sehr aufgeregt. Der Alte bemerkt es lächelnd.

Unten schläft niemand. Alle sind angespannt. Vielleicht wissen sie, dass heute etwas Außergewöhnliches geschehen wird. Didir und Alai haben bestimmt geredet. Der alte schlägt heftig gegen die Gitterstäbe, entsichert seine Pistole und richtet sie auf die Gefangenen. Brüllend befiehlt er ihnen, sich hinzuknien. Alle gehorchen sofort. Sie wissen, was wir vorhaben. Mit hoffentlich fester Stimme rufe ich Didir und Alai. Gemurmelte Beleidigungen dringen an mein Ohr: »Perverser«, »Schwein«, »Du bist doch krank«. Mühsam stehen die beiden auf und verlassen die Zelle. Alponce schließt hinter ihnen ab und verstaut die Pistole sorgsam im Halfter. Wir gehen durch den Gang. Die Fußketten der Gefangenen schleifen laut auf dem Boden. Die

Brüder laufen nebeneinander. Ich bin direkt hinter ihnen und sehe, dass sie mit Grimassen kommunizieren. Hinter der ersten Flügeltür ist ein Kellerfenster. Auf dem Sims liegt eine Gabel, deren Griff ein paar Zentimeter über das Sims ragt. Didir greift danach und wirft sich auf den Alten. Er sticht ihm die Gabel in den Hals, bis Blut fließt.

»Los du Knirps, mach es wie besprochen, hol die Schlüssel und öffne das Gitter.«

In den Augen von Alponce lese ich Verzweiflung und Verständnislosigkeit. Er versucht zu schreien, aber der Schmerz lähmt ihn. Der andere drückt ihm weiterhin die Gabel ins Fleisch. Das Blut rinnt auf das Hemd des Wärters. Als ich dem Alten den Schlüsselbund abgenommen habe, wende ich den Blick ab. Ich öffne die zweite Tür und lasse die beiden Brüder hindurchgehen. Didir lächelt und versetzt Alponce den letzten Stich. Dieser geht zuckend zu Boden. Plötzlich höre ich Schreie, ich werde zu Boden geworfen, es hagelt Tritte auf Kopf und Bauch. Ich krümme mich zusammen. Ich weiß nicht, was um mich herum geschieht. Das Geräusch von Ketten verliert sich in der Ferne. Die Schläge enden abrupt. Mühsam öffne ich ein Auge und schleppe mich bis zu dem Alten. Ich drücke die Handfläche auf die Wunde, damit kein Blut mehr austritt, und brülle in die Nacht hinein.

Meine Kollegen stürzen herbei und kümmern sich um Alponce. Ich habe das Gefühl, dass mein Kopf gleich explodiert. Dann verliere ich das Bewusstsein.

Ich liege in meinem Bett. Mama sitzt am Kopfende und hält meine Hand. Meine Lider schmerzen stark, sodass ich die Augen nicht offen halten kann. Meine Mutter erzählt von ihrer Angst, als sie erfuhr, dass ich verletzt sei. Die Sache habe sie an den Tod meines Bruders Kéin erinnert. Sie habe befürchtet, alles beginne von Neuem und ihr werde »abermals ein Stück Fleisch herausgerissen«. Sie schweigt lange. Sie zittert. Sie erklärt, der Arzt habe keine schwerwiegenden Verletzungen bei mir feststellen können. Ich solle so viel schlafen wie möglich und warten, bis sich mein Körper erholt, die Beulen abschwellen und die blauen Flecken verschwinden.

»Schlaf, schlaf«, wiederholt sie. »Du darfst jetzt nichts anderes tun.«

»Und Alponce?«

»Er ist tot«, schluchzt sie. »Wegen dieser Hunde ist dein lieber ›Onkel‹ tot. Aber die Jungs werden sich rächen. Gerade durchkämmen sie das Viertel dieser Dreckskerle. Sie wollen zwanzig Geiseln hinrichten, falls sich die beiden Mistkerle nicht stellen. Das lassen wir uns nicht gefallen, mein Kleiner, wir werden diese Terroristen fertigmachen. Sie werden bereuen, was sie dir angetan haben.«

Meine Mutter küsst mich auf die Stirn und geht. Alponce und zwanzig Unschuldige aus dem Viertel – meine Dummheit wird vielen Menschen das Leben kosten. Vorher dachte ich, ich könnte nicht anders handeln, aber jetzt, im Lichte des entstandenen Schadens, beginne ich, daran zu zweifeln. Meine Augen brennen. Ich kann den Kopf nicht bewegen. Ich werde ohnmächtig.

Mein Vater schüttelt mich wach. Er tut mir weh. Er will sichergehen, dass ich ihn höre:

»Gerges, Alponce hat mit mir gesprochen, bevor er gestorben ist. Ich weiß, dass du dich nicht nur wie ein Angsthase verhalten, sondern uns auch noch verraten hast. Du ekelst mich an. Ich schäme mich für dich.«

Ludmilla

Heute ist der zweite Schultag ohne Grisella. Mitten im Hof halte ich nach den Broons-Schwestern Ausschau. Da kommt Richard auf mich zu. Ich zwinge mich zu einem höflichen Lächeln.

»Du dreckiges kleines Miststück«, stößt er im Vorbeigehen hervor.

Eine Hand berührt mich an der Schulter. Ich erschrecke.

»Suchst du jemanden?«, fragt die jüngere der Broons-Schwestern.

»Ja. Euch.«

»Warte auf unser Zeichen und folge uns«, flüstert sie.

Ihre Schwester wartet auf der anderen Hofseite. Sie diskutieren kurz, dann sieht eine der beiden mich an und zieht die Nase kraus, bevor sie losgeht. Auch ich laufe los. Die beiden warten bei den Toiletten auf mich. Die jüngere steht Schmiere, während die ältere mich in den Raum bittet.

Sie bedeutet mir zu sprechen.

»Ich will mich für die Sache der Wiedervereiniger einsetzen.«

»Geh in eine der Kabinen und lies dir das hier aufmerksam durch.« Sie reicht mir ein gefaltetes Blatt. »Dann wirfst du es in die Toilette und spülst. Du kommst zurück in den Hof und gibst mir die Antwort. Ich bin übrigens Léna, und meine Schwester heißt Fiona.«

Vorsichtig entfalte ich das äußerst dünne Papier. Ich entziffere die winzige, schmale Schrift:

– *Ich verpflichte mich, die Sache über meine persönlichen Interessen zu stellen.*
– *Ich verpflichte mich, niemals mit meinen Freunden oder meiner Familie über meine Aktivitäten zu sprechen, außer die Organisation befiehlt es mir.*
– *Ich verpflichte mich, nichts zu tun, das die Organisation gefährden könnte.*
– *Ich verpflichte mich, die Sicherheitsbestimmungen exakt einzuhalten.*

Die Vertragsklauseln überraschen mich nicht. So brauche ich nicht lange, bis ich wieder im Hof bin und den beiden meine Zustimmung mitteile. Fiona nimmt mich beiseite:

»Schwöre auf deine Familie!«

»Ich schwöre auf meine Familie.«

»Sehr gut.«

»Wer hat euch von mir erzählt?«

»Das sagen wir dir zum geeigneten Zeitpunkt.«

»Und was soll ich jetzt tun?«

»Du schreibst dich in den Schachclub ein, der freitags stattfindet.«

Später sitze ich wieder im Unterricht. Ich bin froh, diesen Schritt getan zu haben, aber ich zweifle auch an meiner ersten »Mission«. In diesen Clubs sind nur die Klassenbesten und die Außenseiter. Ich versuche, mich seit

Anfang des Jahres zu integrieren, aber so ein Club ist sicher nicht das geeignetste Mittel dafür. Und was wird Grisella denken? Sie nutzt immer die Pause, um Jungs aus der Abiklasse oder beliebte Mädchen zu treffen. Spielen mir die Broons-Schwestern etwa einen Streich, um mich lächerlich zu machen?

Als ich am späten Nachmittag heimkomme, sehe ich Yolanda an, dass etwas passiert ist. Sie erzählt es mir sofort mit ruhiger Stimme:

»Während ich Sie heute auf dem Schulweg bewacht habe, sind Leute ins Haus eingedrungen. Sie müssen darauf gewartet haben, dass ich gehe. Außerdem müssen sie ein Kind dazu gebracht haben, sich durch das Gitter des Kellerfensters zu zwängen. Dann hat es den anderen die Tür geöffnet. Sie haben vor allem das Büro Ihres Vaters durchsucht, womöglich aber auch andere Zimmer. Bitte sehen Sie nach, ob etwas fehlt. Ich denke vor allem an Ihren Schmuck.«

Auch mein Zimmer wurde durchsucht. Wie Yolanda vermutet hat, fehlt mein Schmuckkästchen. Ich gehe in die Küche, wo Yolanda gerade Tee macht.

»Und?«

»Sie haben den Schmuck gestohlen.«

»Heute früh habe ich mit Ihrem Vater telefoniert. Er kommt in einer Stunde. Am Nachmittag waren Techniker hier, um eventuelle Fingerabdrücke aufzunehmen.«

»Wissen Sie, ob welche gefunden wurden?«

»Dazu haben sie sich nicht geäußert.«

Ich öffne den Mund und will etwas sagen, aber es gelingt mir nicht – als ergäben die Worte plötzlich keinen

Sinn mehr. Vor mir sehe ich Bilder von Eindringlingen, die meine Sachen durchwühlen, meine Kleidung verschmutzen ... Muss ich Angst haben? Seit einiger Zeit rückt die Bedrohung näher. Zuerst die beiden Männer, die vor Grisellas Haus ermordet wurden, während ich dort war. Jetzt dieser Diebstahl. Mein Vater lässt mich permanent überwachen. Und ich mache alles noch komplizierter, indem ich mich mit zwei Mädchen einlasse, von denen ich praktisch nichts weiß.

Als mein Vater nach Hause kommt, setzt er sich mir gegenüber und fasst mich an den Schultern.

»Wie geht es dir?«

»Gut, aber es ist seltsam zu wissen, dass hier Leute waren ...«

»Ich weiß«, unterbricht er mich. »Ich stelle eine Liste der gestohlenen Gegenstände zusammen. Hast du heute Schmuck getragen?«

»Mamas Kette und dieses kleine grüne Armband.«

»In Ordnung.«

»Glaubst du, die anderen Sachen tauchen wieder auf?«

»Das bezweifle ich. Sie werden wahrscheinlich zerlegt. Die Steine werden neu geschliffen und das Metall eingeschmolzen. Aber ich bin sicher, dass wir die Diebe früher oder später fassen und dass sie hart bestraft werden. Sie haben ganz offensichtliche Spuren hinterlassen.«

»Aber sie würden mehr verdienen, wenn sie die Sachen direkt verkauften, oder?«

»Wenn sie das tun, werden sie sofort gefasst. Dennoch werde ich eine Beschreibung der Schmuckstücke an alle Händler und Pfandleiher der umliegenden Städte schicken, oben wie unten. Man weiß nie. Um deinen Schmuck tut es mir leid, aber ich glaube, wie gesagt, nicht, dass wir ihn wiedersehen.«

»Das ist schade.«

»Ich bringe dir bald neuen.«

»Danke.«

»Ach ja, bitte sprich mit niemandem über diesen Vorfall. Die Polizei wünscht es so. Wir sind nicht die einzigen Betroffenen in der Gegend. Hier im Viertel soll sich keine Panik ausbreiten.«

Am Telefon erfahre ich Neues von Grisella. Es geht ihr etwas besser. Nächste Woche wird sie wieder zur Schule kommen. Ich verspreche, sie am Sonntag zu besuchen. Dann erzähle ich meinem Vater, dass ich dem Schachclub der Schule beitreten will. Er ist erstaunt, kann jedoch seine Freude nicht verbergen:

»Wenn du gut spielen kannst, können wir gegeneinander spielen. Darauf freue ich mich jetzt schon.«

»Wenn du Zeit findest.«

Mein Vater geht aus der Küche, ohne auf meine Bemerkung einzugehen. Er spricht noch kurz mit Yolanda und verlässt dann gemeinsam mit den noch anwesenden Polizisten das Haus.

Ich warte vor der Tür zum Schachclub. So hatte ich mir das nicht vorgestellt. Es sind ganz unterschiedliche Leute hier, und zwar ungefähr so viele Mädchen wie Jungen. Aber es sind überwiegend Schüler aus der Abschlussklasse. Kaum haben die Leute den Raum betreten, holen sie ihre Schachbretter aus den Schränken. Sie stellen die Figuren so auf, als führten sie eine unterbrochene Partie fort. Die

Broons-Schwestern kommen als Letzte. Ein Junge postiert sich in der Nähe der Tür, während die anderen Léna und Fiona umringen.

»Ich möchte euch Ludmilla vorstellen. Sie ist nicht zum Schachspielen hier«, erklärt die Ältere augenzwinkernd.

Ich nicke schüchtern. Die anderen lächeln mich freundlich an.

»Wir können uns also ohne Weiteres unseren heimlichen Aktivitäten widmen. Ludmilla, bevor du siehst, was wir hier in Wirklichkeit tun, habe ich ein paar Fragen an dich. Könntest du mir ganz genau von deinen beiden Ausflügen in die Unterstadt erzählen? Und vom Besuch des Jungen bei dir zu Hause?«

Ich überlege. Woher weiß sie davon? Sie wird es mir bestimmt nicht verraten. Ich berichte ihr und der Gruppe also knapp von meinen Erlebnissen. Sie macht sich Notizen. Als ich fertig bin, hakt sie nach:

»Dieser Lucen wird auf 410 zum Restaurator ausgebildet, ja? Weißt du, wie sein Vater heißt?«

»Ja. Als ich dort war, habe ich mehrmals gehört, wie seine Frau ihn gerufen hat. Er heißt Arand.«

»Perfekt, Ludmilla.« Sie lächelt. »Komm, ich stelle dir François vor. Er wird sich um deine Ausbildung kümmern.«

Léna bringt mich zu einem großen, rothaarigen Jungen und geht dann wortlos zurück zu den anderen. Der Junge schaut von seinem Buch auf.

»Willkommen, Ludmilla. Wie du gesehen hast, bauen wir vor jedem Treffen die Dekoration auf. Falls wir von der Verwaltung kontrolliert werden – was durchaus vorkommen kann –, muss jeder bereit sein, seine Rolle zu spielen. Übrigens spielen wir alle kurz vor Schluss wirklich Schach, damit du Freunden oder Eltern erzählen kannst, wie das erste Treffen war. Aber unsere Haupttätigkeit ist die Herstellung von Flugblättern. Für den 22. Februar ist etwas Großes geplant. An dem Tag wurde einer der Brüder von Léna und Fiona bei einer friedlichen Demonstration von der Polizei getötet. Das war vor gut einem Jahr.«

Ich gehe näher an die Tische heran, um mir die Arbeiten der anderen anzusehen. Jeder hier ist auf eine Tätigkeit spezialisiert. Manche pausen die Zeichnung eines Jungen mit Mütze ab, andere ziehen die Linien mit unlöslichem Filzstift nach. Die größte Gruppe schreibt einen Text ab.

Ich sage zu François: »Das Ergebnis ist zufriedenstellend, aber die Arbeit ist nicht sehr effizient. Für ein Flugblatt braucht man fünf Minuten, und das zu mehreren.«

»Das stimmt. Früher hatten wir eine Druckmaschine aus einem Schullager. Aber sie ist kaputt, und niemand kann sie reparieren. Unsere Gruppe macht aber auch noch andere Sachen: Wir sammeln Informationen über die Leute von unten. Manchmal verstecken und verpflegen wir Illegale. Komm, ich muss dir dein Buch geben.«

Aus einer Schublade holt er einen Band mit dem Titel *Wilhelm Steinitz, Vater des modernen Schachspiels.* Ich blättre es durch. Es besteht zu zwei Dritteln aus einem langen Text; der Rest sind Analysen wichtiger Partien.

»Es dient nicht nur als Ausrede. Es ist auch ein Code-Buch. Kennst du dich ein bisschen mit Geheimcodes aus?«

»Überhaupt nicht.«

»Ich erkläre es dir. Danach machen wir eine Übung. Stell dir vor, du willst deinen Vornamen verschlüsseln: *Ludmilla*. Du öffnest das Buch auf einer beliebigen Seite – im biografischen Teil ist es einfacher. Du suchst ein L auf der Seite und codierst es mit der Seitenzahl, der Zeilennummer und der Position des Buchstabens in der Zeile. Versuchs mal.«

Ich bleibe bei Seite 17 hängen und überfliege die erste Zeile.

Ich erinnere mich an unendlich lange Spiele unter den alten Bäumen …

»Das erste L codiere ich mit 17 für Seite 17, 1 für die erste Zeile und 1, 2, 3 … 23 für den 23. Buchstaben. Das heißt: L = 17 1 23.«

»Genau. Und wenn du wieder ein L brauchst, achte darauf, ein anderes zu nehmen, um den Code zu variieren.«

»Warum das?«

»Wenn du immer denselben Code für denselben Buchstaben verwendest, können die Spezialisten dein System schnell entschlüsseln, weil die Buchstaben nicht alle gleich häufig vorkommen. Das E zum Beispiel ist der häufigste Buchstabe. Aber wenn du die Technik sorgfältig anwendest, ist deine Nachricht für niemanden zu entziffern, der das Quellbuch nicht kennt. Jetzt schreibe ich dir eine Nachricht auf, und du schreibst eine für mich. Ich will sichergehen, dass du alles verstanden hast. Drei Wörter genügen.«

Begeistert mache ich mich an die Arbeit. Mein »Lehrer« findet, ich sei schnell und genau. Dann spielen wir ein paar Minuten Schach. Er bringt mir kurz bei, wie man die Figuren bewegt, und schon beginnen wir eine Partie. Er sieht auf die Uhr. Drei Züge später bin ich matt.

Den ganzen Nachmittag fühle ich mich wie auf Wolken, bis ich von einem Lehrer unsanft aus meinen Träumen gerissen werde:

»Fräulein Ludmilla, Sie hören gar nicht zu. Sie wirken in letzter Zeit sehr unaufmerksam. Ich fürchte, das wird sich in ihren Noten niederschlagen.«

»Entschuldigen Sie«, stammle ich schüchtern. »Ich werde besser aufpassen.«

»Das hoffe ich sehr«, antwortet er im selben Ton, »sonst muss ich wohl mit Ihrem Vater sprechen.«

Den Sonntag verbringe ich bei Grisella. Sie ist wieder energiegeladen wie eh und je und hat sich sogar mir zu Ehren geschminkt. Natürlich muss ich ihr haarklein erzählen, was in den letzten drei Tagen passiert ist. Da ich zur Geheimhaltung verpflichtet bin, kann ich ihr keine Einzelheiten über den Schachclub verraten. Immerhin berichte ich mit einem gewissen Unbehagen, dass ich dem Club beigetreten bin. Seltsamerweise lacht sie mich nicht aus, sondern wirkt sehr interessiert:

»Da sind viele Jungs aus der Abiklasse eingeschrieben, wenn ich mich nicht täusche. Auf wen hast du es abgesehen? Komm, zier dich nicht so! Ich sage es nicht weiter.«

»Nein, wirklich nicht. Ich habe mich angemeldet, weil ich mich langweile.«

»Und wer hat dir das Spielen beigebracht?«

»François, ein großer mit roten …«

»Ja, ja, ich weiß, wie der aussieht: sehr muskulös, grüne Augen, wunderbares Lächeln. Du kommst ja ganz gut zurecht, wenn ich nicht da bin. Weißt du, meine Kleine, ich habe beschlossen, dass ich mich am Freitag auch anmelde!«

Lucen

Firmie schläft jetzt tagsüber oft ein, was man ihrer Wollproduktion anmerkt. Ihre Mutter macht ihr Vorwürfe. Eines Abends kam sogar ihr Vater vorbei und drohte, uns aus dem Keller zu werfen, wenn Firmie ihren Rückstand nicht aufholt.

Smon sagt, er habe in der Nähe meines neuen Arbeitsplatzes öfter Spitzel der Miliz gesehen. Jeden Tag folge mir ein anderer und verfasse darüber vielleicht später einen Bericht. Er könne mir deshalb momentan keine lukrativere Arbeit anbieten, denn sonst flöge er auf. Ich glaube, mit »lukrativ« meint er »illegal und heimlich«. Außerdem bin ich ohnehin gezwungen, jede Tätigkeit anzunehmen, die er mir vorschlägt. Manchmal arbeite ich nachts in den Spielsalons und überwache die Spieltische auf der Jagd nach Falschspielern. Aber meistens helfe ich Syvain, der sich bei den Hundekämpfen »König der Ratten« nennen lässt. Er hat mir schon öfter vorgeschlagen, auf die Tiere zu wetten, aber bisher halte ich mich zurück. Selbstverständlich bekomme ich Lust, wie die anderen zu wetten, wenn ich einen Unterhundert mit vollen

Taschen davonspazieren sehe. Aber ich rufe mich zur Vernunft und beobachte die anderen. Kaum haben sie verloren, bereuen sie es bitter, ihren Tagesverdienst aus dem Fenster geworfen zu haben und erst morgen wieder etwas essen zu können. Wenn ich es versuche, muss ich etwas Geld übrig haben.

Heute Nacht wurde ein armer Hund von einigen unserer Leittiere zerfetzt. Syvain sagt, wir könnten unsere künftige Beute jetzt teurer verkaufen.

Heute treffe ich mich nicht mit Gerges. Wann immer es geht, versuche ich zu schlafen. Aber ich muss doch an meinen Freund denken. Morgen Abend wird er sein Leben riskieren, und wenn die Miliz seines Vaters ihn entlarvt, wird er bestimmt für den Rest seines Lebens aus der Stadt verbannt.

Sionne war bei Firmie, während ich fort war. Sie ist Firmies Freundin und seit Kurzem auch Maurces Frau. Sie hat ihr etwas zu essen gebracht und Gesellschaft geleistet. Meine Freundin durfte die dubiosen Pasteten von Jeas Vater probieren, doch sie hat sie anscheinend gut vertragen. Die beiden sprachen auch über das Ende meiner Freundschaft zu Jea und Maurce. Sionne hat Firmie gesagt, wenn ich mich nicht eindeutig zwischen ihnen und Gerges entschiede, würde ich die beiden nicht wiedersehen. Die Botschaft war wohl in Wahrheit an mich gerichtet. Ich glaube, die Zeit wird eine Lösung bringen. Das muss einfach so sein, denn die beiden fehlen mir.

Dank Syvain kenne ich das Hafenviertel inzwischen wie meine Westentasche, und zwar ober- wie unterirdisch. Ich kenne jeden Winkel der Gänge und Kanalrohre. Ich weiß mittlerweile, dass mein Kumpel seit dem achten Lebensjahr auf sich allein gestellt ist, zunächst einer Bande angehörte und sich von dieser lossagte, als sein bester Freund sich wegen eines Fehlers des Anführers der Polizei ausliefern musste.

»Weißt du, das funktionierte genauso wie bei den Ratten. Es gab einen Herrscher und Sklaven. Ich will kein Herrscher werden, aber ich will Herr über mein Leben sein. Also musste ich zum Einzelgänger werden.«

»Und sie ließen dich einfach so gehen?«

»Du machst wohl Witze. Ich musste mich aus der Bande herauskaufen. Aber das ist Vergangenheit. Ich habe meine Bude bei 80 und mache, was ich will.«

Für meine Geschichte interessiert er sich sehr. Er beneidet mich um meine ruhige Kindheit, mein technisches Wissen und vor allem darum, dass ich lesen kann.

»Soll ich es dir beibringen?«

»Glaubst du nicht, dass ich dafür zu dumm bin?«

»Überhaupt nicht! Wir müssen nur etwas Zeit darauf verwenden, denn einfach ist es nicht.«

»Das kann warten. Danke für das Angebot.«

Smon besorgt mir für einen Tag eine Arbeit als Elektriker. Jetzt kann ich das Werkzeug benutzen, das mein Vater mir gegeben hat. Es geht um die Reparatur der Beleuchtung in einer Hafenkneipe namens *Treffpunkt der Gentlemen*. Ich muss den gesamten Stromkreis überprüfen, von der Käfigwicklung bis zur letzten Glühbirne. Während ich arbeite, zündet der Wirt Kerzen an. So finde ich mich meist mit meinem Tastsinn zurecht und benutze meine Stirnlampe kaum. Oft bin ich deshalb völlig unsichtbar. Ich lausche den Gesprächen der Gäste. Als ich mit meiner Arbeit fertig bin und von der Leiter steigen will, erkenne ich die Stimme des Mannes, der mir damals im *Milord* einen Schlag versetzte, als ich Maurce verteidigte. Ich rufe dem Wirt zu:

»Sie können ihrem Jungen sagen, dass er wieder in die Pedale treten kann. Es müsste jetzt alles funktionieren.«

Der Wirt klopft drei Mal an die Wand hinter sich. Kaum eine Minute später gehen die Lampen wieder an. Als ich meinen Lohn abholen will, sehe ich an der Bar den Angreifer von damals. Er trägt die Uniform der Miliz. Ich bin jetzt sicher, dass es sich an jenem Abend um eine Provokation gehandelt hat, die auf Maurce persönlich abzielte. Vielleicht wollte Grégire seinem Sohn deutlich machen, wie gefährlich es ist, die falschen Freunde zu haben.

Mir fällt auf, dass ich für eine wesentlich leichtere und sauberere Arbeit viel besser bezahlt werde.

Gut gelaunt gehe ich zu Firmie. Sie erwartet mich bereits:

»Seit ein paar Tagen habe ich Schmerzen, aber ich wollte nicht davon erzählen. Ich dachte, das geht schon vorbei, und … Wir haben ja auch kein Geld für einen Arzt. Aber ich leide und habe Angst, dass wir das Baby verlieren.«

»Kannst du laufen?«

»Ich kann es versuchen.« Sie beißt die Zähne zusammen.

»Warte, ich rufe einen Karrenmann.«

Fast an jeder Straßenecke warten den ganzen Tag über Jugendliche, die Güter, Menschen oder beides zugleich transportieren. Man kann sich als zahlender Gast die Strecke auch mit jemandem teilen, der in die gleiche Richtung will. Normalerweise wähle ich meinen Karrenmann nach dem Geruch aus und vermeide es, direkt nach einer allzu stinkenden Ladung aufzusteigen. Als wir uns den Jugendlichen nähern, rufen sie uns zu, wie viele Personen oder welches Gewicht sie transportieren können. Natürlich muss der Preis ausgehandelt werden. Für Firmie finde ich jemanden, der eine Ladung Kartoffeln transportiert und noch Platz auf dem Karren hat. Großartig ist das nicht, aber es gibt Schlimmeres und wir haben es eilig. Wir müssen hinauf nach 413. Ich muss unserem Karrenmann mehrmals schieben helfen, damit es vorangeht. Firmie sagt nichts, aber sie atmet schwer. Ich sehe, dass sie leidet.

Auf den Stufen vor der Tür des Arztgebäudes warten wir über zwanzig Minuten, bis wir eingelassen werden. Ich gebe dem Arzt für seine Stirnlampe eine meiner Batterien. Er untersucht meine Freundin und wechselt ein paar Worte mit ihr. Dann bezahle ich und wir gehen. Jetzt haben wir gerade noch genug, um Bro zu kaufen. Ich schlage Firmie vor, sie beim Abstieg auf dem Rücken zu tragen. Sie nimmt das Angebot gerne an. Ich gehe vorsichtig und halte mich am Seil fest. Flüsternd teilt sie mir die Diagnose des Arztes mit: Er hat die Schwangerschaft bestätigt, ihr aber geraten, sich so wenig wie möglich zu bewegen. Jetzt erfahre ich auch, dass Firmie heute früh Blutungen hatte.

Zurück im Keller überlegt Firmie kühl:

»Vielleicht müssen wir dieses Baby aufgeben. Ich kann jetzt noch weniger arbeiten. Meine Eltern hätten recht, wenn sie uns hinauswürfen. Wenn deine uns nicht aufnehmen, kommen wir nie wieder auf die Beine.«

»Wir behalten es. Ich werde mit meinen Eltern sprechen.«

»Lucen, was machst du hier?«, fragt meine Mutter trocken.

»Ich will euch etwas erklären.«

»Es gibt nichts zu erklären.« Sie wird lauter. »Du hast die falsche Entscheidung getroffen. Du hast deine Freundin über deine Eltern gestellt!«

Mein Vater kommt aus der Werkstatt und stellt sich zwischen uns. Dann zieht er mich nach draußen und schließt die Tür. Ich erzähle ihm von unseren Sorgen, dem Hunger und Firmies gesundheitlichen Problemen. Er reagiert nicht. Also erinnere ich ihn an seine Vaterpflichten. Immer noch verzieht er keine Miene. Was will er? Dass ich bettle?

Mit den Worten: »Das ist alles, was ich dir heute geben kann«, reicht er mir eine Tasche.

»Und wenn ich dich anzeige?«

»Du weißt, was dann geschehen würde. Wir bekämen eine hohe Strafe, und die Behörden würden uns fast unseren gesamten Besitz abnehmen. Damit würdest du Katines Zukunft aufs Spiel setzen, und deine Mutter würde dich weiterhin zurückweisen. Gib mir noch etwas Zeit, Lucen, ich werde alles regeln.«

Firmie erwartet mich schon. Sie sieht mir gleich an, dass ich keinen Erfolg hatte. Ich gebe ihr das Geld, das mein Vater mir heimlich zugesteckt hat. Es war in der Tasche. Sie verstaut es in einer Dose und seufzt:

»Das dachte ich mir. Übrigens habe ich vergessen, dass Sionne dir eine Nachricht von Maurce überbracht hat. Es geht anscheinend um eine interessante Arbeit. Hier ist sie ja. Du musst morgen gegen Mitternacht auf 200.20 sein.«

Ich stehe vor einem vergitterten Kerzengeschäft. Das Viertel wirkt verlassen. Schon bald höre ich Schritte. Ein Mann setzt sich neben mich:

»Schau geradeaus und komm bloß nicht auf die Idee, den Kopf in meine Richtung zu drehen. Jemand hat mir erzählt, dass du für uns die gleichen Zünder bauen könntest wie dein Vater. Ich meine die, welche er uns nicht mehr liefern will. Die kleinen grauen Metallkisten, die er mühsam verschweißt, damit die Konstruktion geheim bleibt. Weißt du, wovon ich rede?«

»Ja.«

»Bist du dazu in der Lage?«

»Ja.«

»Dann schreib mir jetzt auf, welche Materialien du benötigst.« Er reicht mir Papier und Bleistift. »Warte auf Nachricht von uns.«

Ich notiere eifrig, was ich brauche, aber als ich ihm den Zettel hinstrecke, ziehe ich die Hand noch einmal zurück:

»Was ist mit dem Geld?«

»Ein paar Stunden Arbeit für dreißig Goldtaler. In deiner Situation ist das sehr viel, nicht wahr? Schließ die Augen und bleib noch ein paar Minuten hier sitzen, bevor du nach Hause gehst. Bis bald, Lucen.«

Er ist weg.

Dreißig Goldtaler. So viel Geld habe ich noch nie gesehen. Damit wäre ein anderes Leben möglich. Aber um an das Geld zu kommen, muss ich Geräte bauen, die beim Töten von Menschen helfen. Außerdem muss ich meinen Vater verraten, indem ich seine geheime Konstruktion offenlege. Doch habe ich eine Wahl? Muss ich nicht zuerst an Firmie und das Ungeborene denken, die momentan in großer Gefahr sind? Außerdem: Wenn ich die Zünder nicht baue, finden sie jemand anderen. Ich oder ein anderer – wo ist da der Unterschied?

Gerges

Ich erwache auf dem Speicher. Meine Eltern halten mich hier bis auf Weiteres gefangen. Sie sagen, sie täten es mir zuliebe, damit ich nachdenke, reife und mich ändere. Meine Behausung ist drei mal zwei Meter groß. Der einzige Ausgang ist eine von außen verschlossene Falltür. Es gibt kein Fenster. Die einzige Glühbirne versorge ich selbst mit Energie, und zwar über eine schlecht geölte Handkurbel, die meine Kräfte schnell erschöpft. Ich habe nur das Nötigste: Eine Matratze, eine Decke, eine Flasche Wasser, einen vergilbten Schreibblock und einen Bleistift.

Hier soll ich bleiben, bis mein Vater überzeugt ist, dass ich »keine Gefahr mehr für mich, die Familie und die Miliz« darstelle. Er will, dass ich mich schriftlich entschuldige, dass ich bereue und vor allem erkläre, warum ich Alponces Ermordung geplant habe und wer meine Komplizen sind. Als könne er Empfindungen wie Mitgefühl oder Mitleid verstehen, als wisse auch er, wie sich Reue anfühlt.

Wenn ich mich auf den Boden lege und durch das Schlüsselloch der Falltür blicke, kann ich sehen, welchen Besuch meine Eltern empfangen. Aber ich verstehe nicht, worüber sie sich unterhalten – außer, wenn sie schreien. Ich weiß nicht, was meine Eltern erzählen, aber die Besucher nehmen sie immer tröstend in den Arm, als sei ich tot.

Lucen kam heute früh wieder vorbei, aber meine Mutter hat ihn nicht hereingelassen – wie immer. Ich habe verstanden, dass er wiederkommen will. Er muss unbedingt erfahren, dass ich hier oben bin. Weil die Wände nicht dick sind, dringen die Geräusche von der Straße ins Haus. Trotzdem glaube ich nicht, dass er zum Beispiel ein dumpfes Klopfen hören könnte. Aber wenn er sich im Halbdunkel befindet, würde eine Lichtquelle wohl seine Aufmerksamkeit erregen. Ich habe keine Uhr. Ich versuche, die Zeit abzuschätzen, indem ich den alltäglichen Verrichtungen meiner Mutter lausche.

Jetzt ist mein Vater da. Er isst zeitig, weil er dann seinen nächtlichen Aktivitäten nachgeht. Die Tür öffnet sich. Es ist wieder Lucen. Mein Vater spricht sehr leise. An Lucens Reaktion erkenne ich, dass mein Vater ihm droht. Ich glaube, er würde ihn gerne in die Sache reinziehen, um ihn mit gutem Grund loswerden und unsere Freundschaft im gleichen Zug ein für alle Mal beenden zu können. Ich muss wohl diesen verdammten Brief schreiben und alles zugeben.

Ich werde meinem Freund ein Zeichen geben, bevor er geht. Ich kurble ein paar Minuten. Er müsste den Lichtstrahl sehen, der durch die Decke dringt. Ich decke das Schloss mit dem Zeigefinger ab, um das Licht zu verbergen. Dann hebe ich den Finger dreimal für je zwei Sekunden, dann dreimal schneller und dann wieder dreimal langsam. Dreimal lang, dreimal kurz, dreimal lang. Das ist das Morsezeichen für SOS. Ich wiederhole das Signal, falls Lucen nicht im richtigen Moment nach oben gesehen hat. Dann linse ich wieder durch das Schlüsselloch. Er ist weg. Bald werde ich wissen, ob er begriffen hat, dass ich hier oben eingesperrt bin. Das wird ihn an früher erinnern. Als Kind wurde ich oft allein eingesperrt und wir dachten uns Möglichkeiten aus, trotzdem zu kommunizieren. Ich nutze unsere alte Faden-Methode. Ich trenne ein Stück meiner Decke auf, um einen drei Meter langen Faden zu erhalten. Dann knote ich ein Stück Radiergummi, in das ich ein Loch gestochen habe, an ein Ende der Schnur. Hinter dem Radiergummi habe ich die Nachricht befestigt.

Ich bin ein Gefangener, wie früher. Ich warte auf Nachricht von dir.

Am anderen Ende befestige ich den Bleistift. Er wird verhindern, dass der Faden hinunterfällt. Im Gegensatz zu meinen Eltern hatte ich unendlich viel Zeit, um jede kleinste Ritze des Dachbodens zu erkunden. Sie wissen nicht, dass man durch Lücken im Dachgebälk kleine Dinge hinaus auf die Straße schmuggeln kann. Ich lasse meine durch den Radiergummi beschwerte Nachricht am Faden durch eine Ritze hinunter und hoffe, dass mein Freund »anbeißt«. Der Zettel schwingt sanft zwei Meter über dem Boden hin und her. Niemand leuchtet je in diese Höhe.

Fast eine Stunde vergeht, ehe der Bleistift etwa einen halben Meter zur Seite rutscht. Jemand hat am Faden gezogen. Gleich werde ich erfahren, ob es Lucen war. Ein kurzes Reißen an der Schnur zeigt mir, dass ich die Nachricht hochziehen kann.

Gut, dass du da bist.
Die offizielle Version für die Nachbarn lautet: Du bist im Hafenviertel verschwunden und wurdest vielleicht von Terroristen entführt.
Heute Abend sagte dein Vater, du seist vielleicht von Jewowisten angeworben worden, die ich vermittelt hätte. Er sucht nach Beweisen, um mich aus der Stadt zu verbannen. Er hat mir wirklich Angst eingejagt.
Ich werde Snia sagen, dass du in Sicherheit bist und wir mit dir kommunizieren können.

Ich schreibe den Brief, den mein Vater verlangt. Darin erkläre ich, warum ich die Miliz verraten habe. Ich erzähle alle Einzelheiten und betone, dass ich alles allein geplant habe und niemand sonst Bescheid wusste. Hoffentlich lässt er meinen besten Freund von nun an in Ruhe. Ich füge hinzu, dass mir Alponces Tod leid tut und dass ich ihn trotz allem gern hatte. Ich hätte sein Leben nie wissentlich aufs Spiel gesetzt und wäre lieber an seiner Stelle gestorben. Zum Schluss schreibe ich noch, dass ich nicht mehr Mitglied der Miliz sein will, da ich mich des Vertrauens der anderen nicht würdig fühle. Außerdem akzeptiere ich alle Strafen, die mein Vater mir auferlegen will.

Mein Vater öffnet nach der Arbeit für wenige Minuten die Falltür. Ich übergebe ihm den Brief. Im Schein der Lampe liest er ihn mehrmals durch, ohne eine Reaktion zu zeigen. Dann setzt er sich und raucht mehrere Zigaretten. Er flüstert meiner Mutter etwas zu. Sie zieht den Mantel an und geht. Erneut öffnet mein Vater die Tür zum Speicher. Wir stehen einander lange schweigend gegenüber. Endlich spricht er:

»Hör zu. Was du erzählst, hatte ich mir bereits gedacht. Du hast mich von Anfang an enttäuscht. Als du der Miliz beigetreten bist, habe ich wieder an dich geglaubt – vor allem wegen der Dinge, die ich von den anderen hörte. Vor allem von Alponce. Der Arme. Darüber ärgert er sich jetzt bestimmt noch im Grab. Du bist ein Schwächling und ein Idiot. Das warst du schon immer. Du hast nie begriffen, dass die Familie über allem steht. Dabei ist das so einfach. Du hast deine Mutter und mich zu ehren sowie die Erinnerung an deinen Bruder. Dann gibt es deine Kollegen, die der Miliz treu sind und sich für dich aufopfern. Und sonst ... gibt es nichts und niemanden, verstehst du! Lucen existiert nicht. Deine beiden ehemaligen Freunde übrigens auch nicht. Und schon gar nicht diese Chatal, die du besser nie kennengelernt hättest. Wenn du dich nicht sofort für eine Seite entscheidest, kann ich für nichts garantieren. Glaubst du, unsere Feinde respektieren dich jetzt? Nein. In deren Augen bist du nichts als ein Feigling und Verräter. Wenigstens in diesem Punkt stimme ich ihnen zu.

Die Zukunft sieht folgendermaßen aus: Morgen lasse ich dich raus, aber du musst dich vor den Jungs beweisen, damit sie dich wieder respektieren. Aus ihrer Sicht hast du dich überrumpeln lassen und dich wie ein hirnloser Schisser verhalten. Natürlich wissen sie nichts von deinem Verrat, sonst würdest du keine zwei Stunden in Freiheit überleben. Deine Mutter weiß auch von nichts. Dein Leben hast du übrigens ihr zu verdanken. Käme es nur auf mich an, hätte ich unsere Ehre in deinem Blut reingewaschen. Mit der Zeit werden die Wunden wohl vernarben und ich werde dich wieder ansehen können, ohne das Kotzen zu kriegen. Aber sicher bin ich da nicht. Los, verkriech dich wieder in deinem Loch.«

Mein Vater will den Schein wahren. Er ist gegen meinen Austritt aus der Miliz. Ich muss also die erniedrigenden Blicke der anderen ertragen und bis ans Ende meiner Tage widerliche Dinge tun, um meine Schuld zu begleichen. Ich muss unbedingt fliehen. Ich sage nicht »sterben«, weil ich an Snia denke. Sie hat mir heute mehrere zärtliche Nachrichten zukommen lassen. Sie weiß alles und verurteilt mich nicht. Trotz des Briefs an meinen Vater fühlt Lucen sich noch immer bedroht. Vor allem hat er Angst um Firmie, die völlig allein dastünde, wenn er festgenommen würde. Seine Ängste sind berechtigt. Mein Vater weiß, dass er meine Freunde angreifen muss, wenn er mich treffen will.

Ludmilla

Am Montag komme ich ratlos in die Schule. Ich habe kein Argument, mit dem ich Grisella vom Beitritt zum Schachclub abhalten könnte. Was wird geschehen? Die anderen können ja nicht immer so tun als ob, wenn Grisella dabei ist. Ich muss unbedingt eines der Clubmitglieder warnen. Im Pausenhof sehe ich François. Grisella bleibt mir dicht auf den Fersen:

»Stellst du mich vor?«

Höflich tue ich ihr den Gefallen. Ich versuche, François begreiflich zu machen, dass ich ihn allein sprechen muss. Statt einer Antwort kräuselt er nur den Mund – ich hoffe, er hat verstanden.

»Ich weiß nicht, ob ich dir schon aufgefallen bin«, legt meine Freundin los. »Ich bin erst seit diesem Schuljahr hier und suche neue Freunde. Von den Jungs finde ich die in der Abschlussklasse am interessantesten.«

»Ich könnte dir welche vorstellen.«

»Das wäre nett.«

»Dann treffen wir uns nach dem Essen hier«, sagt er im Gehen.

Grisella ist den ganzen Vormittag aufgeregt und schlingt ihr Mittagessen hinunter, um sich vor dem Treffen noch auf der Toilette zurechtmachen zu können.

»Wenig Make-up, aber Make-up muss sein.« Sie öffnet ihre Tasche.

Wir treffen eine kleine Gruppe Jungs. Manche sind in der Fußballmannschaft unserer Schule. Ich kenne sie vom Foto am Schwarzen Brett in der Eingangshalle der Schule. Einer hat seine Freundin mitgebracht; sie hängt förmlich an seinem Arm. Grisella fühlt sich sichtlich wohl und unterhält sich angeregt mit allen. Ich nehme François zur Seite.

»Grisella will am Freitag in den Club kommen und ich weiß nicht, wie ich sie davon abbringen soll.«

»Ich kümmere mich darum.«

Nach der letzten Stunde rempelt mich eine der Broons-Schwestern an. Es geht so schnell, dass ich nicht weiß, welche von beiden es war. In meiner Tasche finde ich eine Nachricht. Ich werde sie später lesen. Auf dem Heimweg erzählt Grisella, welche Jungen sie kennengelernt hat. Ihre Bilanz fällt eher schlecht aus.

»Die Jungs waren ganz nett, aber sie konnten sich nicht gut unterhalten. Letztlich sind mir Jurastudenten lieber, auch wenn sie manchmal ein bisschen rechthaberisch sind. Was meinst du?«

»Ich weiß nicht.«

»Du hast nur noch Augen für François, oder?«

»Wie du meinst.«

Die Nachricht besagt, ich solle am nächsten Tag um elf an der Toilette sein. Als ich dort ankomme, ist viel los. Mehrere Mädchen aus dem Club, darunter auch Léna Broons, warten ruhig, bis die »übrigen« weg sind.

»Wir haben uns über Grisella informiert. Ihre Eltern gehören der ›Liga zum Schutz der guten Menschen‹ an. Das ist eine faschistische Organisation, die sich mit allen Mitteln gegen die Wiedervereinigung stellt. Glaubst du, dass sie die Überzeugungen ihrer Eltern teilt?«

»Ja.«

»Und das ist deine Freundin?«

»Wir sprechen selten über Politik.«

»Denk dir am Freitag etwas aus, damit du blaumachen kannst. Wir werden ihr das Interesse am Schach schon austreiben. Es ist besser, wenn du nicht in die Sache verwickelt wirst. Einverstanden?«

»Natürlich. Habt ihr euch auch über meine Familie erkundigt, bevor ihr mich aufgenommen habt?«

»Was glaubst du?«

»Und über meinen Vater habt ihr nichts Negatives herausgefunden? Ich frage, weil ich selbst nicht genau weiß, was er tut, außer …«

»Wir wissen es und werden es dir bald erzählen. Der Unterricht geht gleich weiter, wir müssen los.«

Taf hat mehrmals auf die enorme Macht und die Geheimnisse Ihres Vaters angespielt. Wieder muss ich an Marthas Hinweis denken. Was werde ich erfahren? Haben die Broons-Schwestern mich vielleicht seinetwegen rekrutiert? Wussten sie schon vorher davon? Wer hat es ihnen erzählt? Kennen sie Taf aus der Unterstadt? Nun, ich habe versprochen, eine brave kleine Soldatin zu sein, und ich habe jetzt keine andere Wahl, als auf ihre Befehle zu warten und diese auszuführen.

Es ist zehn Uhr am Freitagmorgen, und ich liege immer noch im Bett. Vorhin habe ich Yolanda um die Tabletten aus der blauen Dose gebeten. Sie brachte sie mir mit den Worten:

»Ich rufe die Schule an und entschuldige Sie. Glauben Sie, dass Sie heute Nachmittag wieder hingehen können – so wie letztes Mal?«

»Ich weiß nicht. Das kann ich Ihnen in ein oder zwei Stunden sagen.«

»Ich werde Sie für den ganzen Tag entschuldigen, wenn Ihnen das recht ist. Sie sind müde, es wird Ihnen gut tun.«

»Vielen Dank, Yolanda.«

Bis zum Mittagessen hänge ich in meinem Zimmer herum. Dann ziehe ich eine Strickjacke über den Schlafanzug und gehe in die Küche. Ich blicke finster drein, um anzuzeigen, dass ich noch nicht vollends genesen bin, aber ich übertreibe es auch nicht.

»So ein Ruhetag tut gut, nicht?«

Ich lächle. Vielleicht ahnt sie etwas. Aber sie bohrt nicht nach. Am Nachmittag saugt sie Wohnzimmer und Büro. Ich nutze diesen Augenblick der Freiheit, um mein Zimmer weiter zu inspizieren. Ich muss endlich herausfinden, wie mein Kindermädchen mich beobachtet. Akribisch suche ich die Wände ab, streiche mit den Händen über die Tapeten und verrücke die Bilder. Ich suche nicht zum ersten Mal, aber so genau bin ich dabei noch nie vorgegangen. Nichts. Ich sehe nichts außer dem Spiegel. Hinter der Wand, an der er angebracht ist, befindet sich ein ziemlich vernachlässigtes Gästezimmer. Leise betrete ich es.

Ich hatte erwartet, dass es dort sehr staubig sei, aber Yolanda scheint hier manchmal zu putzen. Die Möbel sind mit Hussen bedeckt. Ich betrachte die Wand, hinter der mein Zimmer liegt, und schätze die Position des Spiegels ein. An dieser Stelle ist die Wand im Gästezimmer nackt. Weil ich den Staubsauger noch höre, setze ich meine Suche fort. In einer Ecke des Zimmers entdecke ich hinter einem Wandteppich eine versteckte Tür. Der Knauf wurde entfernt, sodass sie sich nicht öffnen lässt. Ich gehe zurück in mein Zimmer und überlege. Es gibt also einen Geheimgang oder ein verborgenes Zimmer. Es ist wie im Märchen. Jetzt ist es wieder still im Haus, Yolanda ruft mich zum Tee.

»Dieses Haus ist sehr schön«, bemerkt sie wie nebenbei, »aber das Parkett knarzt ziemlich laut. Von unten höre ich immer, wo Sie sich gerade aufhalten.«

Sie sieht mich belustigt an. Ich weiß nicht, ob sie die Wahrheit sagt. Immerhin war der Staubsauger ziemlich laut. Außer, sie hat ihn laufen lassen und ist währenddessen nach oben gekommen, um mich auszuspionieren. Vielleicht muss ich meinen kleinen Ausflug begründen? Sie fährt fort:

»Wollen Sie mir nicht sagen, was Sie in dem staubigen Abstellraum gesucht haben?«

»Ich muss mich nicht für alle meine Handlungen rechtfertigen.«

»Das ist richtig, mein Fräulein.«

»Ich will neue Möbel in meinem Zimmer aufstellen oder sogar in ein anderes Zimmer umziehen. Ich bin kein Kind mehr und will, dass man das zur Kenntnis nimmt.«

»Ich verstehe.«

Am Abend ruft mich Grisella an und erzählt, was im Schachclub passiert ist:

»Ich habe gleich gemerkt, dass das Mist ist. Sie waren alle distanziert. Nach langem Palaver mit den fürchterlichen Broons-Schwestern hat sich endlich ein Mädchen um mich gekümmert. Sie war sehr unfreundlich und warf mir vor, ich wäre schwer von Begriff und konzentriere mich nicht. Die anderen lachten. Fast hätte ich ihr eine runtergehauen und wäre einfach rausgerannt. Am schlimmsten war, dass alle Jungs schon Schachpartner hatten. Alle spielten mit ihren Freundinnen, hielten Händchen und flüsterten ihnen irgendwelche Witze ins Ohr. Das war mir fast peinlich. Dir hat das bestimmt gefallen, weil François sich für dich interessiert. Du schwebst auf Wolke sieben und merkst gar nicht, dass die anderen unfreundlich sind. Übrigens war dein hübscher Roter gar nicht da. Bestimmt wusste er, dass du nicht in der Schule warst. Dieser Club ist eine Qual! Da gehe ich ganz bestimmt nicht mehr hin.«

Ich halte den Hörer in einiger Entfernung, damit Grisella mein erleichtertes Seufzen nicht hört. Aber sie ist noch nicht fertig:

»Was hast du eigentlich? Warum warst du nicht in der Schule?«

Lucen

Als ich heute früh zum Hafen gehe, brennen meine Augen. Beißender Rauch füllt meine Lungen. Wie fast alle Bewohner der Unterstadt, die nicht darauf warten können, dass der Rauch sich verzieht, tränke ich ein Tuch mit Wasser und binde es mir um Mund und Nase, um die schädlichen Partikel abzuhalten. An einer Straßenecke sieht es aus, wie wenn auf eine Kinoleinwand die Sonne scheint. Mehrere Häuser stehen in Flammen; die Miliz ist vor Ort. Wer die Flammen löschen oder den Bewohnern helfen will, wird von den Milizionären aufgehalten. Sie »reinigen« das Viertel, so nennen sie es wenigstens. Es riecht nach Rache. Grégire ist auch hier und erteilt seinen Männern Befehle. Arme Familien, die wohl eilig aus ihren brennenden Häusern geflüchtet sind, betrachten schweigend die Zerstörung. Die Milizionäre nehmen ein paar von ihnen fest. Falls es hier darum geht, Kollegen zu rächen, werden diese Leute mit Sicherheit als abschreckende Beispiele hingerichtet. Normalerweise werden für einen toten Milizionär zwölf Personen getötet, aber wenn es ein hochrangiger Kollege war, können es auch mehr sein. Ich mache einen Bogen um das Viertel und erreiche das *Löchrige Fass* auf einem Umweg. Ich bestelle ein Glas Wasser. Bevor ich eine Münze auf den Tresen lege, prüfe ich, ob es klar und genießbar ist. Ich muss den Brandgeschmack herunterspülen. Ein paar Minuten lang höre ich den Gästen zu, die schon am frühen Morgen gepanschten Schnaps trinken. Dann weiß ich Bescheid: Gestern Abend sind zwei Terroristen geflohen und haben zwei Wächter als Geiseln genommen. Den älteren haben sie getötet; der jüngere ist verschwunden. Die Polizei spricht von einer möglichen Entführung. Ich verstehe sofort: Gerges hat gehandelt und ist jetzt in Gefahr. Zum Glück ist er noch am Leben.

»Sie haben nicht irgendjemanden geschnappt, sondern den Sohn dieses Mistkerls Grégire. Genau so ein Drecksack wie sein Vater. Es heißt, er sei sogar noch schlimmer – fantasievoller, wenn du verstehst.«

»Mitglieder von ›Lieber sterben‹ haben ihn entführt. Wer die schlauen Füchse kennt, weiß: Wenn Grégire nicht mit ihnen verhandelt, bekommt er sein Söhnchen nur in Stücken zurück.«

Gerges ist in Gefahr. Angesichts der Sturheit seines Vaters gebe ich ihm keine guten Chancen. Ich treffe Syvain und sage ihm, dass ich in meinem Viertel zu tun hätte und später wiederkäme. Dann gehe ich zu Maurce, aber das Haus ist leer und verrammelt. Auch bei Jea habe ich kein Glück. Sein Vater wirft mich hinaus, noch bevor ich einen Satz zu Ende sprechen kann. Ich kehre zu Syvain zurück und frage ihn, wie man mit den Terroristen in Kontakt treten kann.

»Ich habe immer alles getan, um sie zu meiden.«

»Aber du kennst doch einige vom Sehen und könntest sie mir zeigen …«

»Ja, doch das wäre ein Fehler. Außerdem wirst du anscheinend von Spitzeln der Miliz verfolgt. Das wäre Selbstmord, sage ich dir.«

»Ich glaube, die Jungs sind heute anderweitig gut beschäftigt. Außerdem geht es um Leben oder Tod meines besten Freundes.«

»Erzähl mir bloß nichts Genaues. Komm, ich nehme dich mit. Aber versprich mir, ihnen nicht zu verraten, wie du sie gefunden hast. Willst du zu den Mitgliedern von ›Nie unterworfen‹ oder ›Lieber sterben‹? Achtung, lass dich nicht täuschen: Sie hassen einander.«

»Lieber sterben.«

Ich stehe am Eingang einer Taverne beim Friedhof namens *Die rülpsende Katze.* Syvain hat mir den Mann beschrieben, auf den ich achten muss. Er sieht aus wie mein Mechaniklehrer von vor zwei Jahren. Ich hätte nie gedacht, dass ein Terrorist so aussehen kann. Nach zwanzig Minuten kommt er heraus. Ich folge ihm. Wir gehen auf einer schmalen und menschenleeren Route Richtung Lagerhallen. Alles deutet auf eine Falle hin. Zu spät. Maskierte Männer blockieren beide Fluchtwege. Unter ihren Mänteln holen sie Eisenrohre und Knüppel hervor. Mir ist klar, dass es gleich zur Prügelei kommen wird, und ich schreie:

»Ich will nur reden!«

Es hagelt Schläge. Dann zieht man mich in einen dunklen Raum und wirft mich auf den Boden. Binnen Sekunden hüllt der Schmerz meinen gesamten Körper ein. Ein Kerl reißt meine Stirnlampe ab und befestigt sie am eigenen Kopf, um mich anzuleuchten. Ich kann seine Gesichtszüge nicht erkennen.

»Spuck die Wahrheit aus und versuch nicht, uns übers Ohr zu hauen, sonst endest du im Hafenbecken. Wie hast du uns gefunden?«

»Ich habe einem Unterhundert am Hafen etwas Geld gegeben. Dort kann man fast alles über fast jeden herausfinden.«

»Schlechte Antwort.«

Er versetzt mir einen heftigen Schlag aufs Ohr. Für ein paar Sekunden höre ich nichts mehr. Dann dringt eine Stimme zu mir durch. Jetzt ist der Tonfall weniger aggressiv. Bestimmt ist es einer der Anführer.

»Leider ist das nicht falsch. Warum bist du hier?«

»Ich bin ein Jugendfreund von Gerges, dem Sohn von Grégire …«

»Und das verklickerst du uns einfach so? Das wird ja immer besser«, regt sich der Typ vor mir auf.

»Lass ihn ausreden«, unterbricht ihn der andere.

»Ich kümmere mich nicht um Politik. Ich sorge mich nur um meinen Freund. Anscheinend haben Sie ihn entführt. Und da ich seinen Vater kenne, habe ich Angst, dass er ihn eher verrecken lässt, als …«

»Wir haben seinen Sohn nicht«, versichert der, den ich als Anführer identifiziert habe. »Weder wir noch die anderen. Die Miliz streut dieses Gerücht, um die Hausdurchsuchungen und Plünderungen ganzer Viertel zu rechtfertigen. Wir haben seinen Sohn gestern Abend verschont, weil er uns geholfen hat. Aber wenn du ihn siehst, dann sage ihm, dass wir ihn kein zweites Mal verschonen werden, wenn er weiterhin mit diesen Hunden gemeinsame Sache macht.«

Sie flüstern. Irgendwann spricht er weiter:

»Du heißt Lucen, richtig? Weißt du, dass dein Vater früher für uns gearbeitet hat?«

»Das wusste ich nicht.«

»Warte eine Weile, wenn wir gegangen sind. Dann verpisst du dich.«

Ich weiß jetzt, dass mein Freund in Sicherheit ist, und ich glaube zu wissen, wo er sich aufhält. Bestimmt hat sein Vater ihn auf dem Dachboden eingesperrt. Das hat er früher oft getan, wenn Gerges als Kind ungehorsam war. Vielleicht weiß Grégire, dass sein Sohn Chatals Brüdern bei der Flucht geholfen hat?

Ich gehe zu Gerges nach Hause, aber seine Mutter will mir nichts sagen und meint, ich solle um neunzehn Uhr wiederkommen. Ich sehe kurz nach Firmie. Sie schläft ruhig. Dann steige ich wieder mit Syvain in die Kanalisation hinab. Heute muss ich dringend ein bisschen Geld nach Hause bringen.

Wie vereinbart stehe ich um sieben vor Grégires Haus und zögere. Der Mann hasst mich so sehr, dass ich Gefahr laufe, mich zu verplappern und umstandslos eingesperrt zu werden. Aber ich muss herausfinden, ob er meinen Freund auf dem Dachboden festhält und ob es ihm gut geht. Ich klopfe. Die Tür wird aufgerissen.

»Was willst du?«

»Wissen, wie es Gerges geht.«

»Das müsstest du mir doch sagen, du dreckiger kleiner Terrorist! Du verkehrst doch mit seltsamen Leuten aus dem Untergrund! Du solltest wissen, dass deine Akte immer dicker wird und du bald von der Bildfläche verschwinden wirst. Aber wenn du schon hier bist, werde ich deine Fingerabdrücke abnehmen. So war dein Besuch nicht umsonst.«

Er schraubt ein Tintenfass auf, verteilt etwas Tinte auf einem Tuch und greift nach meiner rechten Hand, bevor ich reagieren kann. Er tupft die Tinte auf meine Fingerspitzen, holt ein Stück graue Pappe aus seiner Tasche und drückt meine Hand darauf.

»Das wär's. Das kommt zu den Fingerabdrücken der anderen Gauner.«

Da entdecke ich ein Blinken an der Decke. Schnell wende ich den Blick ab, um keine Aufmerksamkeit darauf zu ziehen. Rückwärts bewege ich mir zur Tür und entgehe nur knapp einem Stoß von Grégire, der mich noch schneller hinausbefördern will. Er brüllt:

»Du hast meinen Sohn verdorben, du hast ihm diese schmutzigen Ideen in den Kopf gesetzt. Dafür wirst du bezahlen, und zwar früher, als du glaubst!«

Endlich bin ich heil wieder draußen. Doch wie lange wird das noch gut gehen? Ich muss mein Viertel so schnell wie möglich verlassen.

Ich gehe rechts am Haus vorbei und hebe den Arm Richtung Dach. Hier hängt ein Wollfaden, der mit einem durchbohrten Radiergummi beschwert ist, an dem ein Zettel hängt. Ich löse die Nachricht von der Schnur. Dieses Spiel habe ich seit Jahren nicht mehr gespielt. Ich muss beinahe lächeln. Ein Lächeln am Tag, das ist schon etwas.

Ich erzähle Firmie von den Ereignissen des Tages. Grégires Drohungen lasse ich weg. Sie fragt nach dem nächtlichen Treffen auf 200.20. Ich weiche aus, weil ich ihr keine falschen Hoffnungen machen will. Ihr selbst geht es etwas besser. Sie hat nicht mehr geblutet und sich ausgeruht. Außerdem hat sie sich eine Verschnaufpause erkauft, indem sie ihrer Mutter ein paar Münzen zugesteckt hat.

Ich schreibe eine Nachricht für Gerges und binde sie an die Schnur. Dann besuche ich Snia und erkläre ihr, wie unsere heimliche Post von früher funktioniert. Sie fällt mir erleichtert um den Hals und weint. Ich bin froh, dass Gerges eine Freundin wie sie hat.

Ich habe Mühe, eine angenehme Schlafposition zu finden. Am unteren Rücken schmerzt es sehr. Wenn ich mich auf die Seite lege, fühlt es sich an, als ramme man mir eine Nadel in die Seite. Außerdem muss ich an Grégires hassverzerrtes Gesicht denken. Selbst wenn Gerges mich aus der Sache raushält und seinem Vater die ganze Wahrheit sagt, wird der seine Meinung über mich nicht ändern. Er hat mich noch nie gemocht. Als wir Kinder waren, sagte er seinem Sohn, ich sei ein Lügner und er solle sich vor mir hüten. Ich habe mich immer gefragt, woher diese Abneigung stammt. Ich muss sofort mit der Suche nach einem sicheren Ort für Firmie und mich beginnen. Und ich muss mit dem Schlimmsten rechnen: von ihr getrennt zu sein, vielleicht für immer.

Gerges

Um die Sache realistischer aussehen zu lassen – und wohl auch aus seinem nagenden Bedürfnis heraus, mich zu vernichten – hat mein Vater mich unter Einsatz seiner Fäuste, Füße und eines Gürtels verprügelt, bevor ich mich wieder in der Öffentlichkeit zeigen durfte. Angeblich hat die Miliz mich halb tot und halb verdurstet in einem Keller beim Hafen gefunden. Meine Mutter leuchtet mit einer Kerze in mein verquollenes Gesicht. Ich würde mich gern in einem Spiegel betrachten. Nach der Prügelei bei der Flucht von Chatals Brüdern und dieser zweiten Attacke sehe ich bestimmt aus wie ein Monster.

Snia war zu Besuch. Sie fragte, ob sie mich irgendwie umarmen könne, ohne mir Schmerzen zuzufügen. Ich habe sie fest an mich gedrückt. Durch sie wurden die Schmerzen erträglicher. In diesem Moment ging es mir so gut, dass ich gegen Freudentränen ankämpfen musste.

Meine Mutter bestreicht die mir von meinem Vater zugefügten Wunden mit Heilsalbe. Nebenbei erzählt sie von ihrer Kindheit mit einem gewalttätigen Vater, ihrer langjährigen Freundschaft zu Alponce und ihrer Sorge, ich könnte auf die schiefe Bahn geraten. Ich höre nur mit halbem Ohr zu und denke stattdessen an meine Zukunft. Sie sieht nicht gerade rosig aus. Am Nachmittag gehe ich zur Polizeistation. Ich werde allein in einen Raum gesetzt und muss Akten sortieren. Später ruft mich der Vorgesetzte meines Vaters zu sich. Ich muss mir eine Geschichte ausdenken. Zwei- oder dreimal verzieht der Kommissar das Gesicht. Vielleicht widerspricht meine Erzählung der offiziellen Version. Aber das macht nichts. Jeder weiß, dass die Miliz seit ein paar Jahren alles darf und die Polizei ihrer eigenen Arbeit im Nachhinein einen schönen Anstrich verleiht, indem sie in den Berichten lügt.

Zu Hause erzähle ich meinem Vater von dem Gespräch. Wie erwartet ist er kein bisschen beunruhigt, sondern muss sogar lächeln.

»Heute Abend bittest du Clude, dir die Akte über deinen Kumpel Lucen zu zeigen. Vor allem die Unterlagen über seine momentanen Kontakte. Du wirst ja sehen, ob ich mir alles nur einbilde.«

»Werdet ihr ihn nicht festnehmen?«

»Noch nicht.«

Ich bin erleichtert, denn von meinem Vater erwarte ich das Schlimmste. Bevor er geht, dreht er sich noch einmal um:

»Aber bald.«

Ich stehe vor Lucens Haus und klopfe. Seine Eltern schicken mich zu Firmie.

»Er ist heute früh wieder gegangen, weil ich geschlafen habe. Er hat eine Nachricht hiergelassen: Er habe dringend etwas zu erledigen, sei aber vor Einbruch der Nacht wieder hier. Zurzeit ist er oft weg. Wie siehst du denn aus! Ist dir seit der Sache mit der Miliz noch etwas zugestoßen? Ich dachte, deine Eltern hätten dich nur auf dem Dachboden eingesperrt?«

»Ja, gestern Abend bin ich meinem Vater begegnet.«

»Er ist nicht besser als meiner.«

»Hat sich die Sache mit euch noch nicht eingerenkt?«

»Mein Alter hat endlich begriffen, dass er die Prämie für

unsere Trennung nicht bekommt. Aber er will sein Gesicht wahren. Also beleidigt er mich weiterhin und droht mir. Meine Mutter duldet mich, solange ich arbeite und den Keller nicht verlasse. Momentan bleibe ich hier, weil ich nicht weiß, wohin ich sonst gehen soll. Lucen hat dir bestimmt erzählt, dass seine Eltern ihn rausgeworfen haben.«

»Das hat er nicht erzählt … Es ist bestimmt nur vorläufig, denn nach der Hochzeit musst du ja bei ihm leben. So ist das Gesetz.«

»Aber seine Mutter ist dagegen, und ich will nicht mit Streit und Anfeindungen leben. Lucen arbeitet, um so viel Geld wie möglich zu verdienen, damit wir bald allein leben können.«

»Er geht also gar nicht mehr zur Schule?«

»Seit zwei Wochen nicht mehr. All das ist vorbei. Mit siebzehn Jahren ist es Zeit für das echte Leben.«

»Das finde ich auch. Ehrlich gesagt war ich in letzter Zeit auch nicht mehr so oft in der Schule.«

Ich erzähle Firmie, dass mein Vater es auf Lucen abgesehen hat und er höchstwahrscheinlich bespitzelt wird. Als ich gehe, verbarrikadiert sie sich.

Wie erwartet verhalten sich alle Milizionäre mir gegenüber distanziert. Keiner will mir die Hand schütteln. Nach dem zweiten Versuch gebe ich auf. Clude erzählt, welches Schicksal mein Vater für mich vorgesehen hat: Ich darf keine Waffe mehr tragen, auch nicht den Schlagstock zur Verteidigung. Ich darf nicht mehr in den Gefängnistrakt und keine Rundgänge mehr machen.

»In deiner Gegenwart fühlt sich niemand mehr sicher.«

»Wie lange gilt das?«, will ich wissen.

»Ich weiß nicht. Meiner Meinung nach musst du dich eine Weile damit abfinden. Währenddessen musst du Verwaltungsarbeit erledigen und putzen.«

Das letzte Wort sagt er grinsend. Er genießt das offensichtlich. Selbst als ich bei der Miliz neu war, wurde mir keine derart erniedrigende Arbeit übertragen. Normalerweise kümmern sich die Gefangenen darum. Aber Protest wäre sinnlos. Ich weiß, dass mir hier das Leben schwer gemacht werden soll. Wenn mein Vater glaubt, er könne mich damit bestrafen, täuscht er sich. Ich mache mir die Hände lieber auf diese Weise schmutzig. Das ist lange nicht so schlimm.

Zuerst putze ich ein Verhörzimmer, in dem es sichtlich zur Sache ging: Blut, Haare und Nägel liegen auf dem Boden. Dann gibt mir Clude wie angekündigt Lucens Akte. Mit großem Interesse mache ich mich an die Arbeit. Seit dem Angriff auf meinen Vater bei 700 wird der Arme verfolgt, sobald er sein Haus verlässt. Alles ist genau protokolliert. Sogar ein paar Fotos sind dabei.

28. Januar
Lucen wird in der Nähe des Friedhofs außerhalb der Stadt gesichtet. Er ist in Begleitung eines unbekannten Mädchens aus der Oberstadt.
Clare Sucsec, Bettlerin an der Kreuzung 50.00 und regelmäßige Informantin der Miliz, war sich bezüglich des Körpergeruchs des Mädchens sehr sicher, obwohl diese schmutzige Kleidung trug.
Die Durchsuchung von Lucens Elternhaus am selben Abend erbrachte kein Ergebnis.

31. Januar
Gegen sieben Uhr morgens trifft sich Lucen mit Snia Delet an einem verlassenen Ort beim Hafen.

Ab dem 31. Januar
Lucen geht fast jeden Abend gegen sieben Uhr zum *Löchrigen Fass*, wo er ein bekanntes Mitglied der Heimlichen trifft. Geldgeschäfte werden beobachtet. Wir glauben, dass er tagsüber illegalen Aktivitäten nachgeht (Ermittlungen laufen).

5. Februar
Lucen verbringt den Tag im *Treffpunkt der Gentlemen*, einem bekannten Treffpunkt der Hafenmiliz. Er repariert dort die defekte Elektrik.
Am nächsten Morgen explodiert gegen vier Uhr eine hinter der Bar versteckte Bombe. Es gibt keine Opfer. (Zufall? Ermittlungen laufen.)

6. Februar
Lucen wird nahe der *Rülpsenden Katze* gesehen, einem bekannten Treffpunkt der radikalsten Jewowisten. Er scheint mit jemandem verabredet zu sein. Später wird er erneut gesehen, als er ein bekanntes Versteck der Terroristengruppe »Lieber sterben« verlässt.
Am Abend wird er mit Snia Delet bei einem »intimeren« Treffen gesehen.

Auf dem Foto halten sich beide eng umschlungen. Das ist fast zu viel für mich. Mit Mühe lese ich weiter:

7. Februar
Lucen wird von der Hafenpolizei kontrolliert. Er hat eine große Summe Geld bei sich. Seine Hände riechen stark nach »Gummi«. Wahrscheinlich hat er mit explosiven Materialien gearbeitet, bestimmt mit Plastrit (einem Plastikderivat). Es wurde befohlen, ihn freizulassen und die Überwachung zu intensivieren, um seine Komplizen zu enttarnen.

Clude hat mich während meiner Lektüre beobachtet. Er muss zufrieden sein, denn ich schlage die Hände vors Gesicht, um meine Verwirrung zu verbergen. Ich zwinge mich, ruhig nachzudenken. Ich atme langsam.

Die »illegalen Aktivitäten« kann ich Lucen nicht vorwerfen. Er befindet sich in einer schwierigen Situation und muss zugegebenermaßen Lösungen finden, um seine künftige Familie abzusichern. Aber seine Beziehungen zu den Terroristen stehen auf einem anderen Blatt. Lucen ist bis zum Hals in deren Machenschaften verstrickt. Alle Fakten in dem Bericht weisen in dieselbe Richtung. Jetzt ist klar, dass er sich für eine Seite entschieden hat: für Maurce; für die Wilden, die den alten Alponce ohne Grund ermordet und mich verprügelt haben, obwohl ich ihnen geholfen habe. Er hat es mir nicht ins Gesicht gesagt, und nun muss ich durch einen Bericht der Miliz von seinem Verrat erfahren. Was ist aus dem Freund geworden, dem ich so vertraut habe?

Aber was mich am meisten schockiert und schmerzt, sind seine heimlichen Treffen mit Snia und das eindeutige Foto, auf dem sie sich innig umarmen. Kaum hielten sie mich für vermisst oder tot, nutzten sie die Situation aus.

Was sind ihre Freundschaftsbekundungen mir gegenüber wert? Was wollen sie? Warum hintergehen sie mich? Hat Snia nur so getan, als liebe sie mich, um sich mit dem Sohn des Milizenchefs gutzustellen? Ist sie auch Teil der extremistischen Verschwörung? Bin ich nun ganz auf mich gestellt, kann ich auf niemanden mehr zählen außer auf meinen Vater?

Endlich hebe ich den Kopf und sortiere die Blätter wieder ein. Ich gebe Clude die Akte zurück. Er kann sich die Frage nicht verkneifen:

»Na, verstehst du langsam, womit wir es zu tun haben?«

»Ich glaube schon«, sage ich nüchtern. »Und seither gibt es keine neuen Beobachtungen?«

»Doch, aber die sind *streng geheim* – darauf hast du keinen Zugriff mehr.«

In den folgenden Stunden starre ich an die Decke und grüble. Ich kann die Informationen drehen und wenden, wie ich will: Ich sehe nicht, inwiefern Lucen unschuldig sein könnte. Da sind zu viele verdächtige Zufälle, zu viele Zeugenaussagen, die ihn belasten. Ich muss mich mit den Fakten abfinden: Mein Freund und Snia haben mich verraten. Hat mein Vater also recht mit seiner Forderung, die eigene Familie müsse immer über allem stehen?

Telefonklingeln schreckt mich auf. Je länger das Gespräch dauert, umso verstörter wirkt Clude. Er schweigt lange, bevor er sich an mich wendet:

»Dein Haus wurde mit Plastiksprengstoff in die Luft gejagt. Gerges, deine Mutter ist gestorben.«

Ludmilla

Ich habe eine Einladung von Grisella abgelehnt. Darüber ist sie ein bisschen traurig. Ich habe nicht mehr das Bedürfnis, um jeden Preis auszugehen und Leute kennenzulernen. Seit ich im Schachclub bin, fühle ich mich aufgehoben. Allein die Tatsache, dass ich in der Schule den ganzen Tag über kleine Zeichen des Wiedererkennens erhalte, verleiht mir das Gefühl, wirklich zu existieren. Bei den Clubtreffen erweise ich mich als effiziente »Kopiererin«. Letztes Mal haben die Jungs uns eine Maschine gezeigt, mit der man die Flugblätter verteilen kann. Jeder hatte einige Teile dabei, aus denen die Maschine zusammengefügt wurde: einen Metallarm, eine Kuchendose, eine große Feder und Stromkabel. Sie haben sie aufgebaut und uns erklärt, wie sie funktioniert. Sie überlegen noch, wie das Gerät am besten in Gang zu setzen sei – mit einer Zeitschaltuhr oder einem Zünder? Léna erklärt, mehrere dieser Maschinen würden auf den Dächern um den Marktplatz herum befestigt, und zu einem bestimmten Zeitpunkt schwebten dann Tausende Flugblätter auf die Passanten hinab. Wer die Maschinen eingeschaltet hat, soll natürlich genug Zeit haben, den Ort vorher zu verlassen.

Ich erkläre den Broons-Schwestern, dass ich sowohl zu Hause als auch draußen engmaschig überwacht werde. Lediglich in der Schule habe ich mehr oder weniger meine Ruhe, aber auch nur dann, wenn Grisella nicht wie eine Klette an mir klebt. Léna und Fiona versprechen mir, eine Lösung für dieses Problem zu finden.

Die Lösung heißt François. Im Namen der guten Sache soll er meinen Liebhaber spielen. So kann er mich von den anderen fortlocken, mir etwas ins Ohr flüstern und mich sogar besuchen. Es ist beschlossene Sache; ich habe kein Mitspracherecht. Also verlassen wir den Schachclub Hand in Hand. Grisella kann es kaum glauben:

»Ah, alles klar!« Sie verschränkt die Arme. »Ich hatte recht.«

Den ganzen Nachmittag lang betrachtet meine Freundin mich wie ein seltenes Tier. Ich frage sie mehrmals:

»Was ist los?« Doch sie lächelt nur und wackelt mit dem Kopf. Vielleicht ahnt sie etwas. Nach der Schule wartet François am Ausgang auf mich. Grisella verabschiedet sich von uns mit einem »Schönen Abend, ihr Turteltauben!«.

Wir schweigen eine Weile. Dann fragt mein »Freund«:

»Machst du dir Sorgen wegen deiner Freundin? Das ist nicht nötig. Léna wird arrangieren, dass ihr bald ein hübscher Junge in die Arme läuft. Einige sind bereit, sich zu opfern und eine Weile mit deiner hübschen Freundin verliebtes Pärchen zu spielen.«

»Stört es dich nicht, das Gleiche mit mir zu tun?«

»Nein. Es gibt weitaus gefährlichere und weniger angenehme Aufträge.«

»Und deine Freundin ist einverstanden?«

»Ich habe keine Freundin. Und du? Hast du einen Freund?«

»Nein.«

Als wir vor meinem Haus ankommen, umarmt François mich und flüstert:

»Soweit ich verstanden habe, wirst du ausspioniert. Glaubst du, dein Kindermächden beobachtet uns?«

»Ganz sicher.«

»Dann müssen wir uns jetzt küssen, wie Verliebte es tun würden. Entspann dich und lass mich machen.«

Noch bevor ich zustimmen kann, küsst er mich sanft auf den Mund. Lange später lösen wir die Umarmung. Völlig durcheinander gehe ich ins Haus. Yolanda weicht meinem Blick aus. Ich soll nicht merken, dass sie die Szene beobachtet hat. Ich bin sicher, dass sie meinem Vater heute Abend davon berichten wird. In meinem Zimmer lasse ich mich aufs Bett fallen. Wie schön es doch ist, Aktivistin zu sein!

Mein Vater will Samstagnachmittag nach Hause kommen und mich zum Essen ausführen. Ich soll mich elegant und warm anziehen. Dieser Hinweis lässt mich vermuten, dass wir mit einem Zeppelin reisen werden. Ich bin voller Vorfreude. In einem Zeppelin bin ich mindestens seit fünf Jahren nicht geflogen! Ich erinnere mich, wie viel Spaß mir das immer gemacht hat. Eingehüllt in Decken saßen wir in der offenen Kabine und flogen schweigend dahin. Manchmal trieb der Wind uns die Tränen in die Augen. »Das ist der Wind!«, rief mein Vater dann stets, als wolle er es sich selbst einreden. Heute glaube ich, dass er oft wegen meiner Mutter weinte und diese Tatsache vor mir verbergen wollte. Ich mochte vor allem die Farben des Himmels und die Wolken, die den Gestalten aus meinen Träumen glichen.

Wir lehnen an der Brüstung und blicken in den Sonnenuntergang. Der Flug geht Richtung Süden. Ich kann es mir nicht verkneifen, die graue Wolke zu betrachten, die meine Freunde aus der Unterstadt in der Nox einschließt.

»Wir sind schon lange nicht mehr gemeinsam geflogen, Ludmilla.«

»Ja, das hat mir gefehlt. Ich habe mich gefragt, woher das Gas kommt, mit dem der Zeppelin betrieben wird …«

»Aus der Biomasse. Unter der Wolke gibt es Gebiete, in denen sich die Vegetation zersetzt und dabei Gase freigibt. Sie werden eingesaugt und in großen Speichern aufbewahrt. Sie dienen zum Heizen der Häuser oder werden für die Zeppeline verwendet.«

»Sind diese Gase giftig?«

»Ja, in ihrem natürlichen Zustand schon. Aber für uns gibt es kein Risiko, weil sie nur durch dicke, sichere Leitungen strömen.«

»Was ist mit den Leuten da unten?«

»Wenn du dein Leben genießen willst, Ludmilla, dann versuche zu vergessen, dass da unten Menschen leben.«

»Das kann ich nicht. Willst du meine Frage nicht beantworten?«

»Doch, natürlich. Im Allgemeinen werden die Städte in großer Entfernung zu den Produktionsgebieten gebaut. Aber ein- oder zweimal im Jahr gelangen die Gase durch Luftströmungen zur Bevölkerung. Dann verbarrikadieren sich die Menschen in ihren Häusern und stopfen die Ritzen an Fenstern und Türen mit nassen Tüchern zu. Dennoch gibt es Leute, die in den sich zersetzenden Wäldern leben und an der Umwandlung der Biomasse in Gas arbeiten. Man nennt sie Paria. Es sind Männer und Frauen, die aus der Unterstadt verbannt und gezwungen wurden, diese gefährliche Arbeit zu verrichten. Natürlich ist ihre Lebenserwartung noch niedriger als die der anderen. Aber lass uns über dich sprechen. Wie läuft die Schule? Hast du neue Freunde gefunden?«

»Ich schätze, Yolanda hat dich schon informiert.«

»Yolanda kümmert sich um deine Sicherheit und mischt sich nicht in dein Privatleben ein.«

Momentan habe ich keine Lust, ihm zu widersprechen. Ich erzähle ihm, was er bestimmt schon weiß:

»Er heißt François und ist in der Abiklasse. Ich habe ihn im Schachclub kennengelernt … Es ist noch zu früh, um mehr zu erzählen.«

Wir erreichen Großstadt. Anders als meine Heimatstadt liegt diese Stadt auf einem großen Hochplateau. Man hat hier das Gefühl, viel Platz zu haben – zu Hause empfinde ich das nie. Ich war schon früher einmal hier, aber damals war es mir nicht wichtig, mehr zu erfahren. Hier sind die Hänge sehr steil, weshalb die Armen alle tief unten im Tal leben. Mein Vater sagt, die Stadt habe acht Millionen Einwohner. Ich frage ihn, ob diese Zahl die armen Leute einschließt. Er reagiert erstaunt:

»Ach ja, ich hatte ganz vergessen, dass meine Tochter sich für alle Menschen interessiert. Nein, insgesamt sind es zehnmal mehr. Üblicherweise kommen auf einen Reichen zehn Arme. Können wir jetzt von etwas anderem sprechen?«

Wir gehen durch die Stadt. Mir fällt auf, dass wenig Polizei unterwegs ist. Diese Stadt gleicht einer Burg, die durch ihre natürlichen Mauern geschützt ist. Mein Vater will wissen, ob mir die Stadt gefällt. Ich spüre, dass er die Frage nicht ins Blaue hinein stellt.

»Es ist noch nicht endgültig, aber ich plane, dass wir in einem Jahr – vielleicht sogar früher – hierherziehen. Erschrick nicht. Wir werden noch genug Gelegenheit haben, darüber zu sprechen.«

»Habe ich denn die Möglichkeit, Nein zu sagen?«

»Nicht wirklich. Aber nun lass uns nicht mehr daran denken. Genießen wir den Abend.«

In der Schule warte ich ungeduldig auf Grisellas künftigen falschen Verehrer. Am Mittwoch taucht er endlich auf. Er ist elegant, hat dunkle, längere Haare und ein raubtierartiges Grinsen. Er spricht meine Freundin in der Kantine an. Sie lässt sich schnell erobern, erzählt mir aber noch nicht von ihrer Begegnung.

Ich erzähle François, wie gern ich die Geheimtür in unserem Gästezimmer öffnen würde. Im Prinzip sei nichts einfacher als das, antwortet er. Zu jeder Tür passe jeder beliebige Knauf. Ich gebe zu, mich für diese Dinge nie sonderlich interessiert zu haben. Er will es mir am Samstagnachmittag zeigen. Ein Besuch bei mir ist ohnehin angebracht, wenn unsere Beziehung meinem Vater und Yolanda plausibel scheinen soll. Seine zärtlichen Küsse an diesem Abend gefallen mir so gut, dass ich seinem Vorschlag freudig zustimme.

»Sag deinem Kindermädchen, dass ich mit dir Schach üben will.«

Er kommt gegen drei Uhr. Ich habe das Schachbrett meines Vaters auf einen Klapptisch gestellt. Das Bühnenbild ist also fertig. Mein Komplize hat mir geraten, Musik laufen zu lassen, damit unser Gespräch nicht belauscht werden kann. Yolanda wird glauben, dass wir auf diese Weise unser Liebesgeflüster übertönen wollen. Dass wir uns im Namen einer weit größeren Sache treffen, wird sie nicht ahnen. Wir beginnen eine Partie, um noch glaubwürdiger zu erscheinen. Dann macht François sich ans Werk. Er gibt mir den Knauf seiner eigenen Zimmertür und lauscht in den Flur. Er dreht die Musik lauter und hüpft mit mir durchs Zimmer, damit der Eindruck entsteht, wir tanzten. Übertreibt er nicht ein bisschen? Wenn er an die Wand klopft, soll ich ins Bad am Ende des Flurs flüchten. Als ich mein Zimmer verlasse, bin ich sehr aufgeregt. François hat mir Atemübungen gezeigt, mit denen ich mich beruhigen kann. Auf Zehenspitzen schleiche ich ins Gästezimmer und schaffe es, die kleine Geheimtür zu öffnen. Zuerst bin ich enttäuscht, denn ich blicke in einen leeren Schrank. Aber als ich genauer hinsehe, erkenne ich einen Lichtstrahl, der durch einen Spalt in der Rückwand des Schranks dringt. Ich drücke gegen das Holz. Es gibt nach. Vor mir öffnet sich nach links und rechts ein dunkler Gang von kaum fünfzig Zentimeter Breite. Zum Glück habe ich eine Taschenlampe dabei. Ich quetsche mich links in den Gang und gelange zu einer Art Fenster, durch das ich mein Zimmer sehe. Es ist also tatsächlich ein falscher Spiegel – wie in den alten Romanen. Ich sehe, wie mein Freund durchs Zimmer hüpft. Er sieht lächerlich aus, gibt sich aber richtig Mühe. Ich bin gerührt. Ich gehe den Gang entlang in die andere Richtung, stehe aber bald vor einer verschlossenen Tür. Ich trete den Rückzug an. Gerade als ich das Gästezimmer wieder verlassen will, klopft es gegen die Wand. Schnell laufe ich ins Bad, warte kurz und betätige die Toilettenspülung. Dann wasche ich mir summend die Hände. Yolanda erwartet mich lächelnd auf dem Flur:

»Ihr Vater ist am Telefon und möchte Sie sprechen. Ludmilla, ziehen Sie Ihre Schuhe an. Ich habe Angst, dass Sie auf der Treppe ausrutschen.«

»Hallo, Ludmilla?«

»Ja? Kommst du bald nach Hause?«

»Heute Abend. Wir müssen über deinen Schachclub reden.«

»Warum?« Ich lege die Hand auf den Hörer und atme tief durch.

»Ich will dich nur ein paar Dinge fragen. Ich hatte gerade ein sehr interessantes Gespräch mit deiner Freundin Grisella. Sie hat mir von einigen Mitgliedern des Schachclubs erzählt. Weißt du, dass deine Freundin eine sehr gute Wahrnehmung hat? Bis heute Abend, Ludmilla.«

»Bis heute Abend, Papa.«

Lucen

Als ich heute zu Syvain hinabsteige, rempelt mich ein Alter an, der sofort weiterläuft, ohne sich auch nur umzudrehen. Ereignisse wie dieses kommen in unserer dunklen Welt ständig vor, doch jetzt bin ich beunruhigt. War das Absicht gewesen? Ich denke an Grégires Männer. Vielleicht haben sie bereits den Befehl bekommen, mich heute zu eliminieren? Ich gehe langsamer und versuche, ruhiger zu werden. Ich atme flach. Meine Eltern haben mir beigebracht: »Je weniger du den Mund öffnest, umso weniger lässt du den Tod hinein.«

Syvain hat heute lukrative Pläne. Angesichts unserer Finanzen sage ich zu, ihn dabei zu unterstützen, bevor er mir überhaupt erklärt hat, worum es geht. Ich ahne zwar, dass es nichts völlig Legales sein kann, aber ich habe keine Wahl.

»O. k.«, sagt er. »Ich erzähle dir alles unterwegs.«

Mein Freund wurde gebeten, illegale Kämpfe »Ratte gegen Ratte« zu organisieren. Das Ganze soll auf einem dreihundert Meter breiten Frachtschiff stattfinden. Die Crew ist wegen einer Grippeepidemie in Quarantäne und langweilt sich zu Tode. Der Kapitän hat mit Smon gesprochen, der sich seit der Ankunft des Schiffs um die Verpflegung der Crew kümmert. Der Chef der Heimlichen hat Syvain gesagt, wir beide sollten uns allein um die Sache kümmern. Syvain ist begeistert:

»Wenn es gut läuft, bekommen wir neue Aufträge und verdienen mehr. Ich könnte schon Ende des Jahres auf 700 ziehen.«

Wir nehmen unsere Jagdausrüstung mit aufs Schiff, denn wir wollen die Ratten fangen, die ohnehin schon dort sind.

»Sie haben versucht, mit selbst gefangenen Ratten Kämpfe zu veranstalten, aber die Ratten weigerten sich, einander anzugreifen, und attackierten stattdessen die Matrosen. Die Männer wussten einfach nicht, wie man die Leittiere erkennt. Sie brauchen Spezialisten wie uns.«

An Kai Nummer 17 erwartet uns ein vielfach geflicktes Gummiboot. Ich fühle mich nicht sicher und klammere mich während der gesamten Überfahrt am Rand fest. Der Bootsführer merkt, dass ich Angst habe, und macht Witze:

»Dass der Kerl uns mit seinen Nägeln bloß kein Loch ins Boot reißt! Das ist ja, als hätte ich Mädchen an Bord.«

Ich lockre den Griff ein wenig und zwinge mich zu einem Lächeln. Ich bin zum ersten Mal auf dem Wasser und weiß, dass ich sterben werde, wenn ich hineinfalle. Dann fressen mich die Katzenfische oder andere grässliche Meeresbewohner. Endlich erreichen wir den Frachter und klettern an Bord. Wir schalten die Stirnlampen ein. Alles ist rostig, es riecht nach Schimmel, selbst in der Kleidung der Männer hängt der Geruch. Wir steigen in den feuchten Schiffsbauch hinab, um mit der Jagd zu beginnen. Der Gestank ist beinahe unerträglich. Die Ratten schwimmen uns entgegen.

»Achtung, Lucen, fall bloß nicht in diese Brühe.«

Ich überlasse Syvain das Kommando, weil ich mich auf dem schlammigen Untergrund nicht wohlfühle. Mein Kamerad profitiert von seiner Erfahrung und Anpassungsfähigkeit. Nach weniger als einer Stunde haben wir unsere Champions gefangen.

»Das wird ein tolles Spektakel. Ich habe ziemlich fiese Exemplare erwischt!« Er bindet sich ein Tuch um seinen blutigen Daumen.

Die Matrosen haben den Rand eines großen, runden Speicherbeckens bis auf einen Meter über dem Boden abgesägt. Sie stellen sich rund um das Becken auf. Syvain spielt den Ausrufer und nimmt Wetten an, ich kümmere mich um die »Monster«. Der Schädel jeder Ratte wird mit einem großen gelben oder blauen Farbfleck markiert.

Kampf folgt auf Kampf, es gibt Streit und Rempeleien, aber alles ist schnell wieder unter Kontrolle. Die Matrosen leihen voneinander Geld oder verkaufen Messer und Schmuck, um ihren Wetteinsatz machen zu können. Den ganzen Nachmittag lang werfe ich Rattenkadaver über Bord. Gegen sechs Uhr haben wir keine Ratten mehr und brechen mit gut gefüllten Taschen auf. Die See ist unruhiger als heute früh. Ich lasse den Bootsrand während der gesamten Überfahrt keine Sekunde los. Als wir an Land gehen, werden wir schon von der Hafenpolizei erwartet. Die Polizisten schlagen uns kommentarlos zusammen. Dann durchsuchen sie uns und leeren unsere Taschen. Ich bin wütend, denn Syvain muss ihnen unsere Einnahmen geben, damit sie uns nicht tagelang einsperren. Einer ihrer Hunde schnüffelt an meinen Händen und bellt. Ein Polizist notiert meinen Namen. Nach ein paar abschließenden Drohungen lassen sie uns gehen. Ich sammle drei Münzen auf, die am Boden vergessen wurden. Dabei entdecke ich eine graue Papierkugel. Syvain löst unauffällig seinen Gürtel und zieht an einem Faden, der die beiden dünnen Lederenden zusammenhält. Als er sie voneinander trennt, kommen zusammengerollte Scheine zum Vorschein.

»Diese Dreckskerle! Wir haben die Hälfte unseres Geldes verloren. Aber selbst wenn wir Smon die Kommission gezahlt haben, bleibt noch genug für uns übrig.«

Ich gehe zu Firmie und zeige ihr meinen Gewinn. Im Schein der Stirnlampe entrolle ich die Papierkugel. Der Alte, der mich heute früh angerempelt hat, muss sie mir zugesteckt haben.

Willst du immer noch 30 Goldtaler?
Morgen im Lager 17 um fünf Uhr. Bring dein Werkzeug mit.
Erzähl niemandem davon.

Möglichst unaufgeregt sage ich:

»Ein Job für morgen früh. Ich erzähle dir davon, wenn ich heimkomme.«

Dann gehe ich nachsehen, ob Gerges eine Nachricht für mich vom Dachboden herabgelassen hat. Nichts. Wahrscheinlich kommuniziert er lieber mit Snia. Ich verstehe ihn gut.

Am nächsten Morgen lasse ich Firmie schlafen, als ich gehe. Die Ausgangssperre wurde gerade aufgehoben, sodass nur wenige Leute unterwegs sind. Ich bin zu früh dran und nutze die Zeit für ein paar Umwege. Ich will sicherstellen, dass ich nicht verfolgt werde. Lager 17 ist geöffnet. Zwei Männer erwarten mich. Sie verbinden mir die Augen und verstopfen mir die Ohren mit Kerzenwachs. Dann setzen sie mich in einen Handwagen und verstecken mich unter Jutesäcken. So schieben sie mich durch die Hafenstraßen. Sie hätten mir besser auch die Nase verstopft, denn ich rieche genau, an welchen Orten wir vorbeikommen. Vielleicht stammen sie aus der Oberstadt. Deren Bewohner haben keinen so ausgeprägten Geruchssinn wie wir. Wir machen bei einem Betrieb halt, der Dichtungen herstellt und fünfzig Meter rechts von einem Fischladen und neben einer Schmiede liegt. Bis zum *Treffpunkt der Gentlemen* kann es also nicht weit sein. Wir lassen den Wagen stehen und betreten ein Gebäude, in dem es stark nach kaltem Rauch und Schnaps riecht. Aber es riecht anders als dort, wo ich den Stromkreis repariert habe. Also muss es sich um eine der vielen illegalen Bars handeln, die es hier am Hafen gibt. Hinter mir wird die Tür doppelt verschlossen. Man nimmt mir das Tuch ab, entfernt das Wachs und bietet mir einen Platz an einem mit Kerzen beleuchteten Tisch an. Dort sitzen bereits vier Männer und zwei Frauen mit seltsam grau gefärbter Haut. (Mein Sitznachbar beispielsweise hat eine Art hellen »Fleck« unter dem Ohr.) Meine Begleiter verschwinden ohne ein weiteres Wort.

Die Frau mir gegenüber ergreift das Wort:

»Wenn Sie hier sind, heißt das wohl, dass Sie unsere Bedingungen akzeptieren. Wie Sie wissen, brauchen wir Ihre technischen Fähigkeiten. Aber wir wollen nicht, dass Sie die Geräte bauen, sondern dass Sie uns beibringen, wie wir selbst genauso effiziente Zünder herstellen können wie einst Ihr Vater. Das erklärt auch, warum wir bereit sind, Ihnen einen so hohen Lohn zu zahlen. Wenn wir alles wissen, werden Sie keinen Auftrag mehr von uns erhalten. Sind Sie einverstanden?«

»Das passt mir gut«, antworte ich.

Sie zeigen mir Kisten mit Material und Werkzeug. Ich gebe jedem Teilnehmer alle nötigen Einzelteile. Dann erkläre ich jeden Arbeitsschritt so genau wie möglich. Alle machen sich Notizen oder zeichnen etwas. Immer wieder fange ich von Neuem an. Manchmal flüstern sie einander etwas zu. Die Frau, die mich angesprochen hatte, stellt alle Fragen. Einige wollen, dass ich Ihre Arbeit beurteile. Verstohlen beobachte ich diese Menschen, die mit meiner Hilfe Tod und Zerstörung verbreiten werden. Am Ende lächeln alle stolz. Jeder hat mehrere Zünder gebaut. Gegen elf kommen meine beiden Begleiter von heute früh. Sie machen mich mit Augenbinde und Wachsstopfen für den Rückweg fertig. Ich lasse es geschehen. Bestimmt fänden sie es nicht gut, wenn ich ihnen sagte, dass sie sich wie blutige Anfänger anstellen. Beim Friedhof lassen sie mich gehen. Ich verstecke mein Geld in Firmies Keller und gehe zu Syvain. Meine Verspätung erkläre ich mit einer Lüge. Heute genieße ich die Rattenjagd in der Kanalisation beinahe.

Zu Hause erzählt Firmie, dass Gerges »befreit« wurde. Anscheinend ist er übel zugerichtet. Ich warte eine Weile an unserem Treffpunkt, um ihn zu fragen, was geschehen ist. Nach über einer Stunde spähe ich in sein Haus, um herauszufinden, ob er dort ist. Aber mich trifft nur ein abweisender Blick seiner Mutter. Ich gebe auf.

Meine Freundin zählt unser Vermögen. Sie berührt die Münzen und riecht an ihnen. Als sie mich bemerkt, fragt sie:

»Womit hast du diese Goldmünzen eigentlich verdient?«

»Das ist ein Teil meines Erbes. Ich habe es vorzeitig bekommen.«

»Hast du es deinen Eltern gestohlen?«

»Nein, das war nur Spaß. Ich verspreche, dass ich dir später alles erzähle. Aber mach dir keine Sorgen, ich habe nichts Schlimmes getan. Jetzt muss ich dringend schlafen. Ich bin seit bald zwanzig Stunden auf den Beinen.«

Ich schließe die Augen. Ich bin ruhiger als am Vorabend. Ob unsere Zukunft nun doch etwas rosiger aussieht?

Gerges

Eine Stunde später bin ich vor Ort. Von unserem Haus ist fast nichts übrig. Die Wand, die zur Straße zeigte, gibt es nicht mehr. Ein paar Männer transportieren Dinge, die noch brauchbar sind. Mein Vater steht inmitten der Trümmer. Als er mich sieht, breitet er die Arme aus. Wir umarmen uns fest. Zum ersten Mal in seinem Leben sehe ich ihn weinen. Auch ich selbst bin kurz davor.

»Erst haben sie mir Kéin genommen und jetzt deine Mutter. Wir dürfen uns nie wieder trennen.«

»Wo ist sie?«

»Sie haben sie gerade mitgenommen.«

Wir gehen zum Hauptsitz der Miliz. Clude hat ein Büro räumen lassen, in dem wir übernachten und die wenigen noch brauchbaren Dinge aufbewahren können. Mein Vater besteht darauf, dass ich mich ausruhe. Er geht mit seinen Männern fort – bestimmt, um sich zu rächen. Ich kann nur ein paar Stunden schlafen. Als die Jungs von der Patrouille zurückkehren, wache ich auf. Snia steht draußen und will mich sprechen. Ich lasse ihr ausrichten, dass ich nichts mehr mit ihr zu tun haben wolle und sie nur zu gut wisse, warum. Sie soll sich freuen, dass sie nicht sofort von meinen Freunden verhört wird!

Ich kehre zu den Überresten unseres Hauses zurück. Arbeiter sind dabei, das klaffende Loch mit Holzbrettern zu schließen. Über eine Stunde lang irre ich ziellos umher, bis mich meine Schritte wieder zur Miliz führen. Schließlich habe ich keinen anderen Ort, an den ich gehen könnte. Ich habe keine Freunde mehr. Für einen Moment habe ich darüber nachgedacht, Firmie zu besuchen und ihr von den Gefühlsverirrungen ihres Partners zu erzählen. Aber ich habe dort nichts verloren. Wie mein Vater richtig sagt: Das sind Fremde, vielleicht sogar Feinde – falls Lucen in den Tod meiner Mutter verwickelt ist.

Das Verhalten der Jungs mir gegenüber hat sich seit diesem Morgen verändert. Sie respektieren meinen Schmerz und sind zuvorkommend. Mein Vater ist so müde, dass er rote Augen hat, hält sich aber dennoch aufrecht. Er teilt die Ermittlungsarbeiten unter den verschiedenen Patrouillen auf. Als er fertig ist, wirft er sich in einen Sessel und ruft mich zu sich. Er legt seine Stirn einen Augenblick lang gegen meine.

»Ich muss sicher sein, dass du auf meiner Seite bist«, sagt er müde.

»Ich schwöre es dir, Papa. Ich habe mich für ein Lager entschieden. Ich bin auf deiner Seite.«

»Gut. Du hast lange gebraucht, um das zu begreifen, aber du hast es geschafft.«

Er blättert einige Akten durch und reicht mir mehrere Blätter mit dem Stempel *streng geheim*.

»Lies das aufmerksam durch. Ich versuche, eine Stunde zu schlafen. Weck mich, wenn die Jungs zurück sind.«

Mühsam steht er auf und torkelt in unser provisorisches Zuhause. Ich nehme seinen Platz ein. Es handelt sich um drei Blätter mit derselben Überschrift, aber unterschiedlichen Datierungen. Die Notizen sind mit der Schreibmaschine geschrieben; hier und da wurden mit Bleistift Kommentare eingefügt – vielleicht von meinem Vater?

Bericht des Agenten D, der in die jewowistische Terrororganisation »Lieber sterben« eingeschleust wurde

Nacht vom 5. auf den 6. Februar
Auf 200 trifft Lucen sich mit einem ranghohen Jewowisten, der unter dem Namen Benot bekannt ist und wegen terroristischer Aktionen gesucht wird. Lucen gibt ihm eine Liste von Materialien und Werkzeugen, die zur Herstellung von Zündern nötig sind.
Der Kontakt ist erwiesen. Sogar die Liste wurde von unserem Spion sichergestellt. Es handelt sich zweifelsfrei um Lucens Handschrift.

8. Februar, 6 bis 11 Uhr
In einem Jewowistenversteck am Hafen bildet Lucen sechs terroristische Sprengmeister aus verschiedenen Ober- und Unterstädten des Landes aus.
Für diese Arbeit erhält er dreißig Goldtaler.
Drei Zünder wurden sichergestellt und untersucht. An zweien fanden sich Lucens Fingerabdrücke, sodass Zweifel an seiner aktiven Beteiligung bei der Herstellung ausgeschlossen sind.

Bericht des Milizangehörigen, der Lucen am Abend des 8. Februar verfolgt hat

Abend des 8. Februar
Lucen wird bei Grégires Haus gesehen. Er späht hinein. Versteckt sich, als er von der Frau des Chefs entdeckt wird.
Lucen hat sich vor dem Attentat das Haus angesehen, um herauszufinden, wo der Sprengsatz im entscheidenden Mo-

ment platziert werden muss, um maximalen Schaden anzurichten. Josanes Anwesenheit hat ihn nicht von der Durchführung des Verbrechens abgehalten.

Heute Nacht nach dem Attentat
Mehrere Passanten haben ihn in der Nähe des Anschlagsorts gesehen.
Lucen wollte sich von der Wirksamkeit der Bombe überzeugen.

Expertenbericht zur Explosion von Grégires Haus in der Nacht vom 8. zum 9. Februar

Eine der beiden Bomben ist nicht explodiert. Lucens Fingerabdrücke befanden sich auf dem Zünder.
Lucen hat also zweifelsfrei eine aktive Rolle in dem feigen tödlichen Anschlag auf das Haus des Milizchefs gespielt. Der Anschlag führte zum Tod der unschuldigen Ehefrau und Mutter Josane, 37 Jahre.

Wie mein Vater richtig sagte, brauchte ich eine Weile, um zu begreifen. Aber jetzt habe ich keinen Zweifel mehr. Lucen ist ein Dreckskerl. Mein bester Freund, mein »Bruder«, hat sich zu Abschaum entwickelt. Nichts rechtfertig den Verrat an den eigenen Freunden. Offensichtlich hat ihn die Aussicht auf das Geld angetrieben, und das macht ihn noch verabscheuungswürdiger. Ich höre schon, wie er sich rechtfertigt: »Das habe ich für Firmie getan, für unser Kind, ich hatte keine Wahl …« Dieser Heuchler hält anderen Moralpredigten der Art: »Es ist nicht gut, eine wehrlose Frau anzugreifen …« Und meine Mutter – war sie etwa nicht unschuldig und unbewaffnet?

Wie besprochen wecke ich meinen Vater und frage:

»Wenn du das alles wusstest, wieso hast du ihn dann nicht früher festgenommen?«

»Anfangs haben wir durch deinen ›Freund‹ mehrere illegale Netzwerke entdeckt. Aber du hast recht, ich hätte schneller handeln sollen … Ich hätte nicht gedacht, dass er so weit gehen würde. Ich mache mir Vorwürfe; ich fühle mich verantwortlich für den Tod deiner …«

»Das konntest du nicht ahnen … Ich selbst hätte nie gedacht, dass er zu so etwas fähig ist.«

Mein Vater versammelt die Miliztruppen. Die Männer sind unverrichteter Dinge zurückgekehrt: Lucen ist unauffindbar. Sie haben Firmie ein bisschen durchgeschüttelt, aber ohne Erfolg. Mein Vater sieht mich an:

»Du kennst das Biest, sie wird auch unter Folter nichts sagen. Aber dich mag sie, du kannst sie um den Finger wickeln. Wenn sie etwas weiß, wird sie es dir sagen.«

»Ich kann es versuchen. Aber zuerst muss ich dir alles anvertrauen, was ich über Lucens Ausflüge in die Oberstadt und dieses Mädchen namens Ludmilla weiß.«

Das Haus von Firmies Eltern steht sperrangelweit offen. Ich grüße ihre Mutter, aber sie antwortet nicht. Ich gehe sofort in den Keller. Firmie ruft:

»Lucen, bist du es?«

»Nein, ich bin es, Gerges.«

Firmie arbeitet mit abgehackten, mechanischen Bewegungen. Ich zünde eine Kerze an und sehe, dass ihre Unterlippe stark geschwollen ist.

»Was ist passiert?«

»Rate mal … das waren die Freunde deines Vaters. Sie sagen, Lucen sei ein Terrorist und hätte deine Mutter getötet. Sicher weißt du, dass das nicht stimmen kann. Du glaubst doch nicht an diesen Unsinn? Gerges, du bist doch sein Freund?«

»Natürlich. Was hat er gesagt, als du ihn zum letzten Mal gesehen hast?«

»Dass er mit dir reden muss. Allein.«

»Hat er gesagt, wann und wo er mich treffen will?«

»Nein, er meinte, er würde dich schon finden.«

Ich will meine Mutter ein letztes Mal sehen, aber es geht nicht. Der Arzt sagt, ich solle mir diesen Anblick nicht antun. Auf ihrem Sarg liegt ein ziemlich altes Foto von ihr. Ich kann nicht älter als sechs oder sieben gewesen sein, als der Fotograf unser damaliges Glück für immer festgehalten hat. Es war kurz vor Kéins Tod. Meine Mutter hatte Kéins Verlust als Zeichen gedeutet: »Man darf sich nicht zu sehr an seinem Glück freuen, das bringt Unglück«, hatte sie zu meinem Vater gesagt. Der hatte gelacht. Man sieht nicht, dass das Bild im Haus aufgenommen wurde. Nur das Gesicht meiner Mutter wird vom Blitzlicht erhellt. Ihr Lächeln wirkt etwas verkrampft.

Die Menschen defilieren am Sarg vorbei, küssen Zeige- und Mittelfinger ihrer rechten Hand und pressen sie dann auf das Foto. Es sind viele Offizielle anwesend, vielleicht sogar Menschen aus der Oberstadt – man erkennt sie an ihren überdurchschnittlich glänzenden Schuhen. Von der Miliz sind nur einige hier. Die meisten sind an verschiedenen Stellen des Friedhofs postiert und halten nach Lucen Ausschau. Er ist immer noch nicht aufgetaucht. Seit gestern werde ich unablässig von zwei Milizionären bewacht, die ihn sofort festnehmen sollen. Ich bin den ganzen Tag herumgelaufen und habe gehofft, dass er auf mich zukommt. Vielleicht hält er nicht Wort. Für einen feigen Heuchler wie ihn wäre das nicht überraschend.

Gestern Abend sind die Männer noch einmal zu Firmies Haus gegangen und haben den Keller durchsucht. Sie war fort und hatte alle ihre Sachen mitgenommen. Bestimmt ist sie mit ihrem geliebten Terroristen geflüchtet.

Jetzt lassen vier alte Milizangehörige den Sarg ins Grab hinab. Dann ziehen sie das Seil wieder hoch. Alle Gäste fassen sich an den Händen und stellen sich um das Grab herum auf. Ich reiche meinem Vater die Hand. Ich denke an meine Mutter. Ich weiß, dass die mich auf ihre Art geliebt hat, auch wenn sie es mir nie sagte. Jetzt schaufeln die Männer das Grab zu. Mein Vater und ich betrachten sie. Die Frauen, Kinder und wichtigen Leute verlassen schweigend den Friedhof. Wir bleiben noch lange stehen, ohne ein Wort zu wechseln. Mein Vater hält immer noch meine Hand.

Plötzlich hören wir in der Ferne Schreie. Kurze Zeit später läuft Clude auf uns zu. Er flüstert: »Endlich, wir haben Lucen. Wollen Sie ihn vor dem Urteil sehen?«

Mein Vater schüttelt den Kopf:

»Der Richter weiß, welches Urteil er fällen soll: Todesstrafe durch Hängen nach sechs Monaten Zwangsarbeit bei den Paria. Ich hoffe nur, dass er die Zeit im verseuchten Wald überlebt. Es wäre schade, wenn wir seine Todesqualen am Strick nicht genießen könnten. Nicht wahr, mein Sohn?«

»Ja, Papa, ich hoffe auch, dass mir dieser schöne Moment nicht entgehen wird.«

Ludmilla

»Und, was hat Grisella gesagt?«

»Dass in deinem Schachclub nicht immer Schach gespielt wird. Dass dort heimlich ganz andere Dinge geschehen … vielleicht politischer Art. Warum denkt sie so etwas?«

»Sie hat sich noch nicht von ihrem Besuch dort erholt. Sie ist nur wegen der Jungs hingegangen und musste dann doch lernen, wie man Schach spielt. Sie hat nicht aufgepasst und wurde deshalb ein bisschen ausgelacht, glaube ich. Die wollten ihr zeigen, dass sie keinen Platz für jemanden wie sie haben. Das hat sie verletzt. Seitdem sucht sie nach Rechtfertigungen. Dass ich François im Schachclub kennengelernt habe, macht sie eifersüchtig. Sie hat allen erzählt, dass es kein Schachclub, sondern ein Flirtclub sei. Siehst du, das erklärt alles!«

»Sie hat auch erzählt, dass die Broons-Schwestern den Club mehr oder weniger leiten. Weißt du, ob ihr Bruder zu einer Terrorgruppe gehört?«

»Nein. Kannst du mir mehr verraten? Das interessiert mich.«

»Vielleicht ein andermal. Ludmilla, ich will dich vor allem warnen. Außer mir und Yolanda kannst du niemandem vertrauen. Verstehst du?«

»Ja.«

In der Schule geht Grisella mir aus dem Weg. Trotzdem habe ich das Gefühl, dass sie mich beobachtet. Ich erfahre, dass sie den ersten Verehrer abblitzen ließ, und hoffe, dass der Club einen Ersatzkandidaten bereithält. So wäre sie wenigstens ein paar Tage beschäftigt. Ich habe den Schwestern Broons von dem Gespräch mit meinem Vater erzählt, doch sie schienen nicht beunruhigt.

»Wir halten an der Operation vom 22. Februar fest«, erklärt Fiona. »Sie können uns ruhig verdächtigen. Sie haben keine Beweise.«

Ich fühle mich François immer näher und glaube, es geht ihm genauso. Selbst wenn uns niemand beobachtet, sind wir zärtlich zueinander. Ist das nur sein Eifer oder genießt er unsere Beziehung immer mehr – genau wie ich?

Heute lernen wir im Club, wie man ein Schloss mit zwei dünnen Metallstangen öffnet. Léna demonstriert uns den Trick an einem Schrankschloss. Dann üben wir mit Vorhängeschlössern. Ich stelle mich gar nicht so schlecht an, auch wenn ich länger brauche als manch anderer. Dieses Wochenende wollen ein paar Jungs, darunter auch François, die Gebäude am Marktplatz erkunden. Sie müssen sicherstellen, dass die Dachterrassen am verabredeten Tag gut zugänglich sind. Gegenüber Léna bestehe ich darauf, dass François mich besucht und mir wirklich das Schachspielen beibringt, denn mein Vater wird sich bald ein Bild von meinen Fortschritten machen wollen.

Sie stimmt grinsend zu:

»Und ihr wollt nur Schach spielen?«

Zwar sage ich »natürlich«, aber ich werde rot. Ich fühle mich nicht gern angreifbar und beiße mir so heftig auf die Lippe, dass ich beinahe blute.

Wir spielen beinahe drei Stunden Schach. François kann es sich nicht verkneifen, in den Spiegel zu blicken. Ich lausche auf die Geräusche des Parketts und Yolandas Schritte. François hat vorgeschlagen, dass wir uns vorsichtshalber mindestens am Ende jeder Partie küssen. Und daran halten wir uns fleißig. Als wir uns verabschieden, beglückwünscht François mich zu meinen Fortschritten und flüstert mir ins Ohr:

»Ich glaube, ich verliebe mich gerade in dich.«

Wir schweigen. Er wartet darauf, dass auch ich mich dazu bekenne. Ich bin zwar nicht überrascht, aber die Gefühle überwältigen mich.

»Ich auch«, flüstere ich endlich.

»Das sollten die anderen lieber nicht wissen.«

»Ich glaube, Léna ahnt es schon.«

»Sie soll nicht glauben, dass wir unsere Mission vernachlässigen. Ich habe Angst, dass sie uns trennen.«

Ich verbringe die gesamte nächste Stunde im Club mit Léna. Wir spielen zehn Minuten, dann erklärt sie mir, warum sie mich allein sprechen wollte:

»Wie du bereits ahnst, ist dein Vater eine hochrangige Persönlichkeit im Sicherheitswesen dieses Landes. Deshalb verfügt er über brisante Informationen. Wir wissen, dass er an den Wochenenden einen Teil seiner Unterlagen mit nach Hause bringt, um sich auf die folgende Woche vorzubereiten.«

»Habt ihr mich deshalb angeworben – weil ich seine Tochter bin?«

»Ludmilla, es geht hier um Leben und Tod und du kannst uns helfen. Nur darauf kommt es an.«

»Indem ich meinen Vater ausspioniere?«

»Du hast geschworen, die Sache stets über deine eigenen Interessen zu stellen. Jetzt kannst du zeigen, dass du Wort hältst. Sieh es mal so: Du hast die Chance, etwas wirklich Nützliches zu tun. Du kannst viel mehr tun als jene, die nur Zettel auf Laternenpfähle kleben oder Leute antreiben, Flugblätter zu verteilen. Hör zu, das hier ist ernst. Wir haben erfahren, dass in der Nacht von Sonntag auf Montag Gefangene transferiert werden sollen. Wir müssen herausfinden, wer sie sind, um ihre Flucht organisieren zu können. Wenn wir sie jetzt nicht befreien, verschwinden sie für immer.«

»Und was haben diese Gefangenen getan?«

»Das brauchst du nicht zu wissen. Jedenfalls nichts, was ihre Tötung rechtfertigt. Noch einmal: Dein Vater wird die Akten mitbringen, um eine Wahl zu treffen. Am Sonntagnachmittag wird sein Mitarbeiter ihn anrufen, um die Namen der betroffenen Gefangenen zu erfahren. Notiere dir die Namen, verschlüssele sie und lege den Zettel in diese Tintenpatronenhülle. Dann leerst du deinen Papierkorb in die Mülltonne vor dem Haus, und dein Auftrag ist erledigt. François hat gesagt, dass du die Gespräche im Büro deines Vaters belauschen kannst.«

»Das stimmt.«

»Also, bist du einverstanden?«

»Einverstanden.«

»Damit leistest du einen großen Dienst im Namen der Sache, Ludmilla.«

So ist das also. Ich werde meinen Vater verraten, den Menschen, der mich immer beschützt hat und ehrlich liebt. Andererseits hat er mich auch lange Zeit isoliert und in dem Glauben gelassen, außerhalb unserer kleinen Familie gäbe es nichts Wichtigeres. Noch heute lässt er mich sogar in meinem eigenen Zimmer ausspionieren mit dem Argument, es sei »das Beste für mich«.

Aber ich tue es nicht, um mich an ihm zu rächen. Nein, ich tue es, weil er das Werkzeug einer ungerechten Macht ist. Die Aktivisten kämpfen für die aus der Unterstadt, die man aus egoistischen Gründen zwingt, unter unmenschlichen Bedingungen zu leben. Ich tue es für Lucen und dessen Familie und für alle Mädchen und Frauen, denen man wie Martha das Leben gestohlen hat.

Letztlich richtet mein Handeln sich nicht gegen meinen Vater, sondern gegen die Macht, der er dient. Ich liebe ihn immer noch, aber ich glaube, dass er im Unrecht ist.

Mein Vater arbeitet seit einer guten Stunde. Ich habe meine Zimmertür offen gelassen, um das Telefon zu hören, das nicht nur im Büro, sondern auch am Eingang klingelt. Ich bin sehr angespannt und kann an nichts anderes denken. Nicht einmal das Lesen klappt: Kaum habe ich einen Satz beendet, habe ich dessen Sinn schon wieder vergessen. Yolanda ist in der Küche beschäftigt; sie bereitet das Abendessen zu.

Das Telefon klingelt! Ich weiß, dass mein Vater sich immer Zeit lässt, bevor er abhebt. So habe ich ungefähr zwanzig Sekunden Zeit, um meinen Horchposten zu erreichen. In den letzten Tagen habe ich millimetergenau bestimmt, welche Dielenbretter knarzen. Ich bin am Ziel. Ich liege auf dem Teppich und hebe geräuschlos das Holzstück an, unter dem das Loch ist.

»Guten Abend, Siremain. Bestimmt haben Sie etwas zum Schreiben. Pedroi, Demarc und Sirta. Haben Sie verstanden? Ich wiederhole: Pedroi, Demarc und Sirta. Guten Abend und bis morgen.«

Ich schleiche zurück und versuche, meine Aufregung unter Kontrolle zu bekommen. Ich setze mich an den Schreibtisch und codiere die drei Namen mithilfe des Buchs. Falls ich bei einer Schreibweise nicht sicher bin, soll ich die phonetisch korrekte Schreibung wählen. Dann ist die Nachricht fertig. Ich verstecke sie in der Patronenhülse und gehe mit meinem Papierkorb Richtung Mülleimer. Yolanda muss die Tür gehört haben, denn als ich ins Haus zurückkehre, wartet sie schon auf mich.

»Ich dache, ich hätte den Papierkorb erst vor zwei Tagen geleert …«

»Das stimmt, aber heute habe ich meine Mitschriften aus der Schule sortiert.«

»Es ist gut, dass Sie ordentlich sind.«

Ich treffe Léna in der Schultoilette. Wir sind allein. Ihre Schwester steht vor der Tür Schmiere. Lénas Gesichtsausdruck verheißt nichts Gutes.

»Demarc, Pedroi und Sirta konnten nicht befreit werden. Die Polizisten haben die Umgebung des Gefängnisses überwacht und eine unserer Gruppen festgenommen, die Sprengstoff und Zünder bei sich hatte. Es gab überhaupt keinen Gefangenentransfer, in keinem der fünf Gefängnisse der Stadt.«

Ich versuche zu begreifen, was sie mir sagen will. Plötzlich wird mir heiß. Ich stammle:

»Was denkst du darüber?«

»Ich glaube, dein Vater weiß über alles Bescheid und hat dich benutzt, um uns in die Falle zu locken.«

Lucen

Dumpfer Lärm, Schreie, über uns knarzen die Dielen. Träume ich oder hat die Welt um mich herum angefangen zu beben? Ich sitze auf unserer Decke bei Firmie im Keller und höre ganz deutlich die Sirenen der Rettungswagen, die in Richtung der höher gelegenen Viertel fahren. All das ist ganz real. Vielleicht ist meine Familie in Gefahr? Ich muss hinaus und nachsehen. Draußen riecht es wie vor ein paar Tagen am Hafen, als die Miliz ein Exempel statuiert und einige Häuser in Brand gesteckt hat. Ich denke an Katine und meine Eltern. Bestimmt brauchen sie mich. Alle Bewohner des Viertels sind auf der Straße. Es gab ein Feuer. Es ist gelöscht, aber zwei Matratzen auf dem Gehweg schwelen noch. Das Blaulicht blinkt. Um den Krankenwagen hat sich eine Menschentraube gebildet. Zwei Männer tragen einen Leichensack. Ganz in der Nähe rieche ich meine Schwester. Ich ziehe sie beiseite:

»Was ist passiert?«

»Lucen, bist du es? Du riechst ein bisschen nach Kanalisation. Eigentlich sogar sehr. Vor Grégires Haus wurde eine Bombe gezündet. Josane ist bei der Explosion gestorben.«

»Und was ist mit euch?«

»Bei uns sind nur zwei Fensterscheiben zersprungen, aber niemand ist verletzt.«

»War Gerges nicht zu Hause?«

»Er war mit seinem Vater beim Rundgang, soweit ich weiß. Wie geht es Firmie?«

»Wir kommen zurecht. Grüß unsere Eltern von mir.«

Bestimmt kommt Gerges bald. Ich weiß nicht, ob er meine Unterstützung braucht. Sein Vater wird gleich hier sein, da störe ich bestimmt nur. Die Milizionäre vertreiben die Schaulustigen und sperren den Umkreis des Hauses mit einer Banderole ab. Die gesamte Fassade wurde weggerissen. Die Männer leuchten mit ihren Stirnlampen ins Haus meines Freundes. Drinnen ist alles schwarz. Ich lausche den Gesprächen und erfahre, dass es zwei Sprengsätze gab und ein Zünder nicht funktioniert hat. Der Beschreibung nach ähnelt der Zünder jenem Modell, dessen Bauweise ich am Vortag erklärt hatte. Vielleicht wurde der Zünder sogar gestern von uns hergestellt. Die Milizionäre freuen sich, viele brauchbare Fingerabdrücke auf dem defekten Zünder gefunden zu haben.

»Diesmal kriegen wir die Dreckskerle ohne Probleme«, ruft einer zufrieden.

Ich überlege. Ich habe alle Zünder berührt, und sei es nur, während ich die Bauteile herumgereicht habe. Die Miliz hat meine Fingerabdrücke bereits in den Akten. Sie können mich also leicht identifizieren. Mehr brauchen sie nicht, um mich zu verurteilen. Ich gehe zurück in den Keller, wecke Firmie und erzähle ihr alles. Sie muss sich auf eine Flucht vorbereiten. Ich werde ein Versteck für uns beide suchen und sie abholen, wenn alles geregelt ist.

»Rechne damit, dass die Miliz bei dir vorbeikommt. In ein paar Stunden sind sie mir auf der Spur.«

»Wohin gehst du?«

»Zu Maurce. Wenn du Gerges siehst, sag ihm, dass ich gerne allein mit ihm reden würde und alles erklären kann. Aber sag ihm auch, dass ich nicht weiß, wann wir die Gelegenheit dazu haben werden. Sag ihm, dass ich ihn schon finden werde.«

»Komm bald zurück.«

Mein Freund arbeitet in seiner Mühle. Es riecht nach gegrillten Fauchschaben. Er reagiert erst nach ein paar Minuten. Vielleicht zögert er, mir zu öffnen?

»Maurce, es geht um Leben und Tod!«

Er zerrt mich in die Mühle und schließt die Tür hinter uns.

»Du hättest nicht herkommen sollen. Ich werde ständig überwacht!«

»Wenn dir das hilft: Momentan sind sie eher hinter mir her!«

Ich erkläre ihm, was los ist. Nach einiger Überlegung sagt er:

»Bleib hier. Schließ dich ein und mach niemandem auf. Ich will sehen, was ich tun kann.«

»Danke, Maurce.«

Ich sitze mitten in der Mühle auf einem Hocker und grüble. Ich bin zwar in Sicherheit, aber meine Familie wird meinetwegen bald von der Miliz misshandelt werden. Vielleicht jagen sie meine Eltern aus dem Haus und lassen sie zusehen, wie es niederbrennt. Das machen sie häufig. Darüber, was sie Firmie antun könnten, will ich gar nicht nachdenken. Ich bin völlig machtlos. Ich beiße mir in die Faust, bis Blut austritt. Die Stunden vergehen. Immer wieder nicke ich ein. Reflexhaft schrecke ich immer dann auf, wenn meine Muskeln sich entspannen und mein Körper nach vorne sackt. Endlich ist Maurce zurück.

»Ich habe ein Versteck gefunden, das du mieten kannst. Es liegt knapp unter dem *No man's land* in einem wohlhabenden Viertel, in dem die Polizei dich nicht suchen wird. Dort gibt es jemanden, der euch mit Lebensmitteln versorgen kann, falls ihr nicht nach draußen gehen wollt. Frag bei 718.63 nach Dimitr. Sag ihm, du kommst von Ugène. Er wird wissen, worum es geht. Das einzige Problem ist, dass die Miete sehr hoch ist. Ich war noch bei Jea: Hier ist alles, was er dir geben kann. Sionne und ich haben fast nichts.«

Er holt eine Tasche hervor. Ich halte ihn zurück.

»Danke, aber ich habe Geld. Du bist ein echter Freund, Maurce.«

Er gibt mir die Adresse. Ich umarme ihn. Ich weiß nicht, wann wir uns wiedersehen werden.

Firmie wurde grob behandelt; ihre Unterlippe ist aufgeplatzt. Sie will mich nicht beunruhigen:

»Die haben mir nur zwei Ohrfeigen gegeben. Ich bin das ja gewöhnt und habe getan, als spürte ich nichts. Sie haben schnell begriffen, dass sie von mir nichts erfahren werden. Trotzdem hatte ich Angst um unser Baby und dass sie mir in den Bauch schlagen.«

Firmie schnürt ein Bündel mit allem, was wir brauchen könnten. Gegen vierzehn Uhr verlassen wir den Keller. Obwohl es ihr besser geht, laufen wir langsam. Wir benutzen verlassene Nebenstraßen und legen viele Pausen in Hinterhöfen ein. So entgehen wir mehreren Suchtrupps der Miliz. Wie geplant treffen wir Maurces Kontaktmann an der genannten Adresse. Ein Kind bringt uns in den ersten Stock eines großen Hauses. Unser künftiges Zimmer ist größer als die Werkstatt meines Vaters, hat eine Wasserpumpe und ein großes Wasserbecken. Purer Luxus. Firmie lässt sofort ungefähr dreißig Liter ins Becken laufen, zieht sich aus und wäscht sich.

»Ich weiß nicht, wie lange wir hier sein werden«, erklärt sie. »Aber hier ist es besser als im Keller. Endlich kann ich mich richtig waschen. Ich werde nach Seife riechen.«

Ich blicke aus dem Fenster.

»An manchen Tagen sieht man hier bestimmt zwanzig Meter weit.«

»Wie lange wird unser Geld hier reichen, Lucen?«

»Wenn wir aufpassen, könnten es fünf oder sechs Monate sein.«

»Willst du nach mir baden? Das würde dir guttun. Du hast dich nicht richtig gewaschen, seit du in der Oberstadt warst, oder täusche ich mich?«

»Ich weiß, dass ich stinke. Meine Schwester hat mich darauf hingewiesen. Ich werde etwas zu essen besorgen und die Gegend erkunden. Wenn ich zurückkomme, wasche ich mich und lege mich unter diese saubere, weiche Bettdecke.«

Der Abend ist göttlich. Ich habe Gebäck und ein warmes Essen gekauft. Dann hilft Firmie mir beim Baden. Sie reibt den Schmutz von meinem Rücken. Schließlich wäscht sie unsere Kleidung mit Ausnahme von ein paar Stücken, falls wir »dreckig« rausmüssen. Wir haben uns Tücher um die Körper gewickelt wie römische Togen. Wir sind glücklich. Ich habe eine Zeitung mitgebracht, in der über den Tod der Frau des Milizchefs und das morgen stattfindende Begräbnis berichtet wird. Es heißt, Polizei und Miliz hätten eine heiße Spur. Genaueres verrät der Artikel nicht.

Vor dem Einschlafen erzähle ich Firmie, dass ich mich mit Gerges treffen will. Sie verzieht das Gesicht:

»Das halte ich für keine gute Idee. Eine Stunde nach seinen Freunden kam er gestern selbst vorbei und verhielt sich ganz seltsam. Als habe er sich verändert.«

»Bestimmt ist er durch den Tod seiner Mutter sehr aufgewühlt. Ihm ist ja auch etwas Fürchterliches zugestoßen.«

»Lucen, ich habe ein schlechtes Gefühl. Geh nicht.«

»Doch, ich gehe, aber ich verspreche, rasch zurückzukommen.«

Heute früh ist die Stimmung schlecht. Firmie spricht kaum mit mir. Sie macht sich Sorgen, weil ich am Nachmittag weg will.

»Du könntest ihm doch über Snia eine Nachricht zukommen lassen«, versucht sie, mich zu überzeugen. Ich ziehe meine stinkende Armenkleidung an.

»Mach dir keine Sorgen. Ich werde vorsichtig sein.«

Am ehemaligen Haus meines Freundes sind nur noch zwei Wachposten stationiert. Das Loch in der Fassade ist mit Brettern vernagelt. Nicht weit vom Büro der Miliz warte ich auf Gerges.

Da ist er endlich. Er geht keine zehn Meter entfernt an mir vorbei. Der Strahl seiner Stirnlampe erreicht mich nicht. Ich warte kurz, bevor ich ihm folge. Das ist die richtige Entscheidung, denn zwei Milizionäre sind ihm dicht auf den Fersen. Das ist wohl eine Strategie, um mich zu fangen – bestimmt ohne Wissen meines Freundes. Sie gehen hoch nach 400, um eine Lieferung entgegenzunehmen. Ich höre, wie Kisten abgeladen werden. Vorsichtig nähere ich mich. Sie haben die Stirnlampen eingeschaltet und beleuchten einander. Beim Handkarren steht ein Mann und überwacht die Straße. Aber es ist nicht Gerges. Der ist ins Haus gegangen und räumt die Waren ein. Ein Karton wird kurz angestrahlt, und ich erkenne Arzneiprodukte. Dabei sieht dieses Haus gar nicht wie ein Krankenhaus oder ein Lazarett aus. Als sie fertig sind, unterhalten sie sich. Die Geräusche der Straße ebben für einen Moment ab, und ich höre, worüber sie reden. Gerges verteilt Tabletten.

»Wenn die Leute wüssten, dass wir als Milizangehörige die hier bekommen, hätten wir mehr Bewerber …«

»Es würde nicht für alle reichen.«

»Angesichts dessen, was wir Nacht für Nacht ertragen müssen, ist eine kleine Entschädigung doch angemessen.

Das haben wir verdient. Wie sähe das aus, wenn wir während der Verhöre husten würden?«

Gerges Stimme wird brüchig:

»Wenn ich daran denke, dass meine Mutter noch lange hätte leben können …«

»Komm, wir gehen zurück.«

Ich bleibe reglos stehen, um keine Aufmerksamkeit zu erregen. Ich muss mich wohl damit abfinden, Gerges nicht persönlich zu treffen. Die Wachen werden bestimmt den ganzen Tag bei ihm bleiben, um mich zu fangen. Auf dem Friedhof wird es nicht besser werden.

Ich gehe zu unserem ehemaligen Treffpunkt in der Nähe. In meiner Tasche habe ich Bleistift und Papier. Auf einem flachen Mauerstück schreibe ich ihm eine Nachricht. Zuerst entschuldige ich mich, bei der Herstellung des Zünders geholfen zu haben, durch den seine Mutter getötet wurde. Ich gebe ihm mein Wort, dass ich nicht wusste, wozu er diente. Dann erkläre ich meinem Freund ganz genau, warum die Ermittler mich im Verdacht haben könnten. Ich weiß nicht, ob ihn das überzeugt, aber wenigstens wird er über die Lügen seines Vaters nachdenken. Schließlich gelobe ich ihm meine Freundschaft und äußere mein Bedauern über den Tod seiner Mutter. Ich gehe zu Snias Haus und werfe die Nachricht dort in den Briefkasten.

Als ich bergauf in Richtung unseres heimeligen Verstecks laufe, schwöre ich mir, das Haus eine Woche lang nicht zu verlassen. Ich bin ohne Kettenschuhe unterwegs, wie ein Heimlicher. Ich komme schnell voran. Plötzlich zerrt jemand an meinem Mantel. Ich will mich losreißen, doch da merke ich, dass es meine Mutter ist. Sie drückt mich an sich und weint laut. Schluchzend stellt sie mir die Frage, die sie seit letzter Nacht quälen muss:

»Lucen, warum? Warum?«

Vielleicht merkt sie es nicht, aber sie spricht sehr laut. Ich kann ihr nur noch zuflüstern:

»Pst, Mama! Bitte, du darfst nicht glauben, was man dir erzählt. Ich werde es dir bald erklären. Lass mich gehen.«

Mit Mühe löse ich mich aus ihrer Umarmung. Kaum habe ich ein paar Schritte getan, da spüre ich einen stechenden Schmerz am Schädel. Einen Augenblick lang weiß ich nicht, wo ich bin. Im nächsten Moment werde ich unsanft fortgetragen und auf einen Karren geworfen. Mein Kopf schlägt gegen das Holz, als sich der Wagen bergab in Bewegung setzt. Ich höre meine Mutter schreien:

»Verzeih mir, Lucen, verzeih!«

Dann verliere ich das Bewusstsein.

Wie es weitergeht …

Lucen wird zum Tode und zu vorheriger sechsmonatiger Zwangsarbeit verurteilt. Unter widrigsten Umständen lebt er im Gefangenenlager. Gearbeitet wird von früh bis spät, die Essensrationen sind karg, alle Gefangenen atmen die verschmutzte giftige Luft ein, während die Wachen Gasmasken tragen. Bald schon plant er seine Flucht. Er will Firmie wiedersehen und sich die Freiheit erkämpfen.

Ludmilla ist weiterhin in der als Schachclub getarnten Untergrundorganisation aktiv, die für bessere Lebensbedingungen in der Unterstadt eintritt. François und sie sind ein Paar. Zu ihrem Entsetzen beginnen die anderen Mitglieder der Gruppe, ihr zu misstrauen. Die Tatsache, dass ihr Vater ein hoher Beamter im Sicherheitsdienst der Regierung ist, macht sie verdächtig.

Firmie bringt einen Sohn zur Welt. Doch lange kann sie sich nicht mehr verstecken. Die Miliz ist ihr auf der Spur.

Und Gerges? Er nimmt an weiteren schrecklichen Aktionen der Miliz teil, bei der viele Menschen ums Leben kommen.

Die Fortsetzung
NOX. Anderswo
erscheint im April 2017.